新潮文庫

アトラス

―天命探偵 Next Gear―

神永 学著

新潮社版

11402

目次

アトラス

——天命探偵 Next Gear——

第一章　RAID

一

放たれた弾丸が、男の身体《からだ》を撃ち抜く――。

血塗《ちまみ》れで倒れた男は、そのまま、ピクリとも動かなかった。

モニターに映るその光景を見て、東雲塔子《しののめとうこ》は思わず息を呑《の》んだ。

コンソールに置いた指先が、小刻みに震えている。もちろん、寒さからではない。網膜に焼き付いた光景に戦慄《せんりつ》したからだ。

今、塔子が見ているモニターの映像は、映画やドラマのワンシーンではない。現実の出来事だ。いや、正確には、これから現実になるであろうこと――。

塔子がいるのは、クロノスシステムを管理するモニタリングルームだ。八畳ほどの広さの部屋に、様々な電子機器が所狭しと並べられていて、自由になる空間は塔子が座っている周辺だけだ。

クロノスシステムは、未来に起きるであろう殺人事件を予知する。その的中率は百パーセント。つまり、何もしなければ、クロノスシステムが予知した通りのことが起きる。

時間を司《つかさど》る神の名を冠した、禁忌のシステム。それが――クロノスシステムというわけだ。

警察は、このクロノスシステムを有効活用すべく、秘密裏に〈次世代犯罪情報室〉を創設し、予知された死の阻止を目的としたメンバーを集めた。

塔子も〈次世代犯罪情報室〉に所属するメンバーの一人で、システムのエンジニアだ。

しかし、未来を予知するクロノスシステムは、テクノロジーの産物ではない。

塔子は顔を上げた。

目の前には、ガラスが嵌《は》め込まれていて、その向こう側にある部屋を見ることができる。

白い壁に同じ色の床――真っ白な空間に、コクーンと呼ばれる、高さ三メートルほどの卵型の物体が設置されていた。

両側に固定されたアームによって、垂直に立てられている。

今は、シェルと呼ばれる白い外殻に覆《おお》われていて、その姿を見ることはできないが、中には一人の少女が眠っている。

可憐《かれん》で、清楚《せいそ》で、目を瞠《みは》るほどに美しい少女だ。

クロノスシステムは、コクーンの中の少女が見た夢を電気信号から解析し、映像化させる脳デコーディング技術を用いて、モニターに表示させている。

つまり、クロノスシステムの中枢《ちゅうすう》は、高価な電子機器ではなく、一人の少女なのだ。

少女の名は――中西《なかにし》志乃《しの》。

中西運輸の社長令嬢だった人物だ。幼い頃、母親と一緒に自動車事故に遭い、それをきっかけに人が死ぬ夢を見るようになった。

無関係な人間が死ぬことなど、放っておけばいいのかもしれないが、志乃にはそれができなかった。

彼女は、失われる命を救おうと、奔走していたのだ。

その過程で、〈ファミリー調査サービス〉という探偵事務所の面々と出会い、彼らと協力するようになり、人知れず多くの事件を解決してきた。

ところが、今から一年以上前――。

志乃とその仲間たちは、予知された死の運命を変えようと、果敢にもテロリストに立ち向かった。

その事件の最《さ》中《なか》、志乃は頭部付近に銃弾を受け、昏睡《こんすい》状態に陥ってしまった。

クロノスシステムは、そんな志乃の生命維持装置でもあるということになっているが、それは、彼女の仲間たちを欺《あざむ》く為《ため》の嘘《うそ》である。

一時は危険な状態にあったが、志乃は奇跡的に昏睡状態から目を覚ました。

しかし、未来の殺人事件を予知するというその特異な能力を支配下に置き、有効活用しようとする者たちの手によって、再び強制的に眠りにつかされたのだ。

クロノシステムは、志乃を目覚めさせないようにしている装置に他ならない。

もちろん、かつての志乃の仲間たちで構成される〈次世代犯罪情報室〉のメンバーには、その事実は隠されている。

彼らは、志乃がいつか目覚めると信じ、予知された死の運命を変えるという危険な任務に身を投じているのだ。

あまりに卑劣な行為ではあるが、塔子はそれを批判できない。

塔子自身、彼らを欺くことに荷担している。そうせざるを得ない状況ではあったが、彼らを裏切っているという事実が覆《くつがえ》ることはない。

任務と割り切れば、少しは楽になるのだろうが、塔子にはそうすることが難しい。

塔子の脳裏に、一人の青年の顔が浮かんだ。

〈次世代犯罪情報室〉のメンバーで、志乃に対して特別な感情を抱く青年——真田省《さなだしょう》吾《ご》だ。

自分の命の危険を顧みず、ただひたすら真《ま》っ直《す》ぐに突き進む。

そんな真田の強さに、自分でも知らず知らずのうちに惹《ひ》かれていった。だが、それは、決して報われることのない想《おも》いだ。

なぜなら、自分は彼の一番大切なものを踏みにじっているのだから——。

「これは罰なの？」

塔子は、シェルに覆われた向こうにいるであろう志乃に向かって訊《たず》ねた。答えは返ってこない。そもそも塔子の声は、志乃には届いていない。

ただ、それでも——今回、クロノスシステムが予知した人の死は、塔子たちに与えられた罰であるかのように思えた。

塔子は、デスクの上にある携帯電話を手に取った。

クロノスシステムが人の死を予知した場合、〈次世代犯罪情報室〉の室長である山《やま》縣《がた》に連絡を取るのが決まりになっている。

その決まりに従うつもりで、携帯電話を手にしたものの迷いが生じた。

もし、今回の事件が罰なのだとしたら、自分の取るべき行動は、もっと別のものであるような気がしたからだ。

迷いを抱える塔子の思考を、明滅する赤いランプが遮った。

このランプは、クロノスシステムが新たな死を予知したサインだ。

ついさっき予知されたばかりなのに、どうして？　疑問を抱いたのは一瞬だった。

これまでにも、こういうことはあった。

同時に二つの死を予知したということだ。

タイミングから考えて、二つは関連するものと見て間違いないだろう。

塔子は興奮する自らの感情を鎮《しず》めて、コンソールを操作し、画像をモニターに表示させる。

その映像を見て、塔子は我が目を疑った。

――こんなことが、本当に起こるの？

塔子は、呆然《ぼうぜん》とモニターを見つめたまま、しばらく動くことができず、息をするのさえ忘れた。

どれくらい時間が経《た》ったのだろう。

ようやく息を吐くことができたが、目眩《めまい》に襲われ、その場に崩れ落ちそうになるのを、デスクの縁を摑《つか》んで何とか堪《こら》えた。

――どうするべきか？

必死に考えをめぐらす。

すぐに判断ができなかった。これは、もはや他人事《ひとごと》ではない。塔子自身にも関わる重大事案だ。

迷った末に、塔子は山縣とは違う人物に電話を入れた——。

二

熱を帯びたスポットライトが、金網で囲まれた八角形のリングを照らす。

その周りを二百人ほどの観衆が取り囲んでいる。席に座ることなく、金網に張り付くようにして観戦している。

それもそのはず、元々席はない。

これは、真っ当なスポーツの興行ではない。地下に設けられた空間で行われる、非合法の格闘技の試合だ。

いや、観衆が求めているのは、血湧《ちわ》き肉躍《にくおど》るようなファイトではない。どちらが勝つかを賭《か》けたギャンブルだ。

素手ということ以外にルールはない。倒れた方が負け。それだけだ。

歓声と罵声《ばせい》とが入り混じった空気を浴びながら、真田省吾はファイティングポーズをとり、対峙《たいじ》する男を睨《にら》み付けた。

身長は百七十五センチ前後と、真田と大差ない。むしろ、ウェイトは向こうの方が少ないくらいだろう。

スピードもパワーも負けていないはずなのに、まるで手も足も出ない。

真田のパンチやキックは、ことごとくかわされてしまうばかりか、倍になって返ってくる。

はっきり言って勝ち目はない。

だが、このまま突っ立っていたところで、状況が変わるわけではない。

真田は、狙《ねら》いを定めると、真っ直ぐ男の顎先《あごさき》に向けて右のストレートを繰り出した。

拳《こぶし》が空を切る。

それと同時に、腹に強烈な前蹴《まえげ》りを喰らい、後方に吹き飛ばされ、背中が金網に激突する。

その隙《すき》を逃すまいと、男が左右のフックをコンパクトに振るってくる。真田は、ガードを固めて何とかやり過ごすと、一旦《いったん》男と距離を取った。

「逃げ回んな！」

「さっさとやれ！」

「お前にいくら賭けてると思ってんだ！」

怒気を孕《はら》んだ野次が飛んでくる。

「ふざけんな！　別にお前らの為に闘ってんじゃねぇ！」

真田は、金網の向こうにいる観衆に向かって叫んだ。

その隙を突いて、男が飛び膝《ひざ》蹴りを繰り出してきた。真田は前転し、反対側のサイドに逃げた。

「君はアホか」

金網の向こうから、冷静な声がした。

振り返るまでもなく、その声の主が誰なのかは分かっている。真田と同じ〈次世代犯罪情報室〉のメンバー、黒野《くろの》武人《たけと》だ――。

小柄で、シルバーフレームのメガネをかけ、インテリを気取ったいけすかない男だ。

「うるせぇ！　お前のせいで、こんな目に遭ってんだ！」

真田がこの闘技場で闘う羽目になったのは、全《すべ》て黒野のせいだ。

非合法の地下闘技場の内偵に行くと言って連れ出され、足を運んでみたら、いつの間にか真田が選手登録されていて、このリングに上がることになったのだ。

「文句を言う暇があったら、あの程度の相手、さっさとやっつけちゃいなよ。これは、潜入捜査でもあり、トレーニングでもあるんだ」

――やっぱりそうか。

前回の事件のとき、真田はアレスというコードネームを持つ、内閣情報調査室の元特殊工作員に、完膚なきまでに打ちのめされた。

再びあの男――アレスと対峙するときの為に、黒野は真田に実戦経験を積ませて、その戦闘能力を上げようという魂胆なのだろう。

「言われるまでもなく分かってるよ。だけどあの野郎、全然攻撃が当たらねぇ」

真田が苦々しく吐き出すと、黒野がぷっと吹き出すように笑った。

「何がおかしい？」

「勝つ為に、一つだけアドバイスしてあげようか？」

黒野が勝ち誇った口調で言う。

本当は、黒野の助言など聞きたくもない。ただ、今の真田には、目の前の男を倒す為の糸口がないのも事実だ。

不愉快極まりないが、このままたこ殴りにされるよりはマシだ。

「どうすればいい？」

「君は、素直過ぎるんだよ」

「は？」

「君は素直過ぎるんだ。だから、攻撃は相手に当たらないし、君は、相手の攻撃を読めない。言っている意味は分かるかな？」

「分かんねぇよ」

「ほら、また来たよ」

黒野が前を見ろと促す。

男が、鋭いアッパーを打ち出してくるところだった。

真田は、何とかスウェーバックでそれをかわし、再び男と距離を取る。

黒野が、ニヤニヤと薄い笑みを浮かべながら、シルバーフレームのメガネを指先でずり上げた。

その行動を見て、黒野が何を言おうとしていたのかようやく理解した。

「素直過ぎるねぇ……確かにそうかもな」

真田は、だらりと両腕を垂らしてガードを解くと、そのまま無造作に男の間合いに踏み込んだ。

その途端、男が後退《あとずさ》りした。

——やっぱりそうか。

黒野が言いたかったのは、こういうことだ。

確かに、真田のファイティングスタイルは素直過ぎる。オーソドックスに構えて、セオリーに従って闘っていた。

一番の問題は、その視線だ。

攻撃する場所に狙いを定め、そこに向かって突進する。真田の目の動きを追っていれば、次にどんな攻撃を仕掛けてくるのか丸分かりというわけだ。

それでは、攻撃が当たらなくて当然だ。

真田は、わざとオーバーハンド気味に右の拳を振り上げた。

男が、それに釣られてサイドにスウェーする。

――かかった。

真田は、パンチを放つことなく、そのまま前転して、胴回し回転蹴りをお見舞いした。

右の踵《かかと》が、男の顎先にクリーンヒットする。

男は、身体を硬直させて仰向《あおむ》けに倒れると、そのままぴくりとも動かなくなった。

レフリーが真田の右手を挙げて、勝ち名乗りを上げる。その途端、さっきまで野次を浴びせていた観衆が、一気に沸き上がった。

身体を突き抜ける歓声は、打ち震えるような高揚感を覚えたが、それに陶酔するわけにはいかない。

名目は、あくまで潜入捜査なのだ。

真田はリングを降りると、すぐに黒野の許《もと》に歩み寄った。

「こいつら、全員逮捕するぞ」

地下闘技場など、放置しておくわけにはいかない。さっさと本来の目的を果たすべきだ。てっきり賛同するものと思っていたが、黒野は肩を竦《すく》めるようにして苦笑いを浮かべた。

「そうしたいところだけど、少し事情が変わった」

「何？」

ここまでさせておいて、今さら尻込《しりご》みしたなんて、絶対に許せない。

「今、連絡があった」

「何の？」

「眠り姫が、夢を見たって――」

そのひと言で、真田の中にあった興奮は一気に醒《さ》めた。

志乃が夢を見たということは、誰かが殺される――ということだ。

「まあ、そういうことだから、早く向かった方がいい」

黒野は、蝶《ちょう》のように手をひらひらと振りながら言うと、器用に人混みを縫って行く。

悔しい思いはあるが、黒野の言う通り、早急に戻った方が良さそうだ。

真田は、Tシャツを着ると、すぐに黒野のあとを追う。

「おい」

建物を出ようとしたところで、真田の前に一人の男が立ち塞《ふさ》がった。

体重百キロはあろうかという巨漢だった。

「悪いけど、急いでるんだ」

真田は、脇《わき》を抜けて出て行こうとしたが、巨漢は、真田の進路を塞ぐ。

「お前のせいで、おれは全財産をすった。どうしてくれるんだ？」

巨漢が凄《すご》んでみせる。

どうやら、試合に勝った真田を逆恨みして、喧嘩《けんか》をふっかけてきたらしい。

「ギャンブルは自己責任だ」

「うるせぇ！」

巨漢が吠《ほ》えると同時に、真田はその鼻っ柱に頭突きをお見舞いした。

不意打ちを喰らう恰好《かっこう》になった男は、そのまま尻餅《しりもち》をついてしまった。体格の割に、柔《やわ》な男だ。

鼻を押さえて、苦しげに唸《うな》っている男を無視して、真田は建物の外に出た。

降り注ぐ太陽の光が、眩《まぶ》しく感じられる。

「君は、Tシャツ一枚着るのに、何時間かかってるんだ？」

黒野が声をかけてきた。

真田が乗ってきたバイクに寄りかかりながら、薄い笑みを浮かべている。

「何時間もかかってねぇだろ」

「ぼくは、体感時間の話をしているんだよ」

「どんだけせっかちなんだよ」

真田は、呆《あき》れてため息を吐《つ》きながらも、ヘルメットを被《かぶ》りバイクにまたがった。

黒野との初対面は、最悪だった。インテリ然として、常に真田を見下したような態度を取る。口を開けば皮肉ばかりで、ぶん殴ってやろうと思ったことは、一度や二度ではない。

本当にいけすかない野郎だが、かつて北朝鮮の工作員として育成された過去をもつ黒野の分析力は、並大抵ではない。

真田の弱点を補い、かつ有効に利用する方法を分かっている。仕事の相棒としては、この上ない。

「さっさと行くよ」

黒野がさも当然のように、タンデムシートにちょこんと座り、真田のヘルメットをポンポンと叩《たた》く。

「分かってるよ」

真田は、答えると同時にエンジンを回した。

低く唸るエンジンの音と震動が、自然と真田の気持ちを高揚させる。

前回の事件で、バイクが大破してしまったので、修理の間の代車として、馴染《なじ》みのバイクショップのオーナーである河合《かわい》が手配してくれたものだ。

まさか、代車でＶ－ＭＡＸが来るとは思っていなかった。

Ｖ－ＭＡＸは、ヤマハがフラッグシップとして、総力を結集して開発したバイクで、ヤマハの至宝であり財産とまで言わしめた。

現在は生産が中止されていることから、まさに幻の名車だ。

黒のネイキッドタイプで、第二世代のこの車体の排気量は１７００ＣＣ、重量があり、扱いは難しいが、加速性は他の追随を許さない。

とはいえ、あまり無茶な運転はできない。河合から、私物なのでくれぐれも壊すな

――と厳命されているからだ。

今度、バイクを壊したら、河合に何をされるか分かったものではない。元暴走族のヘッドという肩書きを持つ河合のことだ。半殺しの目に遭うかもしれない。

真田は、苦笑いを浮かべつつも、アクセルスロットルを捻《ひね》り、バイクをスタートさせた。

ギアチェンジを繰り返し、加速していく。

吹きつける風を受けながら、真田は何かとてつもなく嫌なことが起きそうな予兆を感じていた――。

三

コンクリートの壁に囲まれた、地下の駐車場らしき場所だった。

三十台ほど駐車できるスペースがある。そのうち、三割ほどが埋まっていた。停まっているのは、どれも高級車ばかりだ。

地下駐車場の隅にあるエレベーターの扉が開いた。

中から、二人の男が姿を現す。

一人は仕立てのいいスーツを着た、五十代半ばと思《おぼ》しき男。もう一人は、三十代と思われる角刈りの男だった。

角刈りの男が先導するかたちで、二人は黒いレクサスに歩み寄って行く。

それを遮るように、目映《まばゆ》い光が二人の姿を照らした。

光の正体は、バイクのヘッドライトだ。

アメリカンタイプのバイク、ハーレーダビッドソンが、地下駐車場に続くスロープを猛スピードで走ってきた。

ハーレーには、黒いフルフェイスのヘルメットに、同じ色のライダースーツを着た男が乗っていた。

身長は、それほどでもないが、鍛えた肉体をしていることが、ライダースーツの上からも分かる。

黒いライダースーツの男は、ドリフトをしながらバイクを急停車させると、素速く左手で拳銃《けんじゅう》を抜いた。

オーストリア製の拳銃、グロックだ。

角刈りの男も、応戦しようと拳銃を抜くが、構える前に銃声が轟《とどろ》いた。

黒いライダースーツの男が、先にトリガーを引いたのだ。

発射された弾丸は、正確に角刈りの男の右手首に命中した。血飛沫《ちしぶき》とともに、角刈りの男が拳銃を取り落とす。

黒いライダースーツの男は、間髪を容《い》れずに、グロックを二発撃つ。

角刈りの男の左右の膝を撃ち抜いた。堪《たま》らず倒れ込んだ男の胸に、さらに二発の弾丸が撃ち込まれた。

スーツの男はその場から逃げようと駆け出したが、ライダースーツの男は、容赦なくその背中に三発の弾丸を浴びせた。

男は、前のめりに倒れる。

が、まだ死んではいなかった。

這《は》いつくばりながらも、必死にレクサスのドアを開け、中に逃げ込んだ。

黒いライダースーツの男は、ゆっくりと、だが正確な動きでグロックの弾倉を入れ替える。

さっきまでの弾倉より長さのあるものだ。おそらく、装填《そうてん》弾数が倍はあるだろう。

ライダースーツの男が、トリガーを引くと同時に、銃口が火を噴いた。

さっきまでの単発の射撃ではない。

マシンガンのような、フルオートでの連射だ。

銃弾が車体に無数の穴を開ける。

弾を全て撃ち尽くしたあと、黒いライダースーツの男は、ハーレーをターンさせ地下駐車場を走り去った。

しばらくして、突如レクサスが爆発した。

凄《すさ》まじいまでの爆炎に煽《あお》られ、車は大きくバウンドし、骨組みだけの残骸《ざんがい》と化した——。

公香《きみか》は、モニターに映し出されたその光景を見て、すぐに言葉が出なかった。

それは隣にいる山縣も同じらしく、冷静沈着な彼にしては珍しく、口を半開きにしたままフリーズしていた。

コンソールを操作していた塔子も、困惑した顔をしている。

「かなりまずいわね——」

しばらくの間を置いて、公香はようやく言葉を発した。

山縣が「そうだな」と応じる。

これまで、志乃は様々な死を予知してきた。その中には、今見た映像より、はるかに凄惨《せいさん》なものも、規模の大きいものもあった。

前回の事件などは、まさにそうだ。人口が密集している都心で、猛毒のガスを使用したテロを予知したのだ。

その惨状たるや、酷《ひど》いものだった。

それと比べれば、規模は遥《はる》かに小さい。だが、問題は殺される人間だ。

「これ、唐沢《からさわ》さんでしょ」

公香がその名を口にすると、山縣がふうっと息を吐いた。

映像の中に出てきたスーツの男は、公香たちが知る人間――唐沢秀嗣《ひでつぐ》だった。

唐沢は、警察庁警備局公安課を束ねるキャリアで、公香たちが所属する〈次世代犯罪情報室〉の創設者にして上司でもある。

といっても、公香たちは正式に採用された警察官ではない。特殊な業務委託契約を結んでいる。

〈次世代犯罪情報室〉という部署も、一般にはその存在が秘密にされている。表向きは存在しない部署なのだ。

有名なスパイ映画に〈君たちメンバーが捕らえられ、あるいは殺害されても、当局は一切関知しない〉という有名なフレーズがあるが、まさにあれを地で行くのが、今の公香たちの立場だ。

それでも、公香たちが特殊な契約を結ぶのには理由がある。

志乃の為だ――。

志乃は現在、昏睡状態にある。その治療には、莫大《ばくだい》な費用がかかる。

困窮した公香たちに、手を差し伸べてきたのが唐沢だった。

志乃の治療と、それにかかる費用を全て面倒を見る代わりに、クロノスシステムによって予知された死を阻止する為の組織〈次世代犯罪情報室〉が創設され、山縣、真田、公香はその一員となった。

いいように利用されている部分があるのは事実だ。だが、それでも、唐沢の庇護《ひご》があったからこそ、志乃を延命することができているし、公香たちも相応の待遇を受けることができている。

唐沢の存在がなければ、公香たちは路頭に迷うことになる。

「何としても、阻止しないと……」

公香は、呟《つぶや》くように言いながら、窓の向こうの部屋にあるコクーンに目を向けた。

あの中には、志乃が眠っている。

初対面の印象は、あまり良くなかった。

社長令嬢で、何不自由なく育ったお嬢様。どこか、他人を見下しているようにすら感じていた。

母親を交通事故で亡《な》くし、その事故で志乃自身も下半身不随になるという不幸に見舞われた。だが、志乃の足は完治していた。つまり、精神的なものが影響して、立てなくなったのだ。

それこそ、心の弱さであり、甘えだと思った。

しかし——。

その認識は誤りだった。

母親の事故以降、志乃は人が死ぬ夢を見るようになっていた。しかも、的中率は百パーセントだ。

志乃は、そんな特異な状況の中で、死の運命を変えようと必死に足掻《あが》いていた。見ず知らずの人の死を、まるで自分のことのように受け止め、苦しみ、哀しみ、心を痛め続けていたのだ。

そして、それは、昏睡状態にある今も続いている。

そんな志乃だからこそ、公香は何とか救ってやりたいと思う。

最初の印象がどうであれ、公香にとって志乃は、大切な仲間であると同時に、妹のような存在なのだ。

唐沢が死ねば、公香たちは後ろ盾を失うことになる。そうなれば、志乃を見殺しにすることになりかねない。

——だから。

「絶対に止めてあげるからね」

公香が決意と共に口にしたところで、塔子が「あの……」と口を挟んだ。

知的な雰囲気の美人だが、どこか幸薄く、影を背負った印象のある塔子の顔が、いつにも増して沈んでいるように見える。

「どうした？」

問い掛ける山縣の表情も硬い。

塔子の素振りから、何か良からぬことが起きていると察しているのだろう。それは、公香も同じだった。

「実は、予知はもう一つあるんです——」

そう言った塔子は、まるで痛みを堪えているかのような表情をしていた。

「見せてくれ」

山縣が、重い口調で言うと、塔子は「はい」と応じて、コンソールを操作し、モニターに映像を表示させた。

都心のビル群の中にある、病院と思しき建物だった――。

澄み渡った青い空が広がっている。

さっきの陰湿な空気とは違い、そのまま病院のパンフレットに使われそうな、爽《さわ》やかさのある光景だ。

しかし、それは唐突に打ち破られた。

病院の四階あたりで、巨大な爆発が起こる。

火球を伴う爆発で、窓ガラスは塵《ちり》となり、コンクリートの壁が粉々に四散する。

四階のフロアは、壁を失い、柱を残して瓦礫《がれき》の山と化した。

「これは……」

公香は、もうもうと黒煙が立ち上る病院を、呆然と見つめることしかできなかった。

こんなことが、本当に起きるというのか？

映像は、病院の外側だけなので、中に人がいたかどうかは判断できない。既に避難していて、犠牲者はいないと思い込もうとしたが駄目だった。

志乃が予知するのは人の死だ。

つまり、犠牲者が出たということを意味する。

山縣も言葉が出ないらしく、ぎりっと歯を食いしばるようにして、爆発により無残に破壊された病院を睨み付けていた。

四

志乃が見た予知を阻止する作戦を練る為に、山縣、公香、黒野、そして真田が屋敷の応接室で顔を合わせることになった。

世田谷にある、豪邸の一室だ。

かつてここは、志乃の父親である、中西運輸の社長、克明《かつあき》の持ち物だったが、彼の死後、志乃が相続した。

志乃の申し出もあり、真田たちが探偵をやっていた頃から、住居兼事務所として使用させてもらっている。

それは、〈次世代犯罪情報室〉の一員になってからも変わらない。

窓を大きくとっていて、開放感のある部屋のはずだが、誰も口を開こうとしないせいか、重苦しい空気に包まれていた。

その理由は、今回殺される男が、唐沢だからだろう。

真田は、唐沢とほとんど顔を合わせたことがないので、どういう人物なのかよく知らないが、伝え聞く印象は、良いとは言えない。

それでも、唐沢が真田たちにとって重要な人物であることは間違いない。眠り続けているとはいえ志乃は、彼の存在があるからこそ、生きながらえているようなものだ。

利用されているという側面もあるが、そんなものは、志乃の命に比べれば些《さ》細《さい》なことだ。

志乃の為にも、何としても、唐沢の殺害を阻止しなければならない。その決意が強い分、考えがまとまらず、意見交換ができないのかもしれない。

問題はそれだけではない。

志乃の予知はもう一つあった。

病院と思しき場所で、巨大な爆発が起きるのだ。

ガス管の破裂とか、そういうレベルではない。規模から考えても、強力な爆発物が使用されたことは間違いない。

同時に二つの予知——。

これまでも、そういうことはあった。だが、だからこそ、その対処の難しさは痛いほどに分かっている。

ふと、隣に目を向けると、黒野が口許を隠すようにしていた。よく見ると、笑っている。

「何がおかしい？」

真田が問うと、黒野があはっと声を上げて笑った。

「だって、みんな必要以上に深刻になってて面白い。公香さんなんて、ぎゃーぎゃー騒ぐのが仕事なのに、黙り込んじゃって。はっきり言って似合わないよ」

黒野がへらへらと緩んだ調子で言った。

公香の怒りを爆発させるのには、充分過ぎるほどの口撃だった。

「あんた、いい加減にしなさいよ！　私だって騒いでばっかりじゃないんだからね！　ちゃんと考えてんのよ！」

公香が金切り声を上げる。

「そうなの？　とても考えているようには見えないけど」

止《よ》せばいいのに、黒野がしれっと言う。

「バカにしてんの？」

「今さら気付いたの？」

「何なのこいつ！」

公香が立ち上がり、黒野に摑みかかろうとする。真田は、慌《あわ》てて公香を止めに入った。

黙っていれば、公香は女性誌の表紙を飾れそうな美人なのに、こうやってキンキン騒ぐから全てが台無しだ。

「喧嘩してる場合じゃないだろ」

「私に言わないでよ」

「こんな奴《やつ》、まともに相手する必要ねぇよ」

真田は、黒野を睨んでみたが、相変わらずへらへらとしている。

「そうしてもらえると、ありがたいね。君たちのような子どもの相手をするのは疲れる」

黒野が、やれやれという風に肩を竦めた。

「どういう意味だ？」

「言葉のままだよ。アホさ加減で言ったら、君が一番だからね」

黒野が真田を指差した。

安い挑発だと分かっていても腹が立つ。

「てめぇ！　言わせておけば！」

さっき公香を窘《たしな》めたばかりだというのに、頭に血が上り、思わず黒野に摑みかかった。それでも、黒野は平然としている。

それどころか、凍《い》てつくような視線で真田を見据える。

「そのくらいにしておけ――」

山縣がため息混じりに口にした。

「だけど……」

「今は、内輪揉《も》めをしているときではないはずだぞ」

山縣が改まった口調で告げる。

真田は、軽く舌打ちをしたあと、ソファーに座り直した。公香も、不機嫌そうな顔をしながらも山縣の隣に腰掛けた。

黒野はといえば、相も変わらず、にやけた笑みを浮かべている。

――底の見えない野郎だ。

頭は切れるし、その分析力は抜群だが、やはり黒野には得体の知れないところがある。どうしても信じ切れない。

こんなことで、本当にこの先もチームとしてやっていけるのだろうか？

「君はどう考えているんだ」

真田の思考を遮るように山縣が言った。

その視線は、真っ直ぐ黒野に向けられている。

黒野は、自分に注目が集まるのを楽しむように、たっぷりと間を開けてから口を開いた。

「みんな難しく考え過ぎなんだよ」

黒野が、シルバーフレームのメガネの奥で、すうっと目を細める。

「どういう意味だ？」

山縣が問い返す。

「だってそうだろ。殺されるのが誰であれ、やることはこれまでと同じはずだ」

悔しいが、黒野の言う通りだ。

唐沢が死んだあとのことに囚《とら》われて、本来やるべきことを見失っていたように思う。

黒野にそのことを気付かされたというのは癪《しゃく》だが、今ここで、ああだこうだと考えを巡らせていても仕方ない。とにかく、志乃の夢を阻止する為《ため》に行動するしかないのだ。

「君の分析を聞かせてくれ」

山縣が黒野を促す。

黒野は、得意そうに頷《うなず》くと、タブレット端末を取り出し、唐沢の殺害現場の映像を表示させた。

「まず、唐沢さんが殺される現場だけど、これは、わざわざ説明するまでもなく、もう分かっているよね？」

黒野はさも当然のように言う。

地下駐車場であることは分かるが、残念ながらその場所までは特定できない。

真田がそのことを主張すると、黒野が汚いものでも見るような目を真田に向けてきた。

「君は、本物のアホだね」

「何だと！」

「いちいち突っかかるな」

山縣に一喝され、真田は怒りの矛先を収めた。黒野の言葉にいちいち反応して嚙《か》みついていたのでは、いつまで経っても話が前に進まない。

場が落ち着いたところで、黒野が仕方ないなといった感じで説明を始める。

「ここは、唐沢さんがセーフハウスとして使用しているマンションの地下駐車場で間違いない」

黒野が自信たっぷりに言う。

「どうして分かるんだ？」

「行ったことがあるからね」

黒野がしれっと言う。

「確かに、あの地下駐車場と類似する点は、複数あるな」

山縣が同意を示した。

黒野は、「それから──」と、タブレットを操作しながら説明を続ける。

「犯人が誰かは不明だけど、訓練されたプロフェッショナルであることは確かだ。おそらく、資金が潤沢な組織に属している人間だと思うね」

バイクの扱いや、正確な射撃の腕からして、犯人が訓練された人物であることは間違いない。

「資金が潤沢な組織に属しているってのは、どうして分かるんだ？」

「彼の持っている銃だよ」

「グロックだろ」

オーストリアのグロック社が開発した拳銃で、軽量化を図る為に、プラスチックが採用されている。

各国の軍隊や警察で採用されている、信頼度の高い銃だ。以前は、正規のルートでなければ手に入らなかったが、最近は結構闇《やみ》で出回っていると聞く。

別に、組織に所属していなくても、手に入るはずだ。

「ただのグロックじゃない。こいつは18Cというタイプだ。映像を見ても分かる通り、サブマシンガンのように、連射可能な特注品だ」

「なるほど。その特注品を手に入れられる人物ってことね」

「それだけじゃない。乗っているハーレーは、カスタマイズされたタイプだ。定価で買ったら三百万円は下らない。おまけに、ライダースーツの膨らみから判断して、おそらく中に防弾ベストを着込んでいるはずだ。資金がなければ、ここまでの装備は揃《そろ》えられない」

黒野の説明で納得させられる。

資金のないテロリストや過激派ではないというわけだ。

「ちなみに、犯行はおそらく明日の夜――」

黒野が、さらに付け加える。

「どうしてそこまで分かるんだ？」

映像の中に、時計やカレンダーの類《たぐ》いは映っていなかった。おまけに、地下駐車場なのだから、昼なのか夜なのかも分からないはずだ。

「ヘルメットに、雨粒が付着している。雨の中を走ってきた証拠だ。ついでに言うと、今、台風が接近していて、明日の夜には東京でも激しい風雨になる」

得意満面な様子がむかつくが、その分析力は認めざるを得ない。

「病院の方は、どうなんだ？」

真田が問うと、黒野は苦笑いを浮かべた。

「これまでの予知と比べて、極端に映像が短いから、情報が少ないのは事実だね」

「何も分からないってことか？」

「君じゃあるまいし、そこまで呆《ぼ》けていないよ」

「何？」

黒野の言い様に腹が立ち、突っかかろうとしたが、公香に制された。

「こいつの言うこと、いちいち真に受けないでよ」

呆れたように諭してくるが、ついさっき、挑発に乗って言い争いをしていたのは公香だ——。

そう思いはしたが、口に出せばややこしいことになるので、黙って腕を組んだ。

山縣が、「それで――」と先を促すと、黒野が説明を始める。

「まず、この病院だけど、警察病院だね」

「断言する理由は何だ？」

真田が問うと、黒野がため息を吐いた。

「外観を見れば分かるだろ。それに、ここに看板も出てるしね」

黒野は、タブレットを操作して、病院のエントランスの部分を拡大表示させた。確かに、そこには〈警察病院〉という文字が確認できた。

「犯人の数も、犠牲者の数も、現段階では不明。だけど、犯行の日にちは推測できる。明後日《あさって》の昼だ」

「その根拠は？」

山縣が問うと、黒野は得意そうに、にっと笑った。

「空だね」

「空？」

真田は、眉《まゆ》を顰《ひそ》めて聞き返す。

映像の病院は、青空が広がっている。晴れている日であることは間違いないだろうが、明後日だと断定するには根拠が弱いように思える。

「さっきも言ったけど、台風が接近している。映像の空は、この季節にしてはかなり澄み渡っている。いわゆる台風一過って奴だよ」

——なるほど。

暴風雨により、大気の汚れが洗い流されて快晴になる。つまり、台風が過ぎ去った直後という推測のようだ。

「状況は分かった。問題は、これからどうするか——だな」

山縣が険しい顔で言う。

そうなるのも頷ける。何せ、二つの予知だ。唐沢の暗殺を阻止しつつ、病院での爆発を防がなければならない。

「まあ、そう悲観することもないと思うよ」

黒野が、けろっとした顔で言う。

「お前みたいに、能天気ではいられないだろう」

「別に、能天気になってるわけじゃない。ただ、これまでの事例に鑑《かんが》みれば、この二つの事件が関連性のあるものであることは確かだ」

言われてみればそうだ。

志乃は、片っ端から人の死を予知するわけではない。殺人事件に限られている。それも、突発的に起きたものは省かれる。

尚且《なおか》つ、それらは全《すべ》て関連したものなのだ。

おそらく、今回も唐沢の暗殺と、病院での爆発は、繋《つな》がりのある事件とみて間違いないだろう。

「関連しているのは分かったけど、対処はどうするの？」

公香が不服そうな顔をしながら言う。

「ぼくに、いい考えがある」

黒野が笑みを浮かべる。

真田には、何か良からぬことを考えていると思えてならなかった——。

五

「なるほど——」

それが、志乃の予知の映像を見終えた、唐沢の第一声だった。

セーフハウスであるマンションのリビングルームだ。ソファーに腰掛け、タブレット端末に表示される映像を、無表情に見つめている。

唐沢は、キャリアとして警察組織の中でのし上がり、切れ者と怖《おそ》れられる人物だ。引き締まった体格に、鋭い眼光。冷静沈着で、多少のことでは動じないタイプであることは分かっているが、自らの命の危機を目の前にして尚、その態度に変化が見られないとなると、山縣の方が戸惑ってしまう。

隣に座る公香も、理解できないといった感じで眉を顰めている。

今回は、被害者が明確に分かっている。そのことを伝えるべきだという判断から、大急ぎで面会したのだが、拍子抜けした感がある。

「次に狙《ねら》われているのは、唐沢さん自身です」

身を乗り出すようにして告げる山縣に、唐沢は「そのようだな――」と他人事《ひとごと》のように応じた。

「状況を分かっていますか？」

同行していた公香が、堪らずといった感じで口にする。

「もちろんだ」

唐沢は、淡々と答えた。

ここまで来ると、強靱《きょうじん》な精神力を持っているというより、単に鈍いのではないかとすら思えてくる。

が、唐沢に限ってそれはないだろう。

唐沢は、〈次世代犯罪情報室〉の創設者である。警察内の誰より、クロノスシステムの精度を理解しているはずだ。

つまり、充分に状況が分かった上で、冷静さを保っているということだ。

「これからの対応を検討しましたが、状況が改善されるまで、唐沢さんに警護を付けるかたちで……」

「本当に、それが君たちの見解か？」

唐沢が山縣の説明を遮った。

「どういうことでしょう？」

「警護を増員し、暗殺者に備えれば、一時的に私の命は助かるだろう。しかし、それはあくまでその場しのぎに過ぎない」

まさに、唐沢の言う通りだ。

感情的になり、突発的に起きた殺人事件であれば、警護を付けることで対応が可能だ。しかし、志乃が予知する殺人の映像は、全て計画的な犯行によるものだ。

そのことは、映像の中の犯人の行動を見ても明らかだ。

明確な意図を持っての殺人の場合、警護を増員したところで、犯人は別の手段を考

える か、或《ある》いは、タイミングを変えるかするだけだ。

「もちろんそうです。しかし、志乃が——クロノスシステムが、次の犯行を予知するはずです。それに対応するかたちで動けば、対策も可能かと」

山縣が反論すると、唐沢はふっと口許《くちもと》を緩めて笑った。

「それは、問題の先延ばしに過ぎないとは思わないか?」

「しかし……」

「そうやって犯行を防ぐほどに、相手の行動はより大胆になり、かつスパンも短くなる。クロノスシステムの予知が追いつかないというケースも出てくるのではないか?」

唐沢の鋭い眼光が山縣を射貫《いぬ》く。

まさに唐沢の指摘の通りだ。警護を増員すれば、暗殺者は、その警護を突破する方法を考える。

それは、得てしてより大胆なものになるはずだ。

志乃の予知夢が追いつかなくなる——というケースも起こりうる。

「そうならないように、私たちとしても……」

「感情論は捨ててもらおう」

「え？」

「本当は、事件解決の為に、私に囮《おとり》になって欲しいのではないか？　そうすることで、暗殺が誰の手によるものなのか、それを炙《あぶ》り出すことができる。敵が分かれば、その敵そのものを潰《つぶ》すことも可能だ。それこそが、抜本的な解決方法になる」

「…………」

山縣は絶句した。

自らの命を危険に晒《さら》して尚、こうしてロジカルに思考することができる唐沢に、恐怖すら感じる。

「少なくとも、黒野はそういう作戦を立案したはずだ。ただ、君が感情に流されて別のことを口にしている——違うか？」

——全てお見通しというわけだ。

山縣は観念して固く目を閉じ、一度深呼吸をしてから、改めて唐沢に目を向ける。

「仰《おっしゃ》る通りです。黒野からは、別の作戦を提示されました。しかし、危険過ぎると私が判断しました」

「では、聞かせてもらおう。黒野は、どんな作戦を立案したんだ？」

唐沢が、自らの顎《あご》に手をやりながら問いかけてくる。

「黒野の案は、先ほど仰った通り、唐沢さん自身が囮になるというものです。唐沢さんには、あくまで映像の通りに行動してもらいます。その上で、我々が現場周辺に待機。暗殺者を待ち伏せして、これを押さえるというものです」

「まさに囮だな」

唐沢が、笑みを零《こぼ》した。

その表情は、まるでこの状況を楽しんでいるかのように見えた。

「しかし、この作戦はかなりリスクが伴います。こちらが待ち伏せしていることが相手に伝われば、向こうも作戦を変更してくるでしょう」

「つまりは、限られた少数で、対応するということだな」

「はい」

「当然、その分、私の命は危険に晒される」

「そうです」

山縣は、顎を引いて頷いた。

「分かった。黒野の作戦を採用しよう」

唐沢は即答したが、山縣は返事をすることができなかった。

「迷っているのか？」

唐沢が訊《たず》ねてきた。

「はい」

「なぜ、迷う必要がある？　私は最善の策だと思う」

「敵を見つけるという観点からみれば、最善かもしれません。しかし、唐沢さんを守るという意味では、やはり危険過ぎます」

「そうかもしれないな。だが、君たちが守ってくれるんだろ」

唐沢が、小さく笑みを浮かべた。

山縣は思わず視線を逸《そ》らしてしまった。それは、隣にいる公香も同じだった。

「全力は尽くします。しかし、正直、保証はできません」

山縣は本音を口にした。

これまでの経験で分かっている。志乃の夢は、あくまで、そのことを第三者が知らない状態での未来だ。

その事実を知るはずのない第三者が介入することで、予知とは異なる展開になる可能性が高い。

だからこそ、未来を変えることができるともいえるが、同時に、不測の事態を生み出すことにもなる。

何が起こるか分からないのに「大丈夫です」などと無責任なことは言えない。

「君は、嘘《うそ》が吐《つ》けない男だな」

「すみません」

「謝ることはない。そもそも、こんな危険なことに巻き込んだのは、私自身の責任でもある」

「そんな……」

「お互い、最善を尽くそう。私も、まだ死にたくはないからな」

唐沢は覚悟を持った顔で頷いた。

「分かりました。唐沢さんを守る為にも、幾つか確認したいことがあります」

山縣は、真《ま》っ直《す》ぐ唐沢を見据えた。

「何だ？」

「暗殺者に心当たりはありますか？」

「分からない。そもそも、フルフェイスのヘルメットを被《かぶ》っているのだから、顔も見えないしな」

確かに、顔が見えないことには判断がつかないだろう。

「では、命を狙われる理由に、何か心当たりは？」

「ある」

唐沢が、きっぱりと言った。

「その理由を、教えて頂けますか？」

命を狙われている自覚があるということは、それ相応の何かをしたということだ。それが分かれば、犯人を炙り出す手がかりになる。

「理由は、分からない」

「どういうことです？」

「こういう仕事をしていれば、知らず知らずのうちに、誰かの恨みを買うこともあるだろう。私の行動を快く思っていない連中など、掃いて捨てるほどいるはずだ」

唐沢が、自嘲《じちょう》気味に笑った。

確かに唐沢のような立場の人間であれば、多くの恨みを買っていても不思議はない。だが、さっきの唐沢の返事は、そうした曖昧《あいまい》なものではなく、明確に敵の姿を見据えているように感じられた。

では、敵とはいったい誰か？

山縣の頭に浮かんだのは、ある組織だった。

「〈愛国者〉ですか？」

山縣は、おそるおそるその名を口にした。

強国主義を謳《うた》う、謎《なぞ》の秘密結社。前回の事件のとき、その存在が明らかになった。

〈愛国者〉は、東京の人口密集地で、毒ガスを用いたテロを行うことで、日本の防衛の脆弱《ぜいじゃく》さを世間に思い知らせ、強国への舵《かじ》取りをしようとした連中だ。

〈愛国者〉の目論《もくろ》みは、〈次世代犯罪情報室〉により未然に防がれた。

計画を邪魔された〈愛国者〉からしてみれば、〈次世代犯罪情報室〉は恨むべき相手ということになる。

そのトップである唐沢を葬《ほうむ》ろうとしたとしても、何ら不思議はない。

「その可能性も、大いにある」

「厄介ですね……」

山縣は、苦い顔で呟いた。

噂《うわさ》に聞くところによると、〈愛国者〉という秘密結社のメンバーは、拠点を構えた組織とは違い、至るところに潜んでいる。

前回の事件のときも、内閣情報調査室のエージェントが〈愛国者〉のメンバーであったことが、明らかになったばかりだ。

首謀者を含め、その全貌《ぜんぼう》が明らかになっていないのだから、対抗のしようがないというのが事実だ。

「それでも、我々は闘わなければならない」

唐沢は、強い覚悟をもった口調で言った。

山縣も気持ちは同じだ。

日本の防衛が、世界の中で遅れをとっているのは事実だし、何かしらの対策は講じていく必要があるという考えも分かる。

だが、それが単純に軍備を増強してしまうことかといえば、そうではないはずだ。

それは、日本を戦前の軍国主義に引き戻す行為に他ならない。何より、国民の意識を操作する為に、人の命を平然と奪うような蛮行を許すわけにはいかない。

そうした思いはあるが、同時に不安を抱えているのも事実だ。

果たして自分たちに立ち向かえるのだろうか？

〈次世代犯罪情報室〉といっても、特別な訓練を受けたプロの集団ではない。黒野はともかく、真田と公香は元々警察官ですらない。浮気調査がほとんどの探偵に過ぎなかったのだ。

山縣自身、真田や公香を危険から遠ざける為に、警察を辞めて探偵になったはずが、再び警察の組織に編入されることになっている。

これも、因果というやつなのかもしれない。

　山縣は頭を振って思考を断ち切ると、改めて唐沢に目を向けた。

「もう一つ、お訊《き》きしたいことがあります」

「何だ？」

「爆破されるのは警察病院です。おそらく、唐沢さんの暗殺と関連したものだと思われます。そのことを踏まえて、何か思い当たる点はありますか？」

　山縣の質問に、唐沢は考えを巡らせるように、眉間《みけん》に皺《しわ》を寄せて押し黙った。

「残念だが、思い当たる節はない」

　しばらくして、唐沢がそう告げた。

「そうですか」

　落胆とともに口にした山縣だったが、ふと引っかかりを覚えた。

　何がどう引っかかっているのか、山縣自身にも分からない。ただ、何とも言えないもやもやとしたものが、視界を覆《おお》っているようだった。

「話は終わったか？」

　唐沢が立ち上がりながら訊ねてくる。

　山縣は、釈然としない思いを抱えながら「はい」と応じた。

　そのまま部屋を出て行こうとした唐沢だったが、ふと足を止めてこちらを振り返った。

「本音を言うと、私も怖い」

　唐沢は、呟《つぶや》くように言ったあと、部屋を出て行った。

六

「頑張ってるね――」

　不意に声をかけられ、塔子は慌てて振り返った。

　モニタリングルームの戸口のところに、黒野が立っていた。

　一見すると、穏やかな笑みを浮かべているが、それが仮面であることは一目瞭然《いちもくりょうぜん》だ。シルバーフレームのメガネの奥にある目は、冷ややかに塔子を見据えている。

「そんなに怖がらないでよ」

　黒野が、モニタリングルームの中に入って来た。

「別に怖がっているわけでは……」

　塔子は首を振ったが、自分でも説得力のない口調だと感じた。

事実、塔子は黒野を怖れていた。黒野は、塔子の秘密を知っている。志乃を敢《あ》えて昏睡《こんすい》状態のまま維持しているという、真田たちに対する裏切りを伴った秘密を——。

黒野は、その秘密を知りながら、口にすることなく今日まで来ている。

それが塔子には怖ろしかった。

おそらく、黒野は何かしらの意図があって、敢えて真田たちに真実を伝えていない。

その目的が分からないからこそ、何とも形容しがたい不安と恐怖とに苛《さいな》まれている。

「会議は終わったんですか？」

塔子は、平静を装《よそお》いながら訊ねた。

「まあね。山縣さんと公香さんは、唐沢さんのところに向かった。映像を見せて、対策を練ることになると思う。ぼくと真田は、それまで待機ってところかな」

「そうですか……」

返事をしながら、塔子はわずかに違和感を覚えた。

切迫した状況であるにもかかわらず、黒野の行動が、あまりに緩いように思えたからだ。

「今回は、どんな作戦なんですか？」

塔子が訊ねると、黒野はわずかに目を細めた。

「詳しくは言えないけど、シンプルな作戦で行くつもりだよ。鳥居《とりい》さんは、今回は出番無しってところだね」

「そうですか……」

「ねぇ。一つ訊きたいことがあるんだけど」

黒野は、そう言いながら塔子の顔を覗《のぞ》き込んだ。

「な、何でしょう」

嫌な予感がした。

背中をつつっと冷たい汗が流れ落ちる。

笑みを浮かべながらも、黒野の目は全てを見透かしている。そう思えてならなかった。

「また、隠し事をしてるでしょ」

さらりと言った黒野の言葉に、心臓がぎゅっと収縮した。

やはりそうだ。黒野は分かっている。おそらく、塔子がここで嘘を並べたところで、いとも簡単に看破してしまうのだろう。

しかし、それでも、嘘を吐かなければならない。

「何のことですか？」

塔子が問い返すと、黒野がふっと息を漏らした。

「悪あがきをするつもり？」

「悪あがきも何も、何のことだか私には分かりません」

「そう。だったら、ストレートに訊くことにするよ」

黒野はにっと白い歯を見せて笑った。

「………」

「さっきの予知の映像、加工してあるでしょ」

本当に、ストレートに核心を突いてきた。動揺が顔に出そうになるのを、どうにか堪《こら》えた。

黒野を誤魔化《ごまか》すことができたかどうかは、怪しいところだ。

「加工とは、どういうことですか？」

塔子の立場からすると、あくまで惚《とぼ》けるしかない。

「言葉のままだよ。おかしいと思ったんだよね」

「何がです？」

「前まで、クロノスシステムで可視化された志乃ちゃんの夢のデータは、即座にぼくのタブレットに転送されるように設定しておいたんだ。それなのに、今回は送られてこなかった」

「それは……セキュリティーの問題です。前回の事件を教訓に、データの転送設定を解除したんです。黙っていたことは謝ります」

塔子は頭を下げた。

これで納得して欲しい。そう願ったが、黒野はそう甘くなかった。

「セキュリティーの問題ねぇ……もっともらしい言い訳をしているけど、それでぼくが納得すると思った？」

「思いません」

「だったら、素直に喋《しゃべ》っちゃいなよ。その方が楽になるよ」

黒野が耳許で囁《ささや》いた。

悪魔の誘惑のように、塔子の心に甘美に響いた。打ち明けてしまえば、どんなに楽になるだろう。でも、塔子にはそれができない理由がある。

「あくまでセキュリティーの問題です」

塔子は、きっぱりと言った。

黒野は「ふーん」と気のない返事をしたあと、改めて塔子を見据える。さっきよりも、より一層、冷たい目をしていた。

「だったら、あの映像の不可解な点について、納得のいく説明をしてよ」

「不可解な点――ですか？」

塔子は、あくまで惚ける。

「そう。他の連中は気付いていないみたいだけど、ぼくの目は誤魔化せないよ。二件目の病院爆破の映像。あれには、不自然な点が幾つかある。間違いなく、志乃ちゃんが予知した映像を加工したものだ」

黒野の言葉で、ひやっとする。

最初から分かっていたことだが、黒野は既にあの映像の不自然さを見抜いている。

「いったいどう加工したというんです？」

聞き返しながら、しまったと思った。

黒野は答えを持っている。だから、こうして塔子に問い質《ただ》しているのだ。こんな風に訊ねたりせず、知らぬ存ぜぬを押し通し、強引に会話を終了して立ち去るべきだった。

「あの映像は、他のものと比較して、明らかに短か過ぎるよね」

――やっぱりだ。

黒野は、あの映像の前半部分を、意図的にカットしたことに気付いている。だが、認めるわけにはいかない。

「そうは思いません」

塔子は首を振った。

「あくまでシラを切るんだね」

「シラを切っているわけではありません。本当に知らないんです」

「同じことを、彼の前でも言える？」

黒野が、ガラスで区切られた向こうの部屋を指差した。

視線を向けると、そこには真田の姿があった。

また、志乃に会いに来たのだろう。

志乃の予知した死の運命を変える為に、真田はぼろぼろになりながら奔走している。志乃が再び目を覚ますと信じて、自分の命の危険も顧みず、ただ真っ直ぐに突き進む。

その姿は、見ていて痛々しい。

だが、塔子とは対極にある、ひたむきで愚直なまでの真っ直ぐさに、惹《ひ》かれているのも事実だ。

決して叶《かな》わぬ想《おも》いと知りながら、それでも自分ではどうしようもないくらいに、真田への想いが募る。

もしかしたら、自分は真田に救いを求めているのかもしれない。いや、そうではない。きっと塔子が求めているのは、罰なのだろう。

「彼は、関係ありません」

塔子は、どうにか口にしたが、その声は自分でも分かるほど震えてしまっていた。

「関係なくないんだよ。君は指示された行動をしただけのつもりかもしれないけど、その行動のせいで、彼が死ぬかもしれないんだ。それくらい分かるだろ」

黒野の言葉が、胸の奥に突き刺さった。

「今なら、まだ対処のしようがある。本当のことを教えてよ」

黒野が改めて問う。

心が動いた。もし、自分の行いのせいで、彼が――真田が命を落とすようなことになれば、悔やんでも悔やみきれない。

やはり、黒野に全てを打ち明けるべきだろうか？

黒野は怖ろしい男だ。だが、同時に、塔子が真実を打ち明けることで、味方につけることができるのなら、この絶望的な状況を変えることもできるかもしれない。

「まずいな」

唐突に、黒野が呟いた。

さっきまでとは、明らかに口調が違う。沈着冷静な黒野にしては珍しく、その声にははっきりと焦《あせ》りがあった。

「何が、まずいんですか？」

塔子が問い返すと、黒野は防犯カメラの映像が映っているモニターに目を向けていた。

正面入口の前に設置されている防犯カメラに、一人の男の姿が映っている。タクティカルベストを装着した白髪の男――アレスだ。

――どうして、彼がここに？

「至急、山縣さんに連絡して。そのあとは、屋敷から撤収するんだ」

黒野は、早口に言うと部屋を出て行った。

どうして、このタイミングで、この場所に姿を現したのか？　塔子は、困惑しながら携帯電話を手に取った。

〈山縣だ〉

電話に応じた山縣に、事態を説明しようとしたが、それを遮るように地面を揺さぶる轟音《ごうおん》が響き渡った。

七

真田は、白で統一された部屋に足を踏み入れた——。

静寂に包まれたその部屋は、美しくはあったが、無機質で、どこか現実離れしている。

コントロールパネルに取り付けられたコンソールを操作すると、二本のアームによって、直立していた楕円形《だえんけい》のコクーンが滑らかに動き、横向きに変わった。

開閉スイッチを押すと、コクーンのシェルが僅《わず》かな電子音とともに開かれる。

そこに、志乃は眠っていた。

まるで人形のように動かない。呼吸と心拍は、常時モニタリングされている。それがなければ、死んでいると錯覚してしまうほどだ。

真田は、そっと志乃の手に触れる。

肌を通して、温《ぬく》もりが伝わってきた。志乃が、生きているという証《あかし》——。

一年以上前のあの日から、志乃は眠り続けている。

——彼女を生かしておくのは、君のエゴだよ。

唐突に、耳許で声がした。実際に、今誰かに声をかけられたわけではない。以前、黒野に言われた言葉が蘇《よみがえ》ったのだ。

真田たちは、志乃が目を覚ますと信じて唐沢の提案にのり、〈次世代犯罪情報室〉のメンバーとなった。

果たして、その選択は正しかったのだろうか？

黒野は、いっそ殺した方が、志乃の為《ため》だとも言った。一見、残酷なように思える言葉だ。現に、あのとき、真田は黒野に殺意さえ覚えた。

だが、それが一つの方法であることも事実だ。

コクーンの中で眠り続ける志乃は、人が死ぬ夢を見続けるのだ。もし、目覚めないのだとしたら、それは酷《ひど》く残酷な仕打ちだ。

黒野が言ったように、真田たちのエゴの為に、志乃に辛《つら》い思いをさせていることになる。

「おれたちは、本当にこれで良かったのか？」

真田は、志乃に問い掛ける。

返事はない。

そんなことは分かっているはずなのに、わずかながら期待してしまう。しかし、それこそが、志乃を苦しめる要因なのかもしれない。

真田は、志乃から手を放し、固く拳《こぶし》を握った。

心の内側に溜《た》まったもやもやとした感情を、誰かにぶつけることができたら、どんなに楽だろう。

だが、それをぶつける相手はいない。

そうではない。本当は分かっている。怒りをぶつけるのだとしたら、この選択をした自分自身にこそ向けるべきだ。

クロノスシステムは、いわば呪《のろ》いのようなものなのかもしれない。

真田だけでなく、志乃をも縛り付ける呪い。いや、それだけではない。山縣も、公香も、そして黒野でさえ、このシステムの呪いに囚《とら》われている——。

どんっ——と何かが破裂するような音で、真田の思考は中断された。

地面が揺さぶられる。一瞬、地震かと思ったが、それとは明らかに違う。これは、何かが爆発して起きたものだ。

周囲に視線を走らせていると、黒野が部屋に飛び込んできた。

いつもにやけた表情を浮かべている黒野の顔が、焦りからか、引き攣《つ》っているようだった。

「アレスだ」

黒野が早口に言う。

「何だって？」

まさか、このタイミングでアレスの名を聞くとは思わなかった。

アレスは、前回の事件のときに相まみえることになった男で、かつて、内閣情報調査室の特殊工作員だった。

銃器、爆発物、格闘術、あらゆるものに精通し、類《たぐ》い稀《まれ》なスキルを有している。

それだけではなく、特殊な薬物を投与され、肉体の能力を極限まで高めている。ギリシア神話で闘神の名であるアレスをコードネームにするのに、相応《ふさわ》しい男だ。

「正面の防犯カメラに映っていた。たぶん、もう敷地内に侵入しているはずだ」

さっきの音は、やはり爆発物だったようだ。そして、それを爆発させたのがアレスということか。

ただ、分からないことがある。

「どうして、アレスがここに？」

「さあね。詳しいことは分からない。でも、考えられる可能性は一つしかない」

黒野が、志乃に目を向けた。

「もしかして……」

「たぶん、そのもしかして——だと思う」

黒野の言葉に目眩《めまい》がした。

つまり、アレスは志乃、もしくはクロノスシステムを狙っている可能性がある——ということだ。

受け容《い》れがたいことではあるが、納得する部分もある。

黒野が入手した情報によると、アレスは志乃と同じように、未来を予知する能力があったらしい。

アレスが見たのは、志乃のように数日後に起きる人の死ではなく、何年も先の未来だったという話だ。

そこで、アレスは戦争を引き起こし、廃墟《はいきょ》と化した日本の姿を目にした。それを止める為に、単独で行動し、様々な破壊工作や暗殺を行っている。

そんなアレスが、同じ能力を持つ志乃に目を着けることは、当然のことと言える。

「迎え撃つぞ」

「本気で言ってるのか？　悪いけど、勝ち目はないよ」

黒野が、珍しく苦い顔をしている。

そうなるのも頷《うなず》ける。アレスの強さは、対峙《たいじ》した真田も充分過ぎるほどに分かっている。

真っ正面からいって、敵《かな》う相手ではない。

だが、それでも──アレスが、志乃を狙っているのだとしたら、ここで引き下がることはできない。

何としても、食い止めなければならない。

「それでも、やってみるさ」

大股《おおまた》で部屋を出て行こうとした真田だったが、黒野に腕を摑《つか》まれた。

真田を止めようとしているのだとしたら、大きな間違いだ。何があっても、譲るつもりはない。

「放せ」

真田が言うと、黒野が長いため息を吐いた。

「まったく。これだから熱血バカは……今日のトレーニングがまったく活《い》きてないね」

「バカで悪かったな」

「悪いと思ってるなら、少しは改善して欲しいな」

「とにかく、君にはぼくの指示に従ってもらう。彼女の為にもね――」

「うるせぇ！」

黒野が、ぞっとするほど鋭い視線を真田に向ける。

こいつがこういう顔をするときは、何か策があるときだ。何を考えているのか知らないが、今は黒野を信じて動くしかなさそうだ。

八

黒野は、屋敷のエントランスの柱に背中を預けていた――。

ここで黒野がアレスを迎え撃ち、真田は志乃の部屋に籠城《ろうじょう》する。塔子には、山縣たちに連絡を入れるように指示してある。

つまり、救援を待ちつつ時間稼ぎをする――というのが今回の作戦の概要だ。

しかし――。

我ながら愚かな作戦だと言わざるを得ない。

正面からアレスとやり合って、黒野がどれほど時間稼ぎできるかは、定かではない。

五分耐えられればいい方だ。それは、真田にしても同じだ。

間違いなく、山縣たちの援軍は間に合わない。

そもそも、山縣と公香が参戦したところで、勝てる可能性は一パーセントも上がらない。アレスに勝つ為には、それこそ軍隊に出動してもらう必要があるだろう。

それでも、黒野はこの作戦を選択した。

その理由は幾つかある。

まずは、防犯カメラの映像だ。堂々と防犯カメラに映っているところからして、アレスは人知れず潜入しようとは考えていない。

アレスほどの男なら、防犯カメラの位置くらい瞬時に把握し、自分の姿が映ることなく侵入するなど容易《たやす》い。

それでも、防犯カメラに自分の姿を晒したのは、敢えてこちらに気付かせる為に他ならない。

となると、侵入ルートは限られてくる。

黒野の前にある正面扉から、堂々と姿を現すはずだ。

問題は、なぜ、敢えてその存在をこちらに知らしめるようなことをしたのか――だが、それこそが作戦の肝になる。

真田には、襲撃だと伝えたが、おそらくアレスの目的は別のところにある。だからこそ、わざわざこちらに襲来を告げるような真似《まね》をした。

それが証拠に、防犯カメラに映り込んでから、だいぶ時間が経過しているというのに、未《いま》だに姿を現さない。

こちらの準備が整うまでの猶予《ゆうよ》を与えていると考えるのが妥当だ。

アレスの目的が襲撃ではないことを示す証拠は、他にもある。

――志乃の夢だ。

もし、アレスがこの屋敷を襲撃し、自分や真田たちを抹殺することを考えているのだとしたら、志乃によってその未来は予知されていなければならない。

少なくとも、このタイミングで死ぬことはないということだ。

かなり確度の高い分析をしたはずなのに、黒野の中で肥大化した不安は、抑えがきかなくなっていた。

戦闘のスキルはともかく、頭脳では引けを取っていないつもりだ。

にもかかわらず、こうも不安にかられるのは、アレスに対する恐怖心故《ゆえ》なのかもしれない。

幼い頃から、自分の意思とは関係なく、工作員となる為のトレーニングを積まされてきた。その過程の中で、死を意識したのは、一度や二度ではない。

笑顔の仮面を着け、心を閉ざすことで恐怖は克服したつもりだった。

真田たちとかかわり、下手に色々なことを感じてしまったせいで、自分でも気付かぬうちに、仮面が剝《は》がれてしまったのかもしれない。

そんな感傷を打ち破るように、爆発音がしたかと思うと、正面の扉が粉々に砕け散った。

——来た！

正面から突入して来ることは想定内だが、こうも派手にやるとは思っていなかった。

これでは、見つけてくれと言わんばかりだ。

いや、そもそもアレスは見つかることを想定しているのだ。

黒野は、柱の陰から身体《からだ》を出すことなく、足許《あしもと》に視線を落とした。

床の上に置かれたタブレット端末には、予《あらかじ》め仕掛けておいた隠しカメラの映像が、リアルタイムで表示されている。

モニターには、白煙を掻《か》き分けるようにして歩み寄って来るアレスの姿が映っていた。

その存在感は、圧倒的と言っていい。

真っ白い髪が、それを余計に際立《きわだ》たせている。

黒野は、ホルスターからオートマチック拳銃《けんじゅう》のグロックを抜くと、改めてタブレットの映像に目をやり、アレスの位置を頭に入れ、撃つべき場所をシミュレートする。タイミングを計り、柱から身体を出すと、アレスに向かって立て続けに三発発砲し、すぐにまた柱の陰に隠れた。

確認はしていないが、全弾外してしまっただろう。

それが証拠に、凄《すさ》まじい連射音とともに、黒野が隠れている柱に弾丸が撃ち込まれる。どうやら、マシンガンを所持しているらしい。

――そこまでしなくてもいいのに。

黒野は内心でぼやく。

〈黒野！　大丈夫か？〉

無線機につないだイヤホンマイクから、真田の声が聞こえてきた。

心配性の真田のことだ。爆発音と銃声を聞いて、いてもたってもいられなくなったのだろう。

「平気だよ」

〈平気って、お前銃声が――〉

「分かってる」

〈今、そっちに行く〉

「駄目だ！」

〈どうして？〉

返答しようとしたが、連続した射撃音に掻き消された。

本当に容赦がない。

ここまでやるとは——段々と自分の推論が外れているのでは、と思い始めてきた。

だが、今は考えるときではない。

何とかして、アレスの真意を確かめなければならない。

「いいから、君はそこでクロノスシステムを守れ！」

今回の作戦は、時間稼ぎが目的だ。一人揃《そろ》えば、同時にやられる可能性もある。別々に動かなければならない。

黒野は、改めてタブレットの画像に目を向けた。

アレスが歩み寄ってくるのが確認できた。生気の感じられない冷たい目と、真っ白な髪は、まさに幽鬼のようだ。

装備しているのは、サブマシンガンのＰ90だ。

ＦＮ社が開発したサブマシンガンで、機関部がグリップより後方にある独特の形状をしている。その為、サブマシンガンにしては、銃身が長い構造になり、射撃姿勢も安定する為、集弾性に優れている。つまり、狙《ねら》いやすい。

何処《どこ》で手に入れたのかは知らないが、屋内での戦闘を想定した場合、最適のチョイスといえる。

既に、こちらの位置は捕捉《ほそく》しているのだろう。黒野が身を隠している柱に真っ直ぐ向かってくる。

——そうだ。そのまま来い。

何の策もなく、アレスをここで待ち受けていたわけではない。エントランスには小型の対人地雷のクレイモアが仕掛けてある。

踝《くるぶし》の高さに張ったワイヤーに引っかかれば炸裂《さくれつ》し、散弾銃のように、扇状に小型の鉄球を撒《ま》き散らす。

紛争地ならともかく、日本で見かけることなどまずない。

万が一に備えて、唐沢に無理を言って手配しておいてもらったものだ。アレスも、まさか日本で、クレイモアと遭遇するとは思っていないだろうから、油断があるはずだ。

さっきの黒野の銃撃は、アレスをこの場所に導く為の伏線でもある。

——あと一歩だ。

そう思った矢先、アレスがピタリと足を止めた。

顔を上げ、ニヤリと笑みを浮かべる。気付かれてしまったらしい。

だが、悲観することはない。

クレイモアに気を取られているアレスは、動きを止めている。その隙《すき》を突けば、仕留めることができる。

黒野は、素速く柱から身体を出し、トリガーを引いた。

三発銃弾を放ったが、その全《すべ》てが外れた。

黒野の照準が甘かったのではない。アレスはこの状況に動揺することなく、近くにある柱に身を隠してしまったのだ。

今度は、黒野が柱に身を隠すことになった。

柱の陰に隠れながらも、アレスはP90を片手持ちで発射してくる。

「本当に厄介な野郎だ」

黒野は、ぼやかずにはいられなかった。

ただ、それで万策尽きたわけではない。黒野には、まだ策がある。

屈《かが》み込んで、タブレット端末を操作すると、モニターに別の映像が映し出された。

小型カメラを仕掛けたのは、一カ所ではない。

全部で八カ所だ。

映像を切り替えていくと、一台のカメラが柱の陰に隠れているアレスの姿を捉《とら》えた。

――いい位置だ。

アレスを迎え撃つのに、エントランスを選んだのには他にも理由がある。この空間で、銃撃戦になった場合、遮蔽物《しゃへいぶつ》に身を隠すのは当然のことだ。

そして、エントランスの中で遮蔽物となるのは、四本の柱しかない。

それを効率的に使えば、アレスの行動をコントロールすることができる。そして、今、アレスの行動は黒野の戦術の中にあると言っていい。

黒野は、グロックを天井に向け、三回連続でトリガーを引いた。

放たれた弾丸は、天井からぶら下がっているシャンデリアを固定している器具を撃ち抜いた。

シャンデリアが、アレスが隠れている柱のあたりに落下する。

アレスは、柱の陰から飛び出してきた。

――かかった。

黒野は、アレスに銃口を向けて狙いを定め、トリガーを引こうとしたが、アレスは想定外の行動に出た。

柱の陰から飛び出しながら、左手でグロックを抜き、クレイモアを撃ったのだ。

爆発音とともに、散弾が飛び散る。

黒野は、トリガーを引くことができずに、堪《たま》らず柱の陰に身を隠すことになった。

——ここまで仕掛けても駄目か。

黒野は、絶望にも似た気分に打ちひしがれる。

とはいえ、諦《あきら》めれば即ゲームオーバーだ。こちらには、まだ小型カメラがある。

時間をかければ、アレスを追い詰めることができるはずだ。

黒野が、足許のタブレットに目を向けるのと同時に、銃声が轟《とどろ》き、モニターがブラックアウトした。

おそらく、カメラの存在に気付き、それを撃ち抜いたのだろう。

その後、間を置きながら七発の銃声が響いた。わざわざ確認するまでもなく、全ての小型カメラが破壊されたのは間違いないだろう。

これでアドバンテージはなくなった。

とにかく、まずは現在のアレスの位置を確認しなければならない。危険ではあるが、柱の陰から身体を出して、威《い》嚇《かく》でいいので発砲しつつ状況を把握する必要がある。

黒野が動こうとしたところで、ホッケーのパックのような黒い物体が床を滑ってきて、黒野の足許で停まった。

赤いランプが明滅している。

――まずい。

黒野は、咄嗟《とっさ》に柱から飛び出した。

次の瞬間、爆発が起こった。

爆風に煽《あお》られ、五メートルほど吹き飛んだあと、床に叩《たた》き付けられた。

すぐに立ち上がろうとしたが、目眩と痛みとで、四つん這《ば》いの姿勢になるのがやっとだった。

顔を向けると、アレスが悠然とした足取りで向かってくる。

反撃に転じようとしたが、グロックは、さっきの勢いで落としてしまった。

――何か手はないか？

考えている間に、アレスは黒野のすぐ前で足を止め、P90の銃口を頭に突きつけてきた。

こんな至近距離でトリガーを引かれたら、黒野の頭蓋骨《ずがいこつ》は粉々に砕け、脳漿《のうしょう》をぶちまけることになるだろう。

――万事休す。

「クロノスシステムは、どこにある？」

アレスが、低く、よく響く声で訊《たず》ねてきた。

やはり、アレスの目的は、クロノスシステムだった。真田を志乃のところに残してきたのは正解だったようだ。

何にしても、ここでの回答次第で、形勢逆転のチャンスはある。

「残念だけどここにはない」

黒野は、わずかに顔を上げながら口にする。

「ないとは、どういうことだ？」

「あんたがクロノスシステムを狙って襲撃に来ることは分かっていた。だから、場所を移したんだよ」

「〈笑い男〉――お前は、自分が思っているより嘘《うそ》が下手だ」

アレスは、眉《まゆ》一つ動かさずに言う。

こうも簡単に見抜かれてしまうとは、ほとほと嫌になる。だが、時間は作った。

わずかな会話だったが、その間にそれとなく体勢を変え、右の足首に仕込んだ小型拳銃、デリンジャーに手がかかっている。

装弾数はたったの二発。威力は弱いし、命中精度も疑問が残る。だが、これだけの至近距離であれば、そんなものは関係ない。

「そうかもね」

黒野は、苦笑いとともに言うと、P90の銃口を外側に払いつつ、素速く立ち上がりながら、デリンジャーを抜いて構えた。

トリガーを引く前に、喉《のど》に強烈な痛みが走る。

アレスの右の肘《ひじ》打ちを喰らったらしい。

続け様に、銃を持っている右腕の関節を極《き》められ、そのまま床に引き倒されたばかりか、デリンジャーを奪われてしまった。

気付いたときには、仰向《あおむ》けに倒れた黒野の眼前に、奪われたデリンジャーが向けられていた。

「待て！　あんたの目的は……」

問い掛けようとした黒野の言葉を、銃声が打ち消した。

九

これまでとは異なる銃声が響いた――。

「黒野！」

嫌な胸騒ぎを覚えた真田は、無線を通じて呼びかけた。だが、ノイズが続くばかりで、黒野からの返答はなかった。

黒野が、そう簡単にくたばるとは思えない。

しかし――。

相手がアレスだとしたら、楽観もできない。状況が変わったのは確かだ。その証拠に、さっきまでの断続的な銃声はなりを潜め、静寂がとって代わっている。

真田は、ホルスターに挿してあったリボルバーの拳銃、ニューナンブを取り出し、弾倉を確認する。

できれば、銃は使いたくない。だが、相手がアレスであれば、素手で打ち倒すのは、少しばかり荷が重い。

真田は、覚悟を決めると、眠っている志乃に目を向けた。

黒野はこの場所でクロノスシステムを守れ――と言っていたが、どうにも胸騒ぎがする。

黒野はいけすかない奴《やつ》だが、大切な仲間でもある。

このまま放置することはできない。

「すぐ戻る」

真田は、志乃に告げてから慎重に部屋を出た。

廊下に人の姿はなかった。

ここは地下なので、来るには、いくらアレスといえども正面を突破するしかない。姿を現すのと同時に、トリガーを引く。

真田は、ニューナンブを構えたまま、慎重に歩みを進める。

モニタリングルームの前を、通り抜けようとしたところで、勢いよくドアが開き、中から黒い影が飛び出してきた。

——しまった。

思ったときには、もう遅かった。

アレスは、既にモニタリングルームまで到達していたらしい。

顎先《あごさき》にパンチをもらう。ぐらっと視界が歪《ゆが》む。怯《ひる》んだ隙に、ニューナンブを奪われてしまった。

何とか体勢を立て直そうと顔を上げる。

モニタリングルームのドアロのところにアレスが立っていて、無表情に真田から奪ったニューナンブの銃口を向けていた。

完全に先手を打たれた。

こうなると、もう勝ち目はない。それでも——。

真田は、諦めるわけにはいかない。そうできない理由がある。もし、アレスの狙いが、黒野の言う通り志乃なのだとしたら、命に代えても守らなければならない。

——君は、素直過ぎるんだよ。

不意に黒野の言葉が蘇った。今日、トレーニングと称して足を運んだ、地下闘技場で言われた言葉だ。

真田は、熱くなり過ぎる傾向がある。

その結果として、攻撃や魂胆が相手に筒抜けになるのだ。

相手がチンピラであれば、それでも組み伏せることができる。しかし、アレスのようなプロフェッショナルとなると、そうはいかない。

「わ、悪かった。命だけは、助けてくれ」

真田は、大げさに震える声を出し、両手を挙げて降参の意思表示をする。

自分でもくさい芝居だと思う。だが、それでいい。ほんの一瞬だけでも、隙を作り出すことができれば、チャンスはある。

「この通りだ」

真田は、深々と頭を下げる。

アレスが、わずかだが、ニューナンブの銃口を動かした。

真田は、その一瞬を見逃さず、アレスの両足を抱えるようにしてタックルすると、そのままモニタリングルームに押し込む。

電子機器を薙《な》ぎ倒しながら、アレスを仰向けに押し倒すことができた。

そのままマウントを取ろうとしたが、それより早く、首にアレスの足が巻き付いてきた。三角絞めを極めるつもりだ。

真田は、反射的に身体を離して立ち上がった。

アレスは、真田よりさらに素速く立ち上がると、強烈な前蹴《まえげ》りを放ってきた。

ガードしようとしたが間に合わない。

鳩尾《みぞおち》にまともに喰らい、思わず片膝《かたひざ》を床に突いてしまった。

そんな真田を、容赦なくアレスの回し蹴りが襲う。

慌《あわ》ててガードしたものの、踏ん張りがきかずに、そのまま吹き飛ばされる恰好《かっこう》になり、デスクに身体を打ち付け、這いつくばることになった。

デスクの上に載っていた、キーボードや文具の類いがバラバラと床に落ちる。

――くそっ！

まるで相手にならない。これだけ実力差があると、流石《さすが》に心が折れる。

このまま、たこ殴りにされるのか？

そう思った真田だったが、すぐ目の前にハサミが落ちているのを見つけた。さっき、デスクから落下したものだ。

真田は、素速くそれを手に取ると、ナイフを突き立てる要領で、アレスに襲いかかった。

しかし――。

ハサミを持った真田の渾身《こんしん》の一撃は、アレスに届かなかった。

人間のものとは思えない、凄まじい力で手首を掴まれ、押し込むことができなくなってしまったのだ。

アレスは、真田の腕を掴んだまま、ボディーに膝蹴りを浴びせてくる。

さっきのダメージの上乗せだ。

アレスは、思わず前屈みになった真田を両手で持ち上げると、そのまま投げ捨てた。

宙を舞った真田の身体は、モニタリングルームにあるガラスを突き破り、志乃がいる部屋に落下した。

身体を打ち付け、思うように動けない。

アレスが、ゆっくりとモニタリングルームから、志乃のいる部屋に移動してきた。

真田は、必死の思いで立ち上がると、庇《かば》うように志乃の身体に覆《おお》い被《かぶ》さった。

アレスは、そんな真田の髪を無造作に摑むと、そのまま強引に引き剝がし、壁に叩き付けた。

真田は、壁を背にずるずると倒れ込む。

アレスは、肩にかけていたサブマシンガンを手に取る。

あれで、志乃を撃つ気だ。

「させるか！」

真田は、最後の力を振り絞って、アレスに飛びかかる。

だが、左右の強烈なパンチで吹き飛ばされ、再び壁に身体を打ち付けることになった。

「止《よ》せ！　止《や》めてくれ！」

真田の叫びも虚《むな》しく、サブマシンガンが火を噴いた。

連続で放たれた弾丸は、志乃の生命を維持しているコクーンの装置を、火花とともに次々と破壊していく。

——何てことだ。

コクーンを壊されたら、志乃は生きていくことができない。

「うおぉぉ！」

真田は、雄《お》叫《たけ》びとともに立ち上がった。

アドレナリンが放出されたせいか、痛みは感じなかった。ただ、同時に身体の感覚もほとんどなかった。

真田は、沸き上がる熱い怒りの感情とともに、アレスに突進した。

持てる力を全て出し切ったはずだったが、それでも、アレスには敵わなかった。

強烈な蹴りを喰らい、大きく後方に吹き飛ばされ、ドアに激突した。もう、指一本動かすことができない。

アレスは、そんな真田に容赦なく、蹴りを二発、三発と打ち込んでくる。

その衝撃で、真田はドアごと廊下に倒れ込む。

辛うじて意識はあるものの、仰向けに倒れたまま、微動だにすることができなかった。まるで、肉体と意識が遮断されてしまったようだ。

そんな真田の許に、アレスが歩み寄ってくる。

人形のような無表情を、苦痛に歪めてやりたいという欲求が浮かんだが、この状態ではどうすることもできない。

アレスは、じっと真田の顔を見下ろす。冷酷非道で容赦のない男だ。おそらく、真田に止《とど》めを刺すつもりだろう。

死ぬほど悔しいが、志乃と同じところに行けると思うと、少しだけ気が楽になった。どうせ、生き残ったところで、志乃がいなくなった世界では、真田は抜け殻も同然だ。

ここで、ひと思いに死んだ方が、楽なのかもしれない。

「やれよ……」

真田は、静かにアレスに告げた。しばらく不思議そうに真田を見下ろしていたアレスだったが、やがて小さく首を左右に振った。

「お前たちは、真実を知る必要がある。私は、その為に来た――」

訳が分からなかった。

真実とはいったい何のことだ？　そもそも、何かを伝える為に来たのなら、こんな派手な破壊工作をする必要はない。

何より、志乃を殺す理由なんて、どこにもないはずだ。

「お前は……」

言いかけた言葉を遮るように、アレスは真田の顔面を踏みつけた。

十

――いったい何が起こってるの？

公香は、混乱する気持ちを抑えながら、ハイエースのアクセルペダルを踏み、車を加速させた。

塔子から連絡があったのは、唐沢のセーフハウスを出た直後のことだった。

普段は知的で控えめな塔子だが、電話の彼女は、その面影が感じられないほどに取り乱していた。

最初はどうしてこうも慌てているのか分からなかったが、事情を聞いて納得した。

塔子の話では、屋敷にアレスが現れたというのだ――。

その名を聞いただけで、公香は背筋がぞっとした。公香自身は、直接対峙していないが、前回の事件を思い返せば、とんでもない男であることは容易に分かる。

「どうして、アレスが現れたりしたの？」

公香は、思わず口にせずにはいられなかった。

過去の亡霊とでもいうべき工作員が、なぜ〈次世代犯罪情報室〉に姿を現したのかが、どうしても理解できない。

「私にも分からない」

助手席の山縣が、苦い顔で言った。

その顔は死人のように真っ青になっている。真田たちを案じてのことだろう。それは公香も同じだ。

「目的は不明だが、話し合いに来たとは考え難い」

山縣は、沈んだ声でそう続けた。

「そうね……」

山縣の言う通りだ。

話し合いをするなら、何かしらのアポイントを取ればいい。そもそも、塔子の話では、アレスは武装していたらしい。

そうなると、まず間違いなく襲撃ということになる。

だが、そんなことをしたところで、アレスに何か得があるとも考え難い。

黒野から得た情報では、アレスの敵は〈愛国者〉と名乗る、強国主義を謳《うた》った秘密結社のはずだ。

「唯一《ゆいいつ》考えられる可能性は——クロノスシステムだ」

山縣が、ぼそっと口にした。

その言葉に、公香ははっとさせられる。

確かに、その可能性は大いにある。前回の事件のとき、公香たちは、志乃の予知が現実になるのを止めようとしてアレスと遭遇することになった。

テロを止めようという目的は同じだったが、手段が公香たちとはまったく違った。

もしかしたら、あの一件で、〈次世代犯罪情報室〉いや、クロノスシステムを邪魔だと考えたのかもしれない。

そうなると、今回の襲撃の意図も筋が通る気がする。

納得すると同時に、公香の身体を、恐怖にも似た感情が這い上がってきた。

「ちょっと待って。もし、そうだとすると、志乃ちゃんが危ないってことになるじゃない」

「そうだな」

山縣が頷いた。

クロノスシステムは、単に志乃の夢を可視化する為《ため》のものではない。志乃の生命維持も司《つかさど》っている装置なのだ。

それを破壊されてしまうようなことがあれば、間違いなく志乃は死ぬ――。

「冗談じゃないわ」

これまで、危険な任務に身を投じながら、必死に駆け抜けて来たのは、志乃が目覚めると信じているからだ。

「真田と黒野が撃退してくれることを祈るしかないわね」

公香の言葉に、山縣は返事をしなかった。

ただ、遠い目でフロントガラスの向こうを見ている。

微妙な反応に、戸惑いを覚えた公香だったが、すぐにその理由に行き当たった。

山縣も、公香と同じように志乃のことを大切に思っている。だが、それと同時に、真田や黒野のことも案じているのだ。

志乃は救いたいが、その為に、真田や黒野が危険な目に遭うことを容認することはできない。

優しさ故に、複雑な心境を抱えているのだ。

「大丈夫。あの二人なら、何とかしてくれるわよ」

公香は力強く言った。

冷静に考えれば、それが単なる楽観主義に過ぎないことは、重々承知している。アレスの戦闘能力は、勢いでどうにかなるレベルではない。

それでも、今は大丈夫だと信じることしかできない。

口に出すことで、そう思い込もうとしたが、どういうわけか、頭の中には悪い考えばかりが浮かぶ。

屋敷が近付いて来たところで、公香は異変を感じた。

救急車や警察といった緊急車両のサイレンの音が、あちこちで鳴り響いている。

「これって、もしかして……」

屋敷で何かが起きて、そこに向かっているのではないか？　そんな不安が頭をもたげる。

その不安は的中した。

屋敷の前で車を停めた公香は、その惨状に声を失った。

門扉《もんぴ》が無残に破壊され、窓ガラスもあちこち砕け散っている。そればかりか、正面の扉は跡形もなく吹き飛んでいたのだ。

この場所で、激しい戦闘が行われたのは確実だ。悪い予感が的中した――。

いや、まだだ。

真田たちが、アレスにやられたと決まったわけではない。

「公香さん！」

声をかけられ、目を向けると塔子の姿があった。

あまりの状況に混乱しているらしく、複雑な表情を浮かべていた。とはいえ、パニックを起こしていないのはさすがだ。

「大丈夫？」

公香が駆け寄りながら声をかけると、こくりと顎を引いて頷《うなず》いた。

顔色はよくないが、見たところ怪我《けが》をしている様子もない。

「黒野さんに、逃げるように指示されていたので……。でも二人が……。すみません。私、何もできなくて……」

塔子が、屋敷に目を向けたあと、軽く下唇を嚙《か》んだ。

一人だけ逃げてしまったことを恥じているようだが、それは致し方のないことだ。仮に留まったところで、正直足手まといになるだけだっただろう。

「いいのよ」

公香は、塔子の頭を抱き寄せた。

微《かす》かに身体が震えている。よほど怖かったのだろう。本当なら、もう少し慰めてあげたいところだが、そうもしていられない。

「ここで待っててね」

公香が塔子に告げている間に、山縣が駆け出していった。

気持ちは分かるが、先走り過ぎだ。まだ、建物の中に、アレスがいるかもしれないのだ。公香は、ホルスターから拳銃を取り出し、すぐに山縣のあとを追った。

破壊された正面扉を抜け、中に入ると、外から見るよりはるかに酷《ひど》い惨状だった。

壁のあちこちに弾痕《だんこん》ができていて、調度品の類《たぐ》いはことごとく破壊されている。のみならず、内部でも爆発があったらしく、柱が黒く焦《こ》げていた。

——真田と黒野はどこ？

公香は、必死に視線を走らせる。

——いた！

壁に寄りかかるようにして座っている、黒野の姿が目に入った。額の右側から出血していて、トレードマークのメガネも無残に砕けていた。

着ているスーツはボロボロで、煤《すす》けているところもある。

頭をがっくりと垂らして、微動だにしない。

まさか——死んでるの？

「黒野！ 大丈夫？」

公香は声を上げながら駆け寄る。

しかし、黒野はぐったりしたまま、反応がなかった。

「ちょっと！　しっかりしなさいよ！」

公香は、黒野の頬を二度、三度と引っぱたいた。

「キンキン騒がないでもらえます？　頭に響くんですよね」

黒野が、わずかに顔を上げながら言った。

こんなにボロボロになってまで、憎まれ口を叩くとは、相当に精神がねじ曲がっているのだろう。

腹は立つが、ほっとしたのも事実だ。

「ぼくのことはいいから、早く真田たちのところに……」

黒野が、掠《かす》れた声で言いながら、ふらつく足取りで立ち上がった。

今の言い方――何だか嫌な予感がする。

「真田はどこ？」

「志乃ちゃんを守る為に、彼女の部屋にいた。ただ、アレスは撤収したから、おそらくもう目的は果たされたはずだ」

淡々と並べられる黒野の言葉の意味を噛み締め、公香は戦慄《せんりつ》した。

もし、アレスの目的が志乃だったのだとしたら、彼女はもう――。

志乃だけじゃない。それを守っていた真田も、無事で済んだとは到底思えない。

呆然《ぼうぜん》としている公香を尻目《しりめ》に、山縣が駆け出した。すぐにあとを追いかけようとしたが、頭に浮かんだ最悪の事態に、みるみる力を奪われていった――。

十一

――真田！

誰かに名前を呼ばれた。

その声に導かれるように、真っ暗だった視界に光が差した。

白い天井が見えた。

それだけではない。ぼやけた視界の中、心配そうに真田を覗《のぞ》き込む顔がある。山縣と公香の姿が見えた。

「真田！　しっかりして！」

公香が、真田の肩を揺らす。

「おれは……」

朧気《おぼろげ》だった記憶が急速に蘇《よみがえ》った。この場所で起きたことが、走馬燈《そうまとう》となって頭の中を駆け巡る。

ここは、志乃の部屋の前にある廊下だ。

突如として侵入してきたアレスに、こてんぱんに打ちのめされ、意識を失っていたのだ。

何が起きたのかを自覚すると同時に、全身に強烈な痛みが走った。

筋肉が、骨が、悲鳴を上げているようだった。

それでも真田は、歯を食い縛り、強引に身体《からだ》を起こす。無理に動かしたせいで、さっきより強い痛みが走る。

思わず悲鳴を上げそうになったが、真田はそれでも立ち上がった。

歩きだそうとしたが、踏ん張りが利《き》かずに倒れそうになる。それを、山縣が支えてくれた。

「まだ動くな」

山縣が窘《たしな》めるように言う。

自分が動けるような状況にないことは、山縣に言われるまでもなく分かっている。

それでも、真田にはどうしても確かめたいことがあった。

――志乃。

真田は、山縣の手を振り払い、よたよたと歩みを進め、志乃が眠っていた部屋に足を踏み入れる。

「なっ！」

その惨状に、真田は血の気が引く。

コクーンの本体は形状を保ったまま置かれていたが、その周辺にある機器のことごとくが破壊されていた。

あちこちで、バチバチと火花が散って、薄《うっす》らと煙も漂っている。

ここにある機器は、志乃の生命を維持する為のものだ。それが、こうも破壊されてしまっては、その役割を果たすことはできないだろう。

「志乃……」

真田は、その名を呼びながら、コクーンの中を覗き込んだ。

そこに志乃の姿はあった。

これまでと変わらず、眠り続けている。いや、そう見えるだけで、実際はもう息をしていないのかもしれない。

触れれば、それを確かめられるはずなのに、身体が動かなかった。

もし、ここで志乃が死んだという事実を突きつけられたら、いったいどうなってしまうのか、自分でも想像がつかなかった。

真田は、コクーンにもたれかかるように、跪《ひざまず》いて顔を伏せた。そして、それを止められなかった自分自身こんなことをしたアレスに対する怒り。そして、それを止められなかった自分自身を情けなく思う気持ち。

そして、何よりシステムを破壊されたことに対する喪失感——。様々な感情が綯《な》い交《ま》ぜになり、ぐるぐると身体の中を回り、肉体の痛みをさらに増幅させたような気がした。

「さ……なだ……くん……」

弱々しくはあるが、確かに真田の名を呼ぶ声が耳に届いた。

そして——。

何かが真田の手に触れる。ひんやりとしていて、滑らかな感触——真田は、この感触を知っていた。

「志乃！」

真田は、がばっと顔を上げる。

コクーンの中の志乃が、目を開けて、真田を見ていた。

瞼《まぶた》が重そうで、半分ほどしか開いていないが、それでも、艶《つや》のある黒い瞳は、志乃のものに間違いなかった。

「志乃！」

真田は、力強く志乃を抱き締めた。

志乃の意識が、再び眠りの世界に落ちないように——。

「真田君。ごめんね……」

志乃が耳許《みみもと》で、囁《ささや》くように言った。

何に対して謝っているのか、真田には分からなかった。志乃が謝ることなど、何一つないはずだ。

真田は、志乃を抱き締めたまま首を振った。

志乃が目を覚ましたことは、何にも代え難い。歓喜に打ち震えていた真田だったが、ふと疑問が脳裏を過《よぎ》った。

クロノスシステムは、志乃の予知夢を可視化するのと同時に、彼女の生命を維持する装置だったはずだ。

それが破壊されたにもかかわらず、どうして志乃は生きているのか？

それどころか、逆に志乃は目を覚ました。これは、いったいどういうことなのか？

――お前たちは、真実を知る必要がある。

アレスが残した言葉が、真田の耳朶《じだ》に蘇り、まとわりついた。

あの言葉の意味は、いったい何だったのか？

考えようとした真田だったが、思うように思考が回らなかった。怪我の痛みもあるが、それだけではない。

心の奥底にある何かが、考えることを拒絶していた。

第二章　HEAVY

一

「どういうことだ？」

真田は、目の前のベンチに座る黒野を睨《にら》み付けた。

深夜ということもあり、病院の待合室にいるのは、真田と黒野、そして山縣の三人だけだった。

あのあと、すぐに志乃を病院に搬送した。

今は、公香が付き添い、治療と検査を受けているはずだ。

志乃は、いつか必ず目を覚ますと信じてはいたが、不安に襲われることがなかったわけではない。

それでも、真田は志乃の為《ため》に、走り続けてきた。

だからこそ、志乃の目覚めは何より嬉《うれ》しい。

だが、時間の経過とともに、ざわざわと音を立てて疑念が湧《わ》き上がってきた。

志乃の生命維持を司《つかさど》るはずのクロノスシステムを破壊されたにもかかわらず、彼女は死ななかった。

それどころか、長い眠りから目を覚ましたのだ。

真田が、その疑問を口にすると、黒野があっさりと答えを出した。

クロノスシステムは、志乃の生命を維持する為の装置ではなく、彼女を目覚めさせない為の装置だったのだ――と。

「どうもこうもないよ。さっき、説明した通りだよ」

黒野が、抑揚のない口調で言った。

非常灯の緑色の光に照らされて、黒野の笑みがいつもより不気味に見えた。

「眠らせ続ける――だと？」

真田は、自分の中にある混乱を抑えながら訊《たず》ねる。

「そう。あれは、いわばコールドスリープの装置だったんだ。志乃ちゃんは、薬物を投与され、低体温に保つことで、長い眠りについていたってわけ」

黒野が、さも当然のように言う。

真田の中に、じりっと嫌な感覚が広がる。本人の意思を無視して眠らせ続けるなど、人道に反する行為だ。

「何の為に、そんなことをした？」

「その方が都合がいいからだよ」

「何？」

「だってそうだろ。志乃ちゃんが予知夢を見るのは、眠っているときだけだ。だったら、普通に生活するより、ずっと眠らせておいた方が、二十四時間体制で予知夢を観測できるじゃないか」

黒野の笑みが、真田の中で燻《くすぶ》っていた怒りを増幅させた。

「もし、それが真実だとしたら、おれたちは……」

真田たちは、志乃の治療と、それにかかる費用を負担してもらうことを条件に〈次世代犯罪情報室〉の一員として、予知される人の死を阻止する為に命を懸けて奔走してきた。

もし、黒野が言っている通りなのだとしたら――。

「欺《だま》されていたことになるね」

黒野がさらりと言った。

「ふざけんなよ！」

真田は、黒野の胸倉を摑《つか》み上げ、強引に立たせた。

真田自身、アレスの襲撃を受けて満身創痍《まんしんそうい》だ。腕が軋《きし》むように痛んだが、そんなものは怒りによってすぐに消し飛んだ。

「志乃は予知夢を見る為に、眠らされ続けてたってことかよ！」

怒りを爆発させながら叫んだが、黒野はまるで表情を変えなかった。

「そうなるね」

「冗談じゃねぇ！　おれたちは、いったい何の為に命を懸けてきたんだ！」

「ぼくに言うなよ」

黒野が、醒《さ》めた目で真田を見返す。

「何？」

「彼女を眠らせ続けたのは、ぼくじゃない。ぼくは、あくまで推測を述べたまでだ」

確かにそうだ。

黒野を責めるべきでないのは分かっている。それでも、昂《たか》ぶる怒りを抑えることができなかった。

「お前はそのことを知っていたんだろうが！」

「ああ。知っていた」

「どうして黙っていた？」

「本当の敵を見極める為だ」

黒野が平然と言い放つ。

誰が、何の為に、志乃を眠らせ続けるという選択をしたのか――それを炙《あぶ》り出す為には、黒野の選択は正しかったのかもしれない。

しかし、感情を置き去りにして効率を優先させるその発想は、志乃を眠らせ続けた連中と同じだ。

「志乃の気持ちはどうなるんだよ！」

「彼女の為でも……」

真田は、黒野の言葉を遮るように、どんっと身体《からだ》を突き飛ばし、殴りかかった。

黒野の頬を捕らえる確かな手応《てごた》えがあった。

ベンチもろとも、黒野がひっくり返るようにして倒れる。追い打ちをかけようとしたが、山縣が身体を張ってそれを止めに入った。

「止《よ》せ！　黒野に当たってどうする？」

山縣が真田を抱き竦《すく》める。

「離せ！　おれには許せねぇんだよ！」

「少し落ち着け！」

「山縣さんは平気なのかよ！　こんなことされて、平気なのかよ！」

「気持ちは分かる。だが……」

「好きなだけ、殴らせてやりなよ」

真田と山縣の言い合いに割って入ったのは、黒野だった。

ゆっくりと立ち上がった黒野は、口の端から血を流しながらも、相変わらずの笑みを浮かべている。

どうやら、真田のパンチを、わざと避《よ》けなかったということのようだ。

その余裕が、余計に真田の怒りを増幅させた。

「望み通りにしてやるよ！」

さらに殴りかかろうとした真田だったが、山縣に足を払われ、その場に押し倒されてしまった。

「落ち着け！　黒野が、何も考えずに状況を放置したとでも思っているのか！」

山縣が恫喝《どうかつ》する。

普段、仲裁役である山縣が、ここまで感情を爆発させるのを、真田は見たことがなかった。

その勢いに呑《の》まれはしたが、完全に怒りが消えたわけではない。

「理由って何だよ！」

真田は、起き上がりながら、今度は山縣に詰め寄る。

「クロノスシステムは、志乃を眠らせ続ける装置だったかもしれない。だが、それを無造作に停止して、彼女が無事である保証はない。それを考えたんだろ」

山縣が、黒野に目を向けた。

黒野は「まあね」と答えると、ずれたメガネの位置を指先で直した。

「適当な言い訳をしてんじゃねぇ！」

真田が吠《ほ》えると、黒野が長いため息を吐《つ》いた。

「言い訳はしないさ。ただ、現実問題として、システムを停止した場合、中にいる志乃ちゃんに、どんな影響が出るのか、分からなかったのも事実だ」

「くっ……」

黒野の説明は筋が通っている。

確かに、敵がどこに潜んでいるのか分からない状況の中では、下手に志乃が意図的に眠らされている事実を口にするべきではない。

システムを停止させた場合、志乃に及ぼす影響を考えれば、詳しいことが分かるまで、現状を維持したという選択も頷《うなず》ける。

――分かってはいる。

それでも、心の内にあるもやもやが消えることはなかった。

「どうしておれに言わなかった！」

「君は、真実を知ったら冷静でいられたか？」

黒野の言葉に、真田は黙るしかなかった。

真実を知った場合、感情に任せて怒り狂っていたであろうことは、真田自身容易に想像が付く。

だとしても、やはり真実を伝えて欲しかった。

全《すべ》てを知りながら、黒野は沈黙を守った。そして、真田はそれを見抜けなかった。

黒野という男の実体が、さらに摑めなくなった気がする。

——お前たちは、真実を知る必要がある。

アレスが真田に残した言葉が耳朶《じだ》に再現された。

あのとき、アレスが伝えようとした真実とは、このことだったのかもしれない。お前たちは、騙《だま》されている——と。

だから、わざわざ襲撃してきた。そして、真田や黒野、志乃を殺すことなく、クロノスシステムだけを破壊して立ち去った。

筋は通るが、逆に分からないことがある。

どうして、アレスは、わざわざそんなことをしたのか——。

「あんたたち、ここは病院なんだから、もう少し静かにしなさいよ。上の階まで聞こえてたわよ」

志乃に付き添っていた公香が、呆《あき》れたように言いながら歩み寄ってきた。

「志乃の様子はどうなんだ？」

真田は、頭の中にあった疑念を吹き飛ばし、公香に詰め寄った。

「容態は安定しているわ」

公香の表情が、ふっと緩んだ。

「そうか……」

——良かった。

「行ってあげて。志乃ちゃんが、あなたに会いたがってる」

公香が、真田の耳許《みみもと》で囁《ささや》くように言った。

わだかまりも残っていたし、疑問が解消されたわけではない。真田は、そうしたものを全て振り払って駆け出した。

二

「で、何を騒いでいたわけ？」

公香は走り去って行く真田を見送ってから、山縣と黒野に目を向けた。

山縣は、ふうっと息を吐きながらベンチに腰掛けると、公香がいない間に起こったことを説明し始めた。

どうやら黒野は、クロノスシステムが、志乃の生命維持を司る装置などではなく、彼女を眠り続けさせる為のものだと見抜いていたらしい。

そのことを知った真田が、我を失い激高した——ということのようだ。

真実を話さなかったのは、黒野なりの考えがあってのことだと、山縣から説明を受け、理解したものの、公香も怒りを抱かずにはいられなかった。

いや、怒りとは少し違う。

志乃を眠らせ続けようとしたのが何者か分からないうちに、下手に喋《しゃべ》るべきではないという黒野の考えは分かる。

しかし——。

それだけの秘密を抱えながら、これまで平然と振る舞っていた黒野に対する信頼が揺らいだのは間違いない。

黒野は、作戦の為なら、平気で仲間に嘘《うそ》を吐き通せる男なのだ。

そんな奴《やつ》を信頼していいのか——疑念を抱いてしまうのは、無理からぬことだ。おそらく、真田も同じ気持ちだったのだろう。

何にしても——。

「これからどうするの？」

公香は、山縣と黒野を交互に見たあと、ベンチに腰掛けた。

それが一番の問題だ。

公香たちは、これまで、志乃が目を覚ますことを信じて、〈次世代犯罪情報室〉の活動に参加してきた。

志乃が目覚めた以上、もう危険な任務をこなす義理はない。

「正直、分からない」

さすがの山縣も、どうすべきか判断がつかないらしく、両手で顔を覆《おお》った。山縣が、こんな風に不安を表に出すと、こっちの方が落ち着かなくなる。

黒野が、ふっと息を漏らして笑った。

「何がおかしいの？」

公香は、黒野を睨み付けた。

こんな時に、どうして黒野が笑っていられるのか理解できなかった。

「真田にしても、公香さんにしても、本当に考えが甘い。これが、笑わずにいられるかい？」

黒野がおどけたように、両手を広げてみせた。

本当にむかつく態度だ。

力一杯、股間《こかん》を蹴《け》り上げてやろうかと思ったが、止《や》めておいた。

一見、なよっとした印象のある黒野だが、格闘技には精通している。下手に手を出せば、痛い目に遭うのはこっちの方だ。

「何が甘いのよ」

公香が反論すると、黒野が笑いを引っ込め、急に真顔になった。

そのギャップに、背筋がぞっとする。

「志乃ちゃんが目覚めて、それで簡単に自由になるとでも思ってるの？」

「思うもなにも、そういう契約になってるじゃない」

公香が反論すると、黒野は露骨に蔑《さげす》みの視線を送ってきた。

「本当にお目出度《めでた》いね」

「何がよ」

「君たちがいる世界は、契約書が滞りなく履行されるような、甘っちょろい場所じゃない。生きるか死ぬかなんだよ」

「それは、あんたが生きてきた世界でしょ」

公香は突き放すように言った。

黒野は、自分の意思とは関係なく、北朝鮮の工作員として育成された過去を持っている。それは、まさに生きるか死ぬかの過酷な世界だった。

そういう世界で育った黒野は、全てを疑ってかかる傾向があるが、世の中は、そうしたものばかりではない。

「本当に、そう考えているのだとしたら、救いようがないね」

「何ですって？」

「よく考えてみなよ。クロノスシステムが、志乃ちゃんを眠らせ続ける装置だということを、警察が知らなかったとでも？」

黒野が、メガネの奥ですうっと目を細めた。

冷たい視線が公香を捕らえ、身体の芯《しん》まで凍らせていくようだった。

「それは……」

「少なくとも、唐沢さんは知っていたはずだよ。つまり、君たちの契約主は、最初からその契約が偽りのものだって認識していたんだよ」

反論どころか、言葉を発することすらできなかった。

黒野の言う通りだ。少なくとも、唐沢は、クロノスシステムがどういうものかを知っていたはずだ。

その上で、志乃の治療とその費用を捻出《ねんしゅつ》することを条件に、公香たちと業務委託契約を結んだ。

最初から騙そうとしていた連中に、契約の内容云々《うんぬん》の話をしたところで、まともな交渉ができるとは到底思えない。

「なぜ、唐沢さんは、我々とこんな契約を結んだんだ？」

訊ねたのは山縣だった。

黒野は、少し考える素振りを見せたあと、小さく首を振った。

「残念だけど、その真意を摑む前に、アレスが現れちゃったからね」

おどけたように黒野が言った。

「アレスは、何の目的で、クロノスシステムを破壊した？」

「それも分からない」

「そうか……」

山縣は、肩を落として天井を見上げた。

責任感の強い山縣のことだ。唐沢と契約を結んだ自分の選択を悔いているに違いなかった。

「ただ、これはあくまで推測に過ぎないけど、〈愛国者〉の存在が関与している可能性がある」

黒野が、シルバーフレームのメガネを、指先で直しながら口にする。

「〈愛国者〉って、前回の事件のとき、裏で糸を引いていたっていう秘密結社？」

公香が訊ねると、黒野が「正解」と指を鳴らした。

戦前のような軍国主義を復活させようとしている狂った連中だ。

前回の事件は、その秘密結社が、平和ぼけした日本国民の目を覚まさせ、世論を誘導する為に実行したものだった。

今の日本の国防に問題があることは確かだ。

仮に他国に攻撃された場合、まず間違いなく負けるだろう。そうならない為に、世論を誘導し、日本の国防を根底から見直すという考えは、分からなくもない。だが、その為に、多くの市民を犠牲にするという発想は、狂信的としか言い様がない。

「その〈愛国者〉が、我々の契約とどう関係しているんだ？」

山縣が訊ねる。

「さあね。そこまでは分からない。もしかしたら、唐沢さんが〈愛国者〉のメンバーだったりするかもね」

黒野は冗談めかして言ったが、聞き捨てならない発言だ。

何か明確な根拠があるわけではないが、その可能性は充分に考えられる。そもそも、クロノスシステムを、最初に開発したのは〈愛国者〉だったという話だ。自分たちの思想を広める為に、クロノスシステムを有効活用しようとしたが、前回の事件でそれが裏目に出た——。

そう考えれば、唐沢が〈愛国者〉のメンバーであるという推理も、あながち的外れではない。

「まあ、何にしても、目先の問題をどうするのか——だね」

黒野が、改まった口調で言った。

「目先の問題？」

公香が問い返すと、黒野は顎《あご》を引いて頷いた。

「志乃ちゃんの予知夢だよ。次に殺されるのは、唐沢さんだ。どうする？　このまま放っておく？」

そう言って、黒野は試すような視線を公香に向けてきた。

「そんなの……放っておけばいいわよ。私たちを騙した罰を受けてもらえばいいのよ」

「警察官とは思えない発言だね」

　黒野が冷やかしてくる。

「私たちは、正式採用された警察官じゃないわ。契約内容が、偽りだって分かった以上、こっちに履行する義務はないわ」

「まあ、言い分は分かるけど、本当にそれでいいの？」

「何が？」

「唐沢さんが死んだら、どうして君たちを騙したのか、その理由が永久に分からなくなっちゃうよ」

「それは……」

　黒野の指摘は正しい。

　そもそも、騙されている、いないにかかわらず、目の前に奪われそうな命があるのだから救うべきだ。

　それは分かっているが、どうしても気分が乗らなかった。

　そもそも、こんな状態で唐沢を救うことができるのだろうか？

三

ベッドに横になる志乃の腕には、点滴のチューブが差し込まれて、心電図や血圧計といった様々な医療機器が取り付けられている。

その姿を目にしただけで、真田は胸が痛んだ。

「志乃――」

真田が呼びかけると、ベッドに寝ていた志乃の瞼《まぶた》が、微《かす》かに動いた。

時間をかけ、ゆっくりとではあるが、志乃の目が開いた。

その瞳《ひとみ》に力はなく、どこか虚《うつ》ろな感じではあるが、久しぶりに志乃の瞳を目にした気がする。

「真田君……」

志乃の唇が動き、真田の名を呼んだ。

弱々しい声ではあったが、それでも、こうやって、志乃の声を耳にすることができるのが嬉しかった。

「志乃。良かった――」

声にするのと同時に、志乃が目を覚ましたのだという実感が、温かく真田を包んでいった。

真田を見る志乃の目に、次第に光が戻って来たような気がする。

「真田君」

志乃は、もう一度名を呼んだあと、口許を僅《わず》かに緩めた。

ぎこちないものではあったが、それは紛れもなく微笑《ほほえ》みだった——。

志乃が目を覚ましたら、話したいことがたくさんあった。それなのに、いざ目の前にすると、頭の中が真っ白になり、言葉が出てこない。

これまであった様々な出来事が頭の中を駆け巡り、心を激しく揺さぶる。

正直、大変なことばかりだった気がする。

それでも——。

こうやって志乃が目を覚ましたのであれば、そういったことは、もはやどうでも良い。

「泣いてるの？」

志乃が、訊ねてきた。

目許に手をやり、初めて自分の目から涙が零《こぼ》れていることに気付いた。

「いや。泣いてないよ」

真田は、それとなく涙を拭《ぬぐ》った。見ると、志乃の目にも涙の膜が張っていた。昂ぶる感情を、必死に抑えているようだった。

「真田君……」

志乃が、もう一度口にしながら、点滴のチューブが刺さった腕を、わずかにこちらに伸ばしてきた。

細く、今にも折れそうな腕——。

眠りにつく前よりも、明らかに痩《や》せてしまっていることを、改めて実感した。

真田は、ベッドの脇《わき》にある椅子《いす》に座ると、差し出された志乃の手を、両手で包み込むようにして握った。

志乃が、再び口許を緩める。

さっきより、はっきりとした笑顔だった。

「いつも、こうして手を握ってくれていたよね……」

志乃の言葉に、真田ははっとさせられる。

「どうして、知ってるんだ？」

「ときどきね……意識が戻ることがあったの……身体は動かないし、何も見えないんだけど、それでも……真田君の手の感触は伝わってきた……」

「そうか……」

無意味かもしれない。そう思ったことは、一度や二度ではない。それでも、真田は毎日、志乃の手を握り続けた。

他に、何もできなかった。

それが志乃に伝わっていた。そう思うだけで、再び涙が零れそうになった。

「おれ、志乃にたくさん話そうと思っていたことがある」

真田はそう切り出した。

色々なことがあり過ぎて、何から伝えたらいいのか、まだ整理できていない。それでも、伝えなければならない気がした。

「うん……分かってる……」

かなり疲弊しているのか、志乃の目が虚ろになってきた。

「志乃」

「助けてあげて……あの人を……」

「助ける？」

「無茶なお願いだってことは分かってるの……。でも、死ぬと分かっている人を……

ただ見ていることなんて、私には……」

志乃は、譫言《うわごと》のように言うと、そのまま瞼を閉じた。

もしかしたら、また眠りについたまま目覚めないかもしれない――そんな強迫観念に襲われ、志乃を強引に起こそうとしたが、その衝動を胸の奥に押し止《とど》めた。

志乃は目覚めたばかりなのだ。無理をさせてはいけない。

真田は、もう一度強く志乃の手を握り締めたあと、そっとベッドの上に戻した。

疑いは山積みだし、釈然としない思いを抱えているのも事実だ。

だが、それでも――。

真田は決意と共に立ち上がると、志乃の病室をあとにした。

廊下を真《ま》っ直《す》ぐ歩く。

その歩調は次第に早まり、ついには走り出していた。全速力で階段を駆け下り、病院の待合室に向かった。

「真田。どうしたの？」

勢いよく走ってくる真田を見て、公香が目を丸くする。

黒野も、山縣も、何事かと困惑している。

真田は足を止め、呼吸を整えてから、そこにいる面々をじっと見据えた。

「志乃の予知夢を変えるぞ！」

宣言するように真田が言うと、公香が「は？」と素《す》っ頓狂《とんきょう》な声を上げた。

「予知夢を変えるって、唐沢さんを助けるってこと？」

公香が言わんとしていることは分かる。

真田も、ついさっきまで同じことを考えていた。

状況から考えて、唐沢はクロノスシステムが、どういうものかを知っていたはずだ。

その上で、真田たちを欺《あざむ》き、いいように利用していたのだ。

それに対する怒りは簡単に消えるものではない。

それでも――。

「誰かなんて問題じゃない。助けるんだよ」

「本気で言ってんの？　あの人は、私たちを欺していたのよ」

「知るか！　志乃が助けろって言ってんだ！　何があっても助ける！　それだけだ！」

真田が叫ぶのと同時に、黒野がぶはっと声に出して笑った。

「何がおかしい？」

睨み付けたものの、黒野は笑うのを止めなかった。

「やっぱり、君は面白い」

黒野が笑いながら言う。

「バカにしてんのか？」

「いいや。褒めてるのさ。流石《さすが》、熱血バカだね」

「全然、褒めてねぇだろ！」

「卑屈になるなよ。ぼくは、君に従う」

黒野の顔から、急に笑みが消えた。そこには、何かを覚悟したような表情が浮かんでいた。

志乃のことを黙っていたことは許せない。だが、今の黒野のこの表情は、信じていいような気がした。

「君たちは、どうする？」

黒野は、困惑している山縣と公香に問い掛けた。

「私は……」

公香が口籠《くちご》もる。

そうなるのも致し方ないし、責めるつもりはない。割り切れない公香の気持ちは、痛いほどに分かる。

だから、無理に協力しろと言うつもりはない。

真田はたった一人になったとしても、やり遂げるつもりだ。

「一応、言っておくけど、今回の作戦は、唐沢さんを助けることだけが目的じゃない」

黒野がへらへらとした調子で言った。

「どういうこと？」

黒野は、困惑する公香の表情を楽しむような間を置いてから、口を開いた。

「唐沢さんを助けることは、志乃ちゃんの命を救うことにもつながるって言ってるんだ」

「どうしてそうなるの？」

公香が、苛立《いらだ》ちの籠もった声で訊ねる。

それは真田も知りたいところだ。どうして唐沢を救うことと、志乃を救うことがイコールになるのか？

「君たちは、感情に流されて、本当に何も見ていないんだね」

黒野が小バカにしたように首を左右に振る。

「もったいぶってねぇで、さっさと言え」

真田が急《せ》かすと、黒野は「やれやれ」とぼやいてから説明を続けた。

「今回、志乃ちゃんは二つの予知夢を見ている。一つ目は、唐沢さんの暗殺。そして、もう一つは何だったのか覚えているだろ？」

「病院の爆破――」

真田は、口に出すと同時に愕然《がくぜん》とした。

目の前のことに気付けなかったのだ。黒野にバカにされても仕方ない。

「もしかして、その爆破される病院って、ここ？」

公香が、床を指差しながら問う。

「そういうこと」

「つまり、志乃が狙《ねら》われているってことか？」

真田は、黒野の肩を摑む。

「状況から考えて、その可能性が極めて高いとぼくは思っている」

黒野の言葉が、重くのしかかる。

否定したいところだが、そうするだけの材料を真田は持っていない。黒野の言うように、目を覚ました志乃がターゲットにされるという可能性は、充分に考えられる。

「だったら、早く志乃をこの病院から移そう」

真田は、勢い込んで言った。

命が狙われていると分かっていながら、志乃をこの病院に入院させておくわけにはいかない。

「移すってどこに？」

黒野に問われて、真田は言葉を詰まらせた。

「彼女がターゲットだった場合、別の場所に移したところで、今度はその病院が狙われるだけだろ」

黒野は、そう続けた。

「だったら、病院じゃなくて、もっと別の場所に……」

「だから、それはどこ？　志乃ちゃんは、容態が安定しているとはいえ、一年以上もの長い眠りから目覚めたばかりなんだ。治療が必要な状態であることは、君でも分かるだろ」

「…………」

「あの状態の志乃ちゃんを抱えて、誰とも分からない敵から守りきることができると思ってるの？」

黒野が、とんっと真田の胸を指で押す。

わずかしか力を入れていないはずなのに、真田はよたよたと後退《あとずさ》ることになった。

黒野の言うことは正しい。志乃は、まだ目覚めたばかりだ。体力も回復していないし、下手に動かせる状態ではない。

それに、誰が何の為に志乃を狙っているのかすら分からない状態では、守りようがない。

「じゃあ、どうすんだよ」

「だからさ。今あるアドバンテージを有効に使うんだよ」

黒野が、自分のこめかみを指でとんとん叩《たた》いた。

——なるほど。

真田も、ようやく黒野の言わんとしていることを理解した。

これまでの経験からして、唐沢の暗殺と病院の爆破は、同一犯、もしくは同一組織によるものである可能性が高い。

唐沢の暗殺を阻止することで、その背後にあるものを炙り出し、病院での爆破を防ぐという考えなのだろう。

黒野がさっき言っていたように、唐沢を助けることは、志乃を救うことにもつながっているというわけだ——。

「要は、やるしかないってことね」

公香も、状況を理解したらしく、ため息混じりに返事をした。

目を向けると、山縣が呆れたように、苦笑いを漏らした。

四

酷《ひど》い有様だった――。

電子機器のパネルには、銃弾が撃ち込まれた痕《あと》が生々しく残っている。

パネルは砕け、剝《む》き出しになった配線は引き裂かれ、中の基板もほとんどが破壊されてしまっている。

床下にはガラスの破片が散乱し、壁には黒い煤《すす》が残っていた。

ここまで徹底的に破壊の限りを尽くされたら、もはや修復は不可能だろう。

せめて、バックアップデータだけでも回収できないかと思ったが、保存先であるサーバーも、完全に壊されていた。

一応、データの修復を試みるにしても、望みは薄い。

塔子は、脱力して椅子に腰掛けた。

この期《ご》に及んで、この場所を復旧させようと算段している自分が、滑稽《こっけい》でならなかった。

志乃は、目覚めてしまった。そうなれば、彼女の夢を可視化する装置であるクロノスシステムは、もはや無用の長物だ。

塔子の役割は、終わったと言ってもいい。

いや、問題はもっと深刻だ。

志乃の目覚めにより、塔子のこれまでの欺瞞《ぎまん》が、真田たちにバレる可能性があるのだ。

そうなれば、仮にここを復旧したとしても、塔子に居場所はない。真田たちは、裏切り者である塔子を、決して許さないだろう。

仕方のないことだった――。

塔子には、そうしなければならない理由があった。とはいえ、真田たちを裏切っていたという事実が消えるわけではない。

もう、真田たちに会うことはできない。

このまま、ここを立ち去り、完全に姿をくらます。そうすることが、最善の策だ。

長いため息を吐いたところで、携帯電話が着信した。

表示された番号を見て、塔子は身体にぐっと力が入る。塔子を裏切り者に仕立て上げた、あの男からの電話だった。

携帯電話を地面に叩き付け、そのまま走り去ろうかとも思ったが、できなかった。その程度のことで逃げられる相手なら、塔子はこんなにも苦しまずに済んだ。どんなに逃げようと、この男は、塔子を追ってくるだろう。

そして、圧倒的な力をもって、塔子をねじ伏せる。

抗《あらが》いようのない現実――。

「はい」

塔子は、震える手で携帯電話を操作して、電話に出た。

〈まさか逃げようとはしていないだろうね〉

電話の向こうから、丁寧だが、有無を言わさぬ口調の声が聞こえてきた。

塔子が何を考えているのか、とっくに見透かしているに違いない。また同時に、逃げられないことも、充分過ぎるほどに分かっている。

「いいえ」

塔子は、毅然《きぜん》とした調子で答えた。

〈それならいい。君には、まだやってもらわなければならないことがある――〉

電話の声が告げた。

分かっていたことだが、奈落《ならく》の底に突き落とされたような感覚に陥った――。

「何でしょう?」

〈詳細については、使者が君のところに行く。その指示に従え〉

「分かりました」

塔子がそう応じると、電話が切れた。

いったい、自分はどこで間違えてしまったのだろう? 半ば呆然《ぼうぜん》としながら考えを巡らせた。

頭に浮かんでくるのは、思い出したくもない嫌な記憶ばかりだった。

「てっきり逃げたかと思ったよ――」

急に聞こえた声に、塔子は飛び跳ねるようにして振り返った。

そこに立っていたのは黒野だった。

笑みを浮かべてはいるが、何かがおかしくて笑っているわけではない。黒野にとって、おそらく笑顔は心を覆い隠す為《ため》の仮面だ。

「どうして、私が逃げると?」

塔子は、震える声で訊《たず》ねた。

「どうして？　本気で言ってるの？　君だって、この状況がどういうことか分かってるだろ？」

黒野が、割れたガラスの向こう、志乃がいた部屋を指差した。

塔子はゴクリと喉《のど》を鳴らして唾《つば》を呑み込んだ。

「もしかして、私が何をしていたのか、真田君たちに言ったのですか？」

塔子は、おそるおそる問い掛ける。

「志乃ちゃんが、眠らされていたことは伝えた。だけど、君がやったってことまでは言っていない」

黒野が肩を竦《すく》めてみせる。

塔子は、ほっと息を漏らす。まだ、真田たちには、自分の悪行を知られていない。

そう思うと、救われた気がした。

「言っておくけど、ぼくが喋らなくても、バレるのは時間の問題だよ」

黒野が、わずかに目を細める。

「ど、どういうことですか？」

塔子が訊ねると、黒野は焦《じ》らすような間を置いた。

まるで、困惑する塔子の反応を楽しんでいるようだ。いや、実際、楽しんでいるのだろう。

逃げられない獲物を、少しずついたぶるような嗜虐性《しぎゃくせい》が、黒野の目には潜んでいる。

「どうもこうもないよ。普通に考えれば分かるでしょ。システム管理者である君が、その実態を知らなかったなんて言い訳が、通用すると思ってるの？」

「それは……」

「今は、真田たちも混乱しているから、そこまで気が回っていないようだけど、そのうち気付くはずだよ」

まさに黒野の言う通りだ。

塔子が何も知らなかったなどという言い訳が、通用するはずがない。志乃を眠らせ続けることに、荷担していたことは、やがて明らかになるだろう。

「私は……」

「ぼくなら、君を助けることができる」

黒野が、塔子の耳許で囁いた。

「え？」

「聞こえなかった？　ぼくなら、君を助けられると言ったんだ」

黒野が自信に満ちた口調で言う。

この状況では、逃げ道など存在しないのではないかと思う反面、〈笑い男〉のコードネームで怖《おそ》れられた戦略家の黒野であれば、打開策を生み出せるような気もした。

しかし、黒野がこういう言い方をするときは、必ず裏がある。

「私に、何を求めているんですか？」

塔子が訊ねると、黒野が得心したように笑った。

「さすが。話が早くて助かる」

——やはりそうだった。

黒野は、窮地を脱する策を与える代わりに、塔子に見返りを求めている。

それがどういう類《たぐ》いのものかは分からないが、塔子のこれまでの人生は、その繰り返しだったように思う。

条件を突きつけられ、自分の意思とは関係なく、何かをやらされる。それを繰り返し、ここまで来てしまった。

もはや、自分が何者で、何をしたかったのかすら分からなくなっている。

「いったい何を求めているのですか？　何かを求められても、私には、応《こた》えられません」

塔子が訊ねると、黒野が笑顔を引っ込めた。

「一つだけあるだろ」

「一つ……」

「そう。君は、いったい何を企《たくら》んでいるんだ？　それを教えて欲しいね」

「私は何も企んでなどいません」

塔子は、首を振ったあと、黒野から視線を逸《そ》らした。

「質問の仕方が悪かったね。君は、確かに何も企んでない。人形だからね」

黒野の言葉が、胸の深いところに突き刺さった。

じわっと痛みが広がり、泣きたい気分になる。腹が立ったわけではない。まさに、黒野の言う通りだと気付かされたからだ。

塔子は人形だ――。

自ら考えることも、抗うことも放棄し、ただ指示された通りに動くだけの人形に過ぎない。

代わりなどいくらでもいる。撃ち出される弾丸と同じで、目標に達したあとは、誰も目に留めることのない消耗品――。

「質問を変えよう。君は、どんな指示を受けているんだ？」

黒野が、ずいっと塔子に詰め寄る。

ぞわっと背筋に寒いものが走った。

「何も知りません」

塔子は、黒野を押しのけるようにして距離を取った。

「あくまで、シラを切るんだね……」

そう言った黒野の目は、今までに見たことのない影を宿していた。哀れみ、悲しみ、蔑み——どんな感情なのかは定かではない。ただ、塔子の心をかき乱した。

「私は、何も知りません……」

「残念だよ」

もっと追及されるかと思っていたが、黒野は塔子の肩を軽く叩いたあと、背中を向けてしまった。

手を伸ばせば届く距離なのに、どういうわけか、黒野の背中が遠くに見えた。

「私は……」

「ぼくと君とは、似た者同士だ。少しは力になれると思っていたんだけど……」

「……………」

「君にも、本当は自分の意思があっただろうに——」

わずかに振り返りながら言った。

「そんなもの……」

「まあいい。少しでも、彼のことを想《おも》う気持ちがあるなら、せめて余計なことはしないで欲しいね」

「私に、できることなど何もありません」

「その言葉を信じるよ」

「……」

「一応言っておくけど、もし邪魔したら、容赦しないから」

そう言い残すと、黒野は歩き去って行った。

何か、とても大切なものを失ったような気がする。後悔にも似た感情が塔子を揺さぶったが、どうすることもできなかった。

私は——流されて生きるだけの存在だ。

五

海岸沿いに建ち並ぶ工場は、まるでライトアップされたアミューズメントパークのようだった。

その先には漆黒の海が広がり、貨物船が浮かんでいた。

これから出港していく船もあれば、入港してくるものもある。

山縣は、ぼんやりとその光景を見つめながら、煙草《たばこ》に火を点《つ》けた――。

こうして煙草を吸うのは、何年ぶりだろう。

幾度となく噎《む》せたが、何口か吸ううちに慣れてきた。ニコチンが身体《からだ》の中に浸透し、少し目眩《めまい》がした。

「君が、煙草を吸うとは思ってなかった」

背後から、唐沢が声をかけてきた。

この場所に、唐沢を呼び出したのは山縣だったが、来ないかもしれないと思っていた。

「止《や》めていたんですが、どうにも落ち着かなくて……」

山縣は、苦笑いと共に振り返る。

いつもと変わらぬ高級なスーツに身を包み、隙《すき》のない佇《たたず》まいで、唐沢は立っていた。

「アレスに襲撃されたそうだな」

唐沢が、重い口調で言った。

わざわざ山縣が報告するまでもなく、唐沢には、ことの顚末《てんまつ》が伝わっているはずだ。

志乃が目を覚ましたことを含めて――。

「彼女も目を覚ましたんだろ」

唐沢が、そう続ける。

山縣が「はい」と応じると、唐沢は遠くを見るように目を細めた。

「そうか。これで、君たちを縛るものは、何もなくなった――というわけだ」

唐沢が自嘲《じちょう》気味に笑う。

「私たちを、解放するということですか？」

山縣は、驚きとともに訊ねた。

「別に、私は君たちを拘束していたつもりはない。あくまで、業務委託契約を結んでいたに過ぎない」

唐沢の言葉には、一切の淀《よど》みがなかった。

それが本心であるかのように聞こえるが、そう簡単に信じることはできない。黒野が指摘していたように、状況から考えて、唐沢は志乃が意図的に眠らされ続けていたことを知っていたはずだ。

いや、それどころか、志乃を眠らせるよう指示を出していた張本人である可能性すらある。少なくとも、山縣たちを欺いていたことは、疑いようのない事実だ。

山縣が唐沢をこの場所に呼び出したのは、その真意を確かめる為だ。

「確認させて欲しいことがあります」

山縣は、煙草を携帯灰皿に押し込み、意を決して切り出した。

「何だ？」

「唐沢さんは、どうして志乃のことを黙っていたんですか？」

山縣は、真っ直ぐに唐沢を見据える。

自嘲するように、唐沢は小さく笑みを浮かべると「私にもくれないか――」と手を差し出してきた。

煙草を欲していると理解するまでに、少し時間がかかった。

唐沢は、山縣が渡した煙草を咥《くわ》えると、ライターで火を点け、ゆっくり嚙《か》み締めるように煙を吸い込んだ。

山縣のように噎せることはなかった。

しばらく、ぼんやりと煙を見つめていた唐沢だったが、やがて口を開く。

「わざわざ呼び出して理由を問うまでもなく、分かっているんじゃないのか？」

唐沢が問い返してくる。

確かに、だいたいの見当はついている。

志乃の能力を利用し、山縣たちを巻き込む為には、眠り続けていた方が何かと都合が良かったというところだろう。

しかし――。

本当にそれだけだろうか？

山縣には、他に理由があるように思えてならなかった。

「なぜ、そうまでしてクロノスシステムを運用しなければならなかったのですか？」

「どういう意味だ？」

「クロノスシステムを運用しなければならない、何か特別な理由があったのではないですか？」

「さすが、鬼の山縣だ。鋭いところを突く」

「茶化さないで下さい」

山縣が睨《にら》みを利《き》かせると、唐沢は再び小さく笑みを零した。

食えない人物だと思ってはいたが、その印象が、より一層、強くなった。

「その答えは、君たちが、私の死の運命を変えたら――というのはどうだろう」

「身勝手な言い分に聞こえます。それに、その約束が守られるという保証は、どこにもありません」

「そうかもしれないな」

「だったら……」

「保証になるかどうか分からないが、これを君に預ける」

唐沢は、ポケットの中から、USBメモリーを取り出すと、それを手渡してきた。

「これは何です？」

「そのうち分かるだろう」

唐沢は、静かに言うと、ぐっと目に力を入れて海の向こうにある闇《やみ》を見つめた。

「もう一つ聞かせて下さい」

「何だ？」

「あなたは〈愛国者〉のメンバーなのですか？」

山縣が問いかけると、唐沢は視線を足許《あしもと》に落とした。

「君は、〈愛国者〉がどういう組織なのか、その全容を把握しているのか？」

「いいえ」

知るはずもない。

そもそも、前回の事件のとき、唐沢から聞かされるまで、その名を耳にしたことすらなかったのだ。

「〈愛国者〉は、特定のトップがいて、独裁的にその組織を運営しているわけではない」

「そうなんですか？」

山縣からすれば、〈愛国者〉は、強国主義を訴え、テロをも辞さない過激な集団という認識だ。

そういう過激な組織には、必ずといっていいほど、組織を力で牛耳るトップが存在しているものだ。

頂点に立つ人物がカリスマ性を発揮することで、組織を束ねている。

「ああ。〈愛国者〉のメンバーは、各方面に潜んでいる。方針は、あくまで会議で決められている」

「信じ難い話ですね」

「私もそう思う。だが、逆に日本的だとは思わないか？」

「日本的？」

「そうだ。他人の顔色を窺《うかが》いながら、責任の所在を曖昧《あいまい》にしている。まさに、この国らしい組織だと私は思うね」

「そうかもしれません。しかし、それだと結局、何も決められないまま、現状維持を続ける——ということになりませんか？」

　そうした組織が、前回引き起こしたような大々的なテロを実行できるとは、到底思えない。

「まさに君の言う通りだ。だから、これまで〈愛国者〉の存在が、表に出て来ることはなかった」

「何が仰《おっしゃ》りたいんですか？」

「かつての学生闘争もそうだったが、最初は、思想の主張に過ぎなかった。それが、カリスマ性を持ったリーダーの登場により、変質していってしまった」

「そうだったかもしれませんね……」

「あれと同じだ。元々、責任の所在を曖昧にしていた組織の中に、カリスマ性を持ったリーダーが出現すると、誰もがそれに服従する。どうしてか分かるか？」

「考えることを止めて、責任を取らない方法を、人は選ぶものです」

「そういうことだ」

　唐沢が満足そうに頷《うなず》く。

「もしかして、〈愛国者〉の中にリーダーが出現した——ということですか？」

「まあ、そんなところだ。思想を主張するだけの組織は、リーダーを得てその傀儡《かいらい》と成り果てた。いや、違うな。もっと根は深いかもしれない」

「いったい、何の話をしているのですか？」

山縣は堪《たま》らず問いかけた。

そもそもの質問は、唐沢が〈愛国者〉のメンバーか否《いな》かというものだった。それが、どんどんと話の方向が変わってしまっている。

「そうだったな。さっきの君の質問の答えについても、私が生き残ったら話そう」

今の返答は、はぐらかしたつもりかもしれないが、肯定と受け取れる。

それに——。

「死ぬことを前提に話しているように聞こえます」

山縣が口にすると、唐沢は「そうかもな……」と掠《かす》れた声で応じた。

もしかしたら唐沢は、自分が死ぬことで、全《すべ》ての謎《なぞ》を闇に葬《ほうむ》ろうと考えているのではないか？

「あなたは……」

「嵐《あらし》が来る」

山縣の言葉を遮るように、唐沢が不穏なことを口にした。

現在、台風が接近しているが、唐沢が言わんとしているのは、そういうことではないような気がする。

問い詰めようとしたが、唐沢は逃げるように背中を向け、そのまま歩き去ってしまった。

追いかければいいのだが、なぜか、山縣にはそれができなかった。

六

真田は、覚悟とともにソファーに腰掛けた。

会議室として使用している応接間だ。アレスからの襲撃で、屋敷はめちゃくちゃな状態だが、この部屋だけは辛うじて被害を免れている。

そのせいか、昨晩の出来事が、まるで夢であったかのような気がする。

「あんた、本当に納得してるの？」

向かいのソファーに座る公香が問い掛けてきた。

「納得？」

「そう。ぶっちゃけ、私はあまり気乗りしないんだけど。だって、唐沢さんは、私たちを騙《だま》してたのよ」

公香の言い分は分かる。真田自身、唐沢に対して疑念と怒りを抱いているのは間違いない。ただ、だからといって、死ぬと分かっている人間を、放置することなどできない。

何より、真田を突き動かしているのは、志乃の言葉だ。

本来ならば、唐沢に対して一番の怒りを感じているのは、志乃のはずだ。にもかかわらず、彼女は「助けてあげて……」と訴えた。

志乃は、いつもそうだった。

相手が誰であれ、その結果がどうであれ、必死に死の運命に抗ってきた。

眠りについてはいたものの、志乃は前と変わらず慈愛に満ちていた。そのことが、真田の背中を押している。

唐沢には言いたいことが山のようにある。殴る程度では済まない怒りも抱いている。だが、それをぶつけるのは、全てが終わってからだ。

だから——。

「おれはやる。何があっても」

「志乃ちゃんの為？」

「ああ」

真田が応じると、公香がぶっと吹き出すように笑った。

「何がおかしいんだよ」

突っかかる真田を、無視して公香は笑い続けた。ひとしきり笑ったあと「やっぱ敵《かな》わないな」と呟《つぶや》くように言う。

——何なんだ。

文句を言おうとしたところで、山縣が部屋に入って来た。

常に冴《さ》えない風貌《ふうぼう》をしている山縣だが、今日は、より一層疲弊しているような気がする。

昨晩、唐沢へ話をしに行ったようだが、そのときに何かあったのかもしれない。

「で、どうだったの？」

公香が、長い足を組みながら訊ねる。

「色々と訊《き》いてみたが、上手《うま》くはぐらかされたよ。全てが終わったら、話すそうだ」

山縣が、ため息混じりに言った。

「ずいぶんと勝手な言い分ね」

公香がぼやく。

山縣や公香と違って、真田に落胆の気持ちはなかった。

「だったら、さっさと片付けて、色々と喋《しゃべ》ってもらおうぜ」

「君は、相変わらず能天気だな」

笑みを浮かべ、真田を小バカにしながら部屋に入って来たのは黒野だった。

「お前より、真剣に考えてんだよ！」

「よく言う。今まで騙してきた人間の言葉を真に受けるなんて、愚かとしか言い様がないね」

「お前だって、おれたちを騙してたんだろ」

「ぼくが？　冗談は止めてよ。ぼくは、ただ黙っていただけで、騙していたわけじゃない」

「そういうのを、屁《へ》理屈って言うんだよ」

「ぼくは、真実を言ったまでだ」

黒野が気障《きざ》ったらしく、シルバーフレームのメガネの位置を指先で直す。

「唐沢さんは、真実を話すつもりかもしれない」

真田と黒野の言い合いを仲裁するように、山縣が口にした。

「どうして、そう思うんです？」

黒野が猜疑《さいぎ》心《しん》に満ちた視線を山縣に向ける。

「これを預かった」

山縣が、ポケットの中からUSBメモリーを取り出した。

「何だそれ？」

「保証だと唐沢さんは言っていた」

USBメモリーということは、何かしらのデータが収められていることは分かる。

だが、それがいったい何の保証になるというのか？

「中身は見たのか？」

真田が問うと、山縣が苦笑いを浮かべた。

「暗号化されていて、データを確認することはできなかった」

山縣が言い終わる前に、黒野は「へぇ」と感心した声を上げながら、山縣が持っていたUSBメモリーをひょいっと取り上げた。

「これ、解読してみてもいい？」

おもちゃを手に入れた子どものように、黒野は満面の笑みを浮かべている。

山縣は「任せる」と応じると、ソファーに腰掛けた。

「ねぇ。山縣さんも、今回の作戦は実行すべきだと思っているの？」

質問を投げかけたのは公香だった。

どうやら、まだ納得がいっていないらしい。

「色々と引っかかることがあるのは事実だが、それでもやるしかないと思っている」

山縣らしい答えだ。

何だかんだ言いながらも、山縣は他人を見捨てることができない。そういう山縣だからこそ、真田はこれまでついて来たのだ。

「強要するつもりはない。納得いかないなら、ここで降りても構わない」

山縣はそう続けた。

本心から出た言葉だ。ここで、公香が降りても、言葉の通り、山縣はそれを責めることはないだろう。

公香も、さすがに諦《あきら》めたらしく「分かったわよ」と応じた。

迷いはあるが、自分たちの進むべき方向は決まった。問題は、どうやって唐沢の暗殺を阻止するか――だ。

「黒野。何か策があるんだろ？」

真田が訊ねると、黒野が盛大にため息を吐《つ》いた。

「君は、自分で考える気がないのか？」

小バカにした調子の黒野の問い掛けに、心底腹が立つ。

「うるせぇ！　おれだって、ちゃんと考えてるんだよ！」

「へぇ。どんな作戦か言ってみなよ」

「決まってんだろ。正面突破で、ぶっ飛ばす」

真田が力強く言うと、黒野が頭を抱えた。

「訊いたぼくがバカだったよ」

「だったら、お前はどうするつもりだったんだよ」

真田が訊ねると、黒野がにいっと笑みを浮かべ、鷹揚《おうよう》な態度でソファーに腰掛けた。

その場にいる全員の視線が、黒野に集中する。それを楽しむように、たっぷりと間を置いてから、黒野が切り出した。

「少し違うスタンスでの作戦を提案する」

「どう違うんだ？」

「これまで、命を守ることを前提に作戦を実行してきた。ただ、今回の場合、状況から鑑《かんが》みて、暗殺の実行犯を確保することが、最善だと思う」

「唐沢さんは、守らないってことか？」

真田が疑問を呈すると、黒野はにっと笑みを強めた。

「一応、警護はつける。だけど、そっちはメインじゃない。映像を見ても分かる通り、犯人は単独で行動している暗殺者だ。しかも、マンションの構造から考えて、侵入経路は正面のスロープの一カ所のみ――」

黒野が、タブレットに表示された映像を、とんとんと指で叩く。

「そうだな」

「侵入する直前に、暗殺者を確保することで、予知夢は回避できるはずだ」

得意げに、黒野が締め括《くく》る。

「どうしてそんなに、確保することに拘《こだわ》るの？」

公香が疑問を投げかける。

「これまでの経験だよ。事件の背後に、何があるのかが分からない限り、予知夢の連鎖は止まらない」

黒野の言い分はもっともだ。

誰が、何の為に、命を狙《ねら》っているのかが分からなければ、また同じことが繰り返されてしまう。

「そうかもしれないけど、最悪、唐沢さんの暗殺を防げればいいんじゃないの？」

公香の反論に、黒野がはっと声を上げて笑った。

「何も分かっていないようだね。今回の事案に関しては、多少の無理をしてでも、暗殺者の確保は必須《ひっす》だ」

「取り逃がしたとしても、次の予知夢の時に抑えればいいでしょ」

「それじゃダメなんだよ」

黒野が冷淡に言う。

「どうして？」

「ぼくたちには、もうクロノスシステムはないんだ――」

黒野が放ったそのひと言で、空気が一気に凍り付いた。

まさに黒野の言う通りだ。

志乃が目覚めたことで、クロノスシステムは使えなくなった。もちろん、志乃はこれまで通りに予知夢を見るかもしれないが、常に眠り続けているわけではないので、非常に不安定なものになる。

これまでのように、変化する予知夢に対応しながら――という方法は使えない。もしかしたら、志乃を眠らせ続けていたのは、こうした事態を想定していたからかもしれない。

理屈は分かるが、真田には容認できない落としどころだ。

だからこそ――。

「四の五の言わずに、何とかしようぜ」

真田が決意とともに口にすると、公香は「そうね」と苦笑いを浮かべながら応じた。

七

「いつも、無理を言ってすまない」

屋敷のガレージで、鳥居祐介《ゆうすけ》と顔を突き合わせた山縣は、真っ先にそう口にした。

「気にしないで下さい。何度も言いますが、元々山縣さんたちに救ってもらった命です。自由に使ってくれて構いません」

口調は冗談めかしているが、その目は本気そのものだった。

細面で、一見、頼りなさそうに見える鳥居だが、かつてはＳＡＴに所属し、スナイパーを務めていた男で、狙撃《そげき》の腕は超一流だ。

ある事件をきっかけに知り合い、それ以降、ことある毎《ごと》に協力してもらっている。

今回の作戦でも、重要な役割を担《にな》ってもらうことになる。

正式な〈次世代犯罪情報室〉のメンバーではないが、心強い仲間だ。だからこそ、無茶をして欲しくないと思う。

おまけに、鳥居には娘がいる。目の前で母親を失ったことから、心的外傷後ストレス障害による、失語症を抱えた娘だ。

もし、鳥居に万が一のことがあったとしたら、娘の奈々《なな》にまで哀《かな》しい想いをさせることになる。

「珍しく、迷っているようですね——」

鳥居が僅《わず》かに目を細めながら言う。スナイパーという特性のせいか、鳥居は洞察力に優れていて、些細《ささい》な変化から心情を読み取るのが上手い。

「そうかもしれないな」

山縣は、素直に認める返答をした。

「真田や黒野から、色々と事情は聞いています」

鳥居が顎《あご》を引いて頷いた。

「そうか……」

「迷うのは、当然だと思います。状況が状況ですからね」

「もし、君が私の立場ならどうする？」

山縣は訊ねてみた。

鳥居は感情に流されることなく、冷静にものごとを判断できる男だ。そんな鳥居が、今回の一件を、どう見ているのか知りたいと思った。

しばらく考えるような素振りを見せた鳥居だったが、やがて困ったように頭を掻《か》いた。

「色々と考えてみましたが、私も、やはり山縣さんと同じ結論を出したと思います」

「同じ結論？」

「ええ。それが誰であれ、死ぬと分かっている人を、放置することはできませんからね。そのときやれることを全力でやるだけです」

鳥居の返答が、本心かどうかは定かではない。山縣の心情を慮《おもんぱか》って、話を合わせた可能性もある。

それでも、こうして賛同してくれたことで、幾らか心が落ち着いたのも確かだ。

「作戦の概要は、黒野から説明を受けました。私の銃はどこにあります？」

鳥居が、もう迷うのは止めようとばかりに切り出した。

ここまで来たら、ああだこうだと考えていても仕方のないことだ。山縣も気持ちを切り替え、ガレージに停めてあるハイエースの後部扉を開け、積荷スペースにあるジユラルミンケースを指差した。

　鳥居は、慎重な手つきでジュラルミンケースを開ける。中には解体した状態のスナイパーライフルが収納されている。唐沢に、今回の作戦用に準備してもらったものだ。

「SR-25ですか」

　鳥居が呟くように言った。

　やはり、スナイパーだけあって、銃を前にすると、その表情は一変する。SR-25は、中距離の狙撃に適したスナイパーライフルで、１０００メートル以下での集弾性に優れている。

　複数のアタッチメントが装着できることも特徴の一つだ。

　今回の作戦は、夜間の、しかも台風が近付いている悪天候下で、単独での狙撃を行うことになる。

　状況に鑑みて、暗視スコープを含めた複数のアタッチメントが装着できるSR-25は最適だろう。

「今回の作戦にぴったりですね」

　鳥居も納得の声を上げると、素速くかつ正確に手慣れた動きでスナイパーライフルを組み立て、スタンディングの姿勢で構えてみせた。

　こうやってスナイパーライフルを構えると、一気にその雰囲気が変貌する。ただ強力な武器を持って、獰猛《どうもう》さを増すのとは違う。

　鳥居は、最愛の妻を失った辛《つら》い経験を持っている。爆弾を持って病院に立て籠《こ》もった犯人を狙撃しようとしたのだが、許可が下りなかった。結果として鳥居は、スコープ越しに、自らの妻が爆発に巻き込まれて死ぬのを目《ま》の当たりにした。

　武器の恐ろしさを痛感しているのと同時に、いざという時に、トリガーを引くことの重要性も身をもって知っている。

　だからこそ、信頼して任せることができる。

「まだ、撃たないでくれよ」

　冷やかすような口調で言いながら、真田がガレージに入って来た。

　その後ろには、黒野も続いている。

「安心しろ。まだ、弾は入ってない」

　にこやかに答えながら、鳥居は銃を下ろした。

「弾が入ってたら撃つのかよ」

「君次第だ」

真田と鳥居が、笑い合った。

山縣も釣られて笑みを零《こぼ》す。これから、極度の緊張を強いられることになる。そんな時だからこそ、こういう軽口に救われることもある。

「さて──準備は整ったようだね」

黒野が、シルバーフレームのメガネを指先で直しながら口にする。それを合図に、場の空気が引き締まった。

各々《おのおの》が頷くのを待ってから、黒野がさらに続ける。

「今回の作戦は、今までとは少し違う。唐沢さんの暗殺を阻止することは重要だけど、同時に暗殺者の確保を目的としているので、その辺は、ちゃんと理解しておいて欲しいね」

黒野が立てた作戦は、至極単純なものだった。

真田と黒野は、現場付近にスタンバイして、犯人が現れると同時にこれの確保に当たる。

山縣は、予《あらかじ》め地下駐車場に身を潜め、不測の事態に備える。

志乃の予知夢から判断して、犯人が単独であることと、犯行現場の地下駐車場の出入り口が一つしかない為《ため》、犯人の侵入ルートが想定できたことで、成立した作戦だ。酷《ひど》い風雨で視界が悪く、犯人を見つけられない可能性もあるが、裏を返せばこの天候の中、バイクを乗り回す人間はそうそういない。逆に目立つというものだ。

「能書きはいいからさ。さっさと行こうぜ」

真田はぼやくように言いながら、ヘルメットを被《かぶ》りバイクに跨《また》がると、エンジンを回した。

腹を揺さぶるようなエンジン音がして、マフラーから吐き出される排気ガスがガレージを満たしていく。

「君は、本当に熱血バカだね」

黒野が、呆《あき》れたように眉間《みけん》を押さえながら首を左右に振る。

「ごちゃごちゃうるせぇ！」

「シャッターに突撃でもする気か？」

黒野は文句を言いながら、シャッターの開閉ボタンを押した。

ガラガラと音を立ててシャッターが開くのと同時に、強い風に煽《あお》られた雨が、ガレージの中に入り込んできた。

台風の接近により、風雨が激しくなって来ている。

黒野は、ヘルメットを被ると、タンデムシートにちょこんと腰掛けた。

「先に行くぜ」

真田は、そう言うとヘルメットのバイザーを閉め、二度、三度、アクセルを吹かしてから、横なぐりの雨の中に飛び出して行った。

エンジン音も、テールランプも、すぐに雨を纏《まと》った闇の中に消えた。

山縣は、小さくため息を吐く。

ナーバスになり過ぎているのかもしれないが、何だかとてつもなく嫌な予感がする。

もしかしたら、吹きつける雨風が、その不安を煽っているのかもしれない。

「私たちも、行くとしましょう」

鳥居が、山縣の思考を遮るように言った。

「そうだな」

そう応じながら、ハイエースの運転席に乗り込んだ山縣だったが、目の前にある闇を見て、また先の見えない不安に襲われた――。

八

「雨——凄《すご》いわね」

公香は、バチバチと音を立てて窓に当たる雨を見ながら呟いた。

次第に勢いを増す風が、窓をガタガタと揺らしている。

台風により、気圧が変化しているせいだろうか、あるいは、湿気が籠もっているせいか、窒息しそうな息苦しさを感じた。

何か悪いことが起こる予兆のように思えて、どうにも落ち着かない。

公香は、小さくため息を吐き、志乃が眠っているベッド脇《わき》にある椅子《いす》に腰掛けた。

今頃、真田たちは、唐沢暗殺を阻止する為に行動を起こしている。公香は、それに参加することなく、こうして志乃の看病にあたっている。

参加を拒否したわけではない。

黒野の指示で、公香は志乃の病室に張り付くことになったのだ。

志乃が予知した二つの夢——。

一つは、唐沢の暗殺だが、もう一つは志乃の入院しているこの病院の爆破だ。

志乃の病院が爆破されるのは、おそらく明日だが、それでも不測の事態が発生する可能性がある。

公香は、単に志乃の看病というだけでなく、護衛という意味も兼ねている。

理由はそれだけではない。もしかしたら、真田たちが動いたことで、未来に変化が生じ、志乃が新たな夢を見るかもしれない。

そうした事態の変化に対応する為にも、誰かが志乃の側にいる必要がある。

黒野の作戦に不満はない。

しかし――。

真田たちが、危険な現場に身を投じているときに、じっとしていなければならないというのがもどかしい。

言いようのない不安に襲われ、少しでも気を抜くと、心が押し潰《つぶ》されてしまいそうになる。

もしかしたら、これまで志乃は、こうした不安と闘い続けていたのかもしれない。

何もできない自分を責め続けていただろうと思うと、胸が痛んだ。今頃になって、現場に足を運ぼうとしていた志乃の気持ちを理解した。

公香は、志乃の手をそっと握った。

眠りにつく前より、かなり痩《や》せてしまって、骨張っている。

それでも、しなやかでしっとりとした肌触りだった。

「早く終わるといいわね」

公香は、改めて窓の外に目を向けながら言った。

他人の死を予知し続ける志乃。そして、それを阻止する為に、命を懸けて奔走する自分たち。

終わることのない負のループの中にいるようなものだ。

いつか——志乃が他人の死を予知しない日が来て、当たり前のように平穏な日常を過ごすことができるだろうか？

いや、そうなって欲しい。

自分の意思とは関係なく、他人の死を予知し続ける人生など、あまりに過酷だ。

「うっ……」

眠っていた志乃が、苦しそうに唸《うな》った。

眉間に皺《しわ》が寄る。

白く、かたちのいい額に、薄《うっす》らと汗が滲《にじ》んでいる。

もしかしたら、何か嫌な夢を見ているのかもしれない——そう思うと同時に、公香の心は一気に暗くなった。

志乃が見る夢は、誰かの死を予知するものだ。

しかも、タイミングから考えて、真田たちが止めようとしている死の運命が、大きく変わろうとしているのかもしれない。

志乃を起こそうとした公香だったが、途中で動きが止まった。

彼女の夢は、悪夢であると同時に、重要な情報でもある。内容を知る前に起こしてしまったのでは、事態を正確に把握できなくなる。

「ダメ！　撃たないで！」

志乃が、公香の手を強く握り返しながら、叫び声を上げた。

「志乃ちゃん。大丈夫？」

公香は、志乃の顔を覗《のぞ》き込む。

目を開けてはいたが、焦点が合わず、茫然《ぼうぜん》自失といった様子だ。

呼吸もかなり乱れている。

「志乃ちゃん」

公香が、もう一度呼びかけると、ようやく志乃の目がはっきりしてきた。

「公香さん……」

志乃が掠れた声で言う。

表情が、いくぶん和らいだような気がする。ここが、夢ではなく、現実の世界だと認識したのかもしれない。

　だが、それは束《つか》の間《ま》のことで、志乃の顔が急速に強張《こわば》る。

「どうしよう……大変です……」

　志乃が、慌《あわ》てた様子で上体を起こそうとするのを、公香が押し止《とど》めた。

「どうしたの？　何が大変なの？」

　志乃の様子からして、何か良からぬ夢を見たことは確かだ。ぬるっとした嫌な感覚がまとわりついてきたが、ここで公香まで冷静さを失うわけにはいかない。

　できるだけ、冷静な口調を心がけた。

「予知夢が……変わったんです……」

　志乃が、玉のような汗を浮かべながら口にする。

　――やはりそうだ。

「落ち着いて話して。どう変わったの？」

　公香は、志乃の背中に手をやり、支えながら彼女の上体を起こして訊《たず》ねた。

　志乃は、ごくりと喉《のど》を鳴らして唾《つば》を飲み込んでから、改めて公香に目を向ける。

　彼女の言葉を待つほんの数秒が、やけに長く感じられた――。

九

真田は、逸《はや》る気持ちを鎮《しず》めながら、じっと前を見ていた――。

マンションの地下駐車場の入口が見える位置にあるコインパーキングで、V－MAXのエンジンをかけたまま、じっと時を待っている。

雨に濡《ぬ》れているせいで、だいぶ身体《からだ》が冷えてきた。

「一つ訊いていいか？」

真田は、タンデムシートにいる黒野に向かって呼びかけた。

インカムで通話できるようにしているので、声を張ることも、振り返る必要もない。

〈何？〉

気《け》怠《だる》げな調子で黒野が答える。

「お前、もしかして犯人の目星が付いてるんじゃねぇのか？」

真田の問いに、黒野がふっと鼻を鳴らして笑った。

「何がおかしい？」

〈君にしては、勘が鋭いと思ってね〉

「バカにしてんのか?」

〈正解〉

軽口を叩《たた》きながらも、真田は「やっぱり――」と納得した。

作戦会議のとき、黒野は普段と変わらない笑みを浮かべていた。だが、真田にはその笑みが、いつもと違うように見えた。

ただの感覚に過ぎないが、映像に映る犯人を見る目に、個人的な感情が込められているような気がしていた。

「で、犯人は何者なんだ?」

〈野村克典《のむらかつのり》――元SATの隊員だった男だ。年齢は三十七歳。格闘術やナイフの扱いにも長《た》けている。射撃の腕は超一級。命中精度だけでなく、左手での早撃ちが得意だ〉

黒野の説明を聞きながら、映像で見た光景を思い返した。

確かに、実行犯である男は、左手で拳銃《けんじゅう》を握っていた。のみならず、正確無比な素速い射撃でターゲットを仕留めていた。

「確証があるのか?」

フルフェイスのヘルメットを被っていたので、顔を確認することはできなかった。

相手が、本当に野村という男かどうかは定かではない。

〈左手の甲に火傷《やけど》の痕《あと》があった〉

「火傷の痕？」

〈そう。野村にも、同じ箇所に火傷の痕がある。間違いなく奴《やつ》だ――〉

黒野が珍しく苦い口調で言った。

〈そうか。映像の実行犯は、野村というわけか……〉

無線に割り込んで来たのは鳥居の声だった。

真田の位置からは、その姿を確認することはできないが、近隣のビルの屋上に身を潜め、スタンバイしているはずだ。

無線を聞いていて、会話に参加して来たようだ。

「知っているのか？」

〈ああ。私も元SATの隊員だからな〉

――そういえば、そうだった。

「凄い奴なのか？」

〈ああ。何をやっても、群を抜いていて、右に出る者がいなかったそうだ〉

「でも、射撃なら鳥居のおっさんの方が上だろ？」

〈ライフルを使った、遠距離からの狙撃なら勝負になると思うが、他は、残念ながら野村の方が一枚も二枚も上手《うわて》だ〉

鳥居が嘆息しながら言った。

謙遜《けんそん》しているというより、実感を込めての言葉のように感じられた。

どちらにしても、なかなか厄介な相手ということのようだ。納得するのと同時に、疑問も浮かんできた。

「どうして、そんな奴が、唐沢さんを殺そうとしてるんだ？　同じ警察官だろ？」

それが、真田には理解できなかった。

〈野村は三年前に、ＳＡＴを辞職している。そのあと、何があったのかは不明だ〉

黒野が答える。

「じゃあ、直接本人から聞き出すとするか」

〈そうだね。ぼくも、昔話でもさせてもらおうかな〉

「何だそれ？」

〈彼とは、ちょっと因縁があってね――〉

黒野が笑みを含んだ声で言った。

因縁とは、いったい何なのか？　問い掛けようとした真田だったが、それを遮るように〈来たぞ！〉という鳥居の鋭い声が飛び込んできた。

真田の位置からは確認できないが、鳥居はターゲットを捕捉《ほそく》したらしい。

「どこだ？」

〈北東の方角。幹線道路から、脇道に入ったところだ。あと十秒もすれば見えるはずだ〉

「かなり近いな――」

激しい風雨のせいで、エンジン音は確認できない。

ヘルメットのシールドについた雨粒を拭《ぬぐ》い、じっと目を凝らす。

「見えた」

真田も、バイクのヘッドライトの明かりを捕らえた。ハーレーダビッドソンに間違いない。

〈どうやら予知夢の通り、一人で来たらしいね〉

「ああ。鳥居のおっさん。タイミングは任せるぜ」

真田が、エンジンを吹かしながら告げると、〈了解――〉と鳥居から返答があった。

ターゲットのバイクは、唐沢のいるマンションに近付いて来る。

地下駐車場へと通じるスロープの手前に差し掛かったところで、ハーレーの前輪部分に火花が散った。

ハーレーは、突如としてバランスを崩し、コントロールを失って蛇行したあと、横滑りするようにして転倒した。

鳥居が、サイレンサーを使って狙撃したのだ。

この悪天候の中、一発でバイクを行動不能にするとは——流石《さすが》の腕だ。

おそらくドライバーは、狙撃されたことに気付いていないだろう。雨のせいで路面が滑ったと錯覚したはずだ。

真田は、アクセルスロットルを回すと一気に加速した。

倒れていたバイクのドライバーが、身体を起こした。右手で拳銃を抜くと、真田たちに銃口を向ける。

だが——。

「遅い！」

真田は、横を擦り抜けながらドライバーの右手を蹴《け》り上げた。拳銃が、弧を描きながらアスファルトに落下する。

バイクをドリフトさせながらUターンしたところで、黒野がタンデムシートから飛び降りながら拳銃を抜く。

黒野はドライバーに銃口を向け〈動くな！〉と声を上げる。

ドライバーは、一度は拳銃を拾おうと身体を動かしたが、黒野がそれを制止するように、路面に威嚇《いかく》射撃をした。

ドライバーは、ピタリと動きを止めると、両手を挙げて降参のポーズを取った。

真田もバイクを降りてヘルメットを外すと、ドライバーの方に向かって歩いて行く。

「完璧《かんぺき》だったな」

真田は、安堵《あんど》の息を漏らしながら黒野に言う。

「いや。ぼくたちは、嵌《は》められたかもしれない……」

黒野がぼやくように言いながら、ヘルメットを外す。

嵌められたとは、いったいどういうことなのか？　現に、こうやって唐沢暗殺の実行犯を押さえることができた。どう考えても作戦成功のはずだ。

意味を問い質《ただ》そうとした真田だったが、黒野がそれを制した。

「ヘルメットを外して、顔を見せてもらおう」

黒野が、ドライバーに促す。

だが、ドライバーは動かなかった。固まってしまったように、微動だにしない。

その姿を見ているうちに、真田の中にじわじわと不安が湧《わ》き上がってきた。具体的な根拠があるわけではない。それでも、本能が何かを察し、警笛を鳴らしているようだった。

唐突に銃声が響いた――。

黒野が、再び威嚇射撃をしたのだ。

「もう一度言う。ヘルメットを外して。次は、当てるよ」

黒野が告げると、ドライバーは諦めたように、肩を落としたあと、ゆっくりとヘルメットを外した。

「なっ！」

その顔を見て、真田は思わず声を上げた。

信じられなかった。ヘルメットの下にある顔は、真田の知っている人物だった――。

十

山縣は、予め地下駐車場に停めておいたハイエースの運転席で、息を潜めていた――。

蛍光灯の薄明かりに照らされた地下駐車場は、不気味な雰囲気を醸《かも》し出している。

何台か車が駐車しているが、事前にその全《すべ》てに人が乗っていないことを確認してある。今、この駐車場にいるのは山縣だけだ。

打ち付ける雨の音が、ずいぶんと遠くに聞こえる。

真田たちが、駐車場の前で暗殺者を押さえる。もし、それが失敗に終わった場合、山縣が唐沢の警護に回るという二段構えの作戦だ。

できれば、自分の出番は来て欲しくないと思う。

自分の身に危険が及ぶことを、怖《おそ》れているのではない。山縣が動くということは、即《すなわ》ち、真田たちに何かあったことを意味するからだ。

やはり、今回の作戦は、実行するべきではなかった——。

今さらのように、後悔の波が押し寄せる。

いつもそうだ。失われるかもしれない命は守りたい。が、同時に、そのことで、真田たちが危険に晒《さら》されることは我慢ならない。

相容《あいい》れない思いが交錯し、結論を出せないままズルズルと任務に追われる。

こんなことでは、いつか山縣自身が、命を捨てることになってしまうかもしれない。

苦しみから解放されるなら、それもいいか——と考える自分に気付き、思わず苦笑いを浮かべた。

今さら、思い悩んだところで仕方ない。今は、ただ成功を祈ろう。

そう思った矢先、携帯電話に着信があった。

公香からだった――。

一定のリズムを保つバイブレーションが、酷く不穏なものに思えた。

「はい」

〈山縣さん！　大変なの！　すぐにそこを離れて！〉

電話に出るなり、絶叫にも近い公香の声が聞こえてきた。

何があったのかは分からないが、公香がここまで取り乱しているのは、普通ではない。

嫌な予感が的中したのか――そう思うと、一気に血の気が引いたが、ここで山縣までパニックに陥っては状況が悪化するだけだ。

「何があった？　落ち着いて話せ」

山縣は、できるだけゆっくりと喋《しゃべ》ることで、公香の混乱を鎮めるように心がける。

公香の方も、山縣の意図を察したらしく、自分を落ち着かせるように、ふうっと長い息を吐くのが聞こえた。

〈志乃ちゃんが、予知夢を見たの――〉

公香のひと言で、山縣はことの重大さを悟った。

このタイミングで、志乃が予知夢を見たということは、現在の状況に大きな変化が生じたという証拠だ。

万が一に備えて、公香を志乃の所に配置したのは正解だったようだ。

「どんな夢だ？」

〈暗殺者が、一人じゃなくて複数になっているの――〉

「何だって？」

前に、黒野がバタフライエフェクトの話をしていた。些細な出来事が、思いもよらない結果を生み出し、未来が変わってしまうという話だ。

だからこそ、黒野は予知の実現を防ぐ為に、少数での行動を重んじ、情報の拡散を最小限に留めようとしてきた。

今回、何らかの形で情報が漏れたことで、変化が生じ、単独犯だったはずの犯行が、複数に切り替わったということなのかもしれない。

だが――。

どこで情報が漏れた？

考えられることは、ターゲットである唐沢に、狙われているという情報を伝えたことだが、本当にそれだけなのだろうか？

〈山縣さんは、今すぐにそこを離れて！〉

公香が、山縣の思考を遮るように言った。

「そうはいかない。暗殺者は、何処《どこ》から侵入して来るんだ？」

〈止《や》めて！〉

状況を確認しようとした山縣だったが、それを公香の叫びが遮った。

〈新しい予知夢では、殺されるのは唐沢さんだけじゃないの！〉

公香の説明で、納得すると同時に、じわっと嫌な感覚が足許《あしもと》から這《は》い上がってきた。

明言こそしていないが、その狼狽《ろうばい》ぶりからして、どうやら、新しい予知夢の中では山縣も殺されるらしい。

「分かった。私は、唐沢さんを連れて撤収する。公香は、真田たちにもこの事実を伝えてくれ。作戦は中止だ」

山縣は、口にしながら車を降りた。

〈何言ってるの！　唐沢さんのことはいいから、すぐにそこから離れて！〉

公香が叫ぶ。

自分だけでも生き残りたいと考えるなら、公香の言うように、すぐに現場から離れるべきなのだろう。

だが――。

ここで山縣が逃げ出してしまっては、それこそ唐沢の命がない。

「私のことはいい。早く真田たちに伝えろ！」

山縣はそれだけ言うと、電話を切った。

とにかく、唐沢が地下駐車場に来る前に、別の場所に避難させなければならない。

山縣は、唐沢の携帯電話に連絡を入れながら、階上へと通じるエレベーターに向かって走った。

雨音に混じって、ガシャンっと、何かがクラッシュするような音がした。

――始まってしまった。

山縣は、一瞬足を止めた。

唐沢を避難させるのではなく、このままスロープを駆け上がって、真田たちのバックアップに回った方がいいのではないか？

そんな思いが頭を過《よぎ》った。

〈唐沢だ〉

山縣が迷っている間に、唐沢が電話に出た——。

十一

——なぜ？

ヘルメットを脱いで現れた顔を見て、真田は驚きを隠せなかった。

絶句している真田とは対照的に、黒野は薄い笑みを浮かべていた。まるで、最初からライダーの正体を知っていたかのようにすら思える。

「ごめんなさい……」

目の前に立つ人物——東雲塔子《しののめとうこ》が俯《うつむ》きながら、か細い声で言った。

何に対する謝罪なのか、真田には理解できなかった。そもそも、なぜ、塔子がこんなことをしているのかさえ把握できていないのだ。

「言ったはずだよ。邪魔したら容赦しないって——」

黒野は、暗い目で塔子を見据えると、真《ま》っ直《す》ぐに拳銃の照準を塔子の額に合わせた。

脅しでないことは、すぐに分かった。

真田は、咄嗟《とっさ》に黒野の腕を払う。それと同時に、銃声が轟《とどろ》いた。

あと少し判断が遅ければ、黒野は間違いなく塔子の額を撃ち抜いていただろう。

「何すんだ！」

詰め寄る真田に、黒野が舌打ちを返した。

「それはこっちの台詞《せりふ》だよ。おそらく、彼女が敵に――〈愛国者〉にこちらの情報を流した。だから、向こうは作戦を変えたんだよ」

黒野の説明で、真田も何となく状況を理解してきた。

ライダーの姿を見たときの違和感。それは、おそらく、予知夢の映像と比較して、体格が小柄だったことに起因している。

塔子は作戦会議には参加していないが、予知夢の映像は見ているし、真田たちがそれを阻止する為に行動することを知っていた。

彼女から、それらの情報を得た〈愛国者〉が事前に対策を講じたということなのだろう。

――だが、分からない。

「どうして、こんなことをしたんだ？」

真田は、混乱しながらも問う。

どう考えたっておかしい。塔子は、クロノスシステムのエンジニアとして、これまで真田たちと一緒に任務を遂行してきた。

塔子が、献身的に志乃を介護していたことも知っている。現場にこそ出ていなかったが、彼女は仲間だったはずだ。

「ごめんなさい……。私には、こうするしかなかったんです……」

塔子が苦しそうに言った。

頰を流れるのは、雨なのか、それとも涙なのか——真田には判断できなかった。できれば涙であって欲しい。いや、そもそも涙だったからといって、今の状況が変わるわけではない。

「伏せろ！」

黒野が、急に真田に突進してきた。

不意打ちを喰らってもんどりうつのと同時に、連続した射撃音が響き渡った。

見ると、黒塗りのハマーが二台、猛スピードで走って来て、マンションの地下駐車場の入口の前に急停車した。

後部座席のドアが開いたかと思うと、それぞれの車から三人ずつ、合計六人の男たちが降りてきた。

男たちは、開いた車のドアを盾にして、容赦なく真田たちに発砲してくる。

「ヤバい！」

どう考えても友好的な連中ではない。

「こっちだ！」

黒野が駆け出す。

真田も黒野の後を追って走り出した。

背後から銃声が追いかけてくる。撃ち出された弾丸は、マンションの壁やアスファルトを穿《うが》つ。

「来い！」

黒野に引っ張られて、真田は近くに停めてあった車の陰に身を隠した。

容赦なく降り注ぐ銃弾が、車のガラスを砕き、車体に穴を開ける。このまま、車ごと蜂《はち》の巣にされるのではないかと思うほどだ。

しばらく銃声は続いていたが、やがて静かになった。

「終わったのか？」

真田の問いに、黒野が首を左右に振った。

「まさか。弾倉の弾を撃ち尽くしただけだよ」

「じゃあ、また撃ちまくるのか？」

「多分、それはない。連中もバカじゃないからね。タイミングを見て、じっくり包囲するつもりだろ」

「最悪じゃねぇか」

「同感だね」

「どうして、こんなことに……」

真田が舌打ち混じりに言うと、黒野が声を上げて笑った。

「何がおかしい？」

「だっておかしいじゃないか。どうしてこうなったかなんて、さっき説明しただろ」

黒野の冷たい目が真田を見据える。

「は？」

「だからさ、塔子さんだよ。彼女が情報を漏らしたんだ」

「そんなバカな！　彼女は仲間のはずだろ！」

「それは、君の思い込みだ。裏切ったというのも違う。彼女は、最初から仲間なんかじゃなかったんだよ」

「どうして、そうなるんだよ」

「考えてもみなよ。塔子さんが、志乃ちゃんを眠らせ続けていることを知らなかったとでも？」

黒野の問い掛けは、衝撃となって真田の中に広がった。日頃から志乃の世話をしていた塔子が、眠らせ続けているという状況を、知らなかったはずがない。

否定したかったが言葉が出なかった。黒野の言う通り、日頃から志乃の世話をしていた塔子が、眠らせ続けているという状況を、知らなかったはずがない。

つまり、出会ったときから、塔子は真田たちを欺《あざむ》いていたのだ。

エンジニアとして、か弱く振る舞っていたにも拘《かか》わらず、こうしてバイクを乗り回し、拳銃を発砲していることからも、自分たちの知っている塔子が、偽りの姿であったことは間違いない。

だけど——。

「おれは……」

「センチメンタルな気持ちになるのは、後にしてもらえるかな」

「何？」

「奴ら、唐沢さんの暗殺に向かったよ」

黒野がさっきの銃撃で折れた車のサイドミラーを手に取り、角度を調整する。

サイドミラーには、車の前にいる男たちと、塔子の姿が確認できた。

リーダーらしき男が、何かを指示すると、塔子が頷《うなず》く。

そのままリーダーを含む四人の男と、塔子は、マンションの地下駐車場に続くスロープを降りて行く。

「行くな！」

真田は、思わず声を上げながら立ち上がり、ニューナンブの銃口を向けた。

だが——撃てなかった。

「くっ！」

真田が唸った瞬間に銃声が轟く。

持っていたニューナンブが弾《はじ》け飛んだ。待機していた男が発砲したのだ。

真田は、大慌てで車に身を隠す。

「君は、自殺志願者か？」

黒野が汚いものでも見るような目で言う。

「そんな訳ねぇだろ」

「この状況で、バカな真似《まね》は止《よ》してくれ」

「分かってる。だけど、彼女が……」

「もう、いい加減、彼女のことは諦《あきら》めなよ」

「だけど……」

「何にしても、この状況を突破しないと、まずいことになるよ。地下駐車場にいるのは、唐沢さんだけじゃないからね」

黒野の言葉に、真田は愕然《がくぜん》とした。

そうだった。地下駐車場には、山縣もいる。唐沢の護衛としてたった一人で――。

四人もの男たちを相手に、対応できるとは思えない。

何とかして援護に行きたいところだが、地下駐車場の入口前に停まった車の脇には、二人の男が待ち構えている。

「どうにか、あの二人を突破するしかねぇな」

「その意見には賛成だけど、丸腰なんだよねぇ」

黒野が両手を広げてみせる。

「お前、銃はどうしたんだ？」

「逃げて来る途中で落とした。君は？」

「さっきふっ飛んだ……」

真田が、ため息混じりに言った。

「そうだったね。まったく。熱血バカには困ったもんだ」

「他人《ひと》のこと言えるのかよ。お前だって銃はねぇんだろ」

「一応、切り札は持ってるけど、ちょっと厳しいね」

黒野が、足首のホルスターから、小型の拳銃デリンジャーを取り出した。

デリンジャーの装塡《そうてん》弾数は二発。しかも、威力はかなり低い。

それに引き替え、駐車場の入り口前にいる連中は、サブマシンガンMP5で武装している上に、見たところ防弾ベストも着用している。

まともにやり合ったら、蜂の巣にされることが目に見えている。

「何か策はねぇのか？」

真田が問うと、黒野は「策はあるよ」と答えながら、にっと笑みを浮かべた。

十二

「今、どちらに？」

山縣は、早口で問い掛ける。

〈ちょうど、地下に到着したところだ〉

その言葉の通り、エレベーターの扉が開き、中から唐沢が姿を現した。

山縣は、電話を切るとすぐに唐沢に駆け寄る。

「ここは危険です。すぐに戻って下さい」

「何があったんだ？」

唐沢が説明を求めてくるが、残念ながらそんなことをしている余裕はない。

「いいから、戻って下さい」

山縣は、唐沢をエレベーターの中に押し戻そうとしたが、唐沢がそれを拒否した。

「不測の事態が発生した——ということだな」

落ち着いた口調で唐沢が言う。

「そうです。ですから、一度部屋に」

「君は、少し落ち着いた方がいい。部屋に戻ったのでは、自分で逃げ道を塞《ふさ》ぐようなものだ」

流石は、警察庁で切れ者と怖れられただけのことはある。

この状況においても、冷静さを失っていない。

唐沢が指摘した通りだ。襲撃者は、唐沢の部屋を知っているはずだ。そこに立て籠《こ》もるのは得策とは言えない。

現場から遠ざかるというのが、護衛を行う上でのセオリーだ。

「分かりました。では、私の車で移動しましょう」

山縣が唐沢を誘導しようとしたところで、車の急ブレーキの音が響く。咄嗟に、唐沢の腕を引っ張り、柱の陰に身を隠す。

すぐに、けたたましい銃声が鳴り響いた。それも、一発や二発ではない。連続した射撃音だ。

サブマシンガン、もしくはアサルトライフルだろう。

だが、駐車場の中に着弾した様子はない。建物の外で銃撃戦が行われている可能性が高い。

真田たちのことが脳裏を過る。

——やはり救援に向かうべきかもしれない。

「私はいいから行け」

唐沢が、山縣の心情を悟ったように促す。

本音で言えば、今すぐにでも飛び出して行きたい。しかし、唐沢をここに残しておくわけにはいかない。

命を狙《ねら》われているのは、唐沢なのだ。

「真田たちなら、きっと何とかしてくれるはずです」

山縣は、感情を抑え込んで口にした。

「君は真面目《まじめ》過ぎる」

唐沢が呆《あき》れたように小さく笑った。

「今は、そういうことを言っている時では……」

「後悔を抱えながら生きて行くのは――辛《つら》いぞ」

唐沢の言葉には、重みがあった。

まるで、自分自身が、取り返しのつかない過《あやま》ちを犯し、その後悔を抱えながら生きているとでも言いたげだ。

実際、唐沢はそうした人生を歩んで来たのかもしれない。

「そういう話は、後で聞きます。とにかく車に――」

山縣は自らの感慨を断ちきり、強引に唐沢を引っ張って駆け出した。

任務の為《ため》に、真田たちを見捨てたわけではない。車に唐沢を乗せ、そのまま駐車場を出て真田たちを救助するという算段があった。

それが、この状況を打破する為に、もっとも効率的な手段だ。

ところが――。

唐沢を車に乗せようとした瞬間、銃声が轟き、車のサイドガラスを粉々に粉砕した。

あと少しズレていたら、身体に命中していたかもしれない。

「こちらに！」

山縣は、すぐさま唐沢の腕を引っ張り、車の反対側に回り込み、車体を盾に身体を隠した。

ホルスターからリボルバーの拳銃、ニューナンブを抜きつつ、様子を確認する。

スロープを四人の男と、一人の女が下って来るのが見えた。暗くて、顔まではっきり確認することができない。

かなりまずい状況だ。

相手は五人という大人数だ。しかも、サブマシンガン――おそらくはMP5で完全武装している。このままここに潜んでいても、やられるのは時間の問題だ。

かといって、車に乗り込んで、強行突破を図ろうにも、エンジンをかけている間に撃ち殺されるのがオチだ。

――どうする？

考えられる作戦は、一つしかない。

山縣自身が囮《おとり》になり、連中の目を引きつつ、唐沢を逃がす。

だが――。

逃がすと言っても、いったい何処に逃がすというのだろう？　エレベーターのボタンを押して、到着を待っていれば、間違いなく射殺される。

「君は勘違いをしているようだ」

唐沢がぼそりと言った。

「え？」

「一応、私も現職の警察官だ」

唐沢が、ホルスターから小型の自動拳銃ＳＩＧザウエルを抜き、慣れた手つきで弾倉の弾を確認すると、しっかりとグリップを握った。

どうやら、自分を戦力として考えろ――ということのようだ。

「そういう訳にはいきません」

「だから、君は真面目過ぎると言っているんだ」

必死に止めに入る山縣を、唐沢が笑った。

「しかし……」

さらに、言葉を重ねようとした山縣だったが、それを遮るように、銃声が鳴り響いた。

「二手に分かれよう」

唐沢は、そう告げると車の陰を飛び出して行ってしまった。

すぐに男たちが発砲するが、唐沢は素速く柱の陰に身を隠す。身のこなしは、なかなかのものだ。

こうなったら、悩んでいる暇はない。とにかく、応戦するしかない。

十三

「策はあるよ――」

黒野は、そう答えたものの、余裕を持っていられるような状況ではない。正直、一発勝負の賭《か》けだ。

――どうして、こうなったのだろう？

ふとそんな疑問が浮かんだ。

さっき、真田の甘さを指摘した。この状況を目の前にして、塔子を信じようとしている真田は、甘いと言わざるを得ない。

だが――。

口で言うほど、真田を責めてはいない。

真田の甘さは今に始まったことではない。何より、黒野自身がそれに救われもした。

だからこそ、黒野は今ここにいる。何もない空っぽの存在である黒野が、真田のお陰で居場所を得ることができたのだ。

彼女は――塔子は、どうしてそれが分からなかったのか？

真田のことばかり言っていられない。黒野も、塔子に同情している部分がある。だからこそ、黒幕を突きとめるという目的があったとはいえ、これまで危険だと分かっていながら塔子を放置していたのかもしれない。

　今回の作戦にしてもそうだ。どこかで、塔子を信じる気持ちがあった。いや、正確には、塔子に真田たちを信じて欲しい気持ちだ。

だからこそ、塔子に話をしに行ったし、余計なことをするな――と忠告もした。

　その結果がこれだとしたら、真田以上に甘いのかもしれない。

ただ、黒野は真田のように手放しで塔子を信じていたわけではない。こういう事態を想定していたからこそ、塔子に、今回の作戦に鳥居が参加しないという嘘《うそ》を、それとなく伝えておいた。

　最初に狙撃《そげき》したときも、サイレンサーを付けての射撃だったので、塔子を含めた襲撃者たちは、まだ鳥居の存在に気付いていないだろう。

「鳥居さん。準備はいい？」

黒野は、無線を使って鳥居に呼びかけた。

〈いつでも〉

すぐに鳥居から返答があった。

鳥居には、事前に、不測の事態が発生した場合も、指示があるまで狙撃による援護をしないように伝えてあった。

理由は、幾つかある。

まずはこの悪天候だ。鳥居ほどの腕があっても、これだけの風雨の中で、正確な射撃をするのは困難だ。

まして、連続した射撃になると、それだけ精度が落ちる。

確実な狙撃は、一発が限界だろう。

それに、鳥居は単独で行動している。つまり、背後がガラ空きなのだ。鳥居の存在を気取られるようなことがあれば、彼自身の命が危うい。

狙撃をする前に、相手の戦力を見極める必要があった。案の定、相手は人数を大幅に増やしてきた。

だが——。

マンションの入口前に、二人だけになった今こそ、チャンスだと言える。

「タブレットは見れる？」

黒野は、タブレット端末を素速く操作しながら言う。

〈ああ〉

「今、そっちにデータを送信した」

〈確認した……。おいおい。本気か？〉

驚きの声が返って来た。

鳥居に送信したデータは、現在のそれぞれの位置関係を図に記したものと、黒野の作戦案が記載されている。

「鳥居さんでも、難しい？」

黒野が問いかけると、鳥居が長いため息を吐《つ》いた。

〈その言い方……真田に似て来たな〉

「熱血バカと一緒にしないで欲しいね」

黒野の軽口に、鳥居がふっと笑みを含んだ声で言った。

〈いいや。お前たち二人は、よく似ているよ〉

――真田に似ている？

出会った当初なら、その意見に断固として反論しただろう。だが、今はそういう気が起きない。

　黒野自身、どこかで自覚しているところもある。それに、今は真田と同一視されることに、さほど嫌な感情が湧いてこない。

「そんなことより、やれそう?」

〈何とかしてみる〉

「OK。タイミングは、鳥居さんに任せる」

〈分かった。準備ができたら連絡する〉

「何をする気だ?」

　真田が、声をかけて来た。

「作戦は単純だ。君は、あの電柱の陰まで全速力で走る」

　黒野は、少し離れた場所にある電柱を指差した。

「それだけ?」

「そう。それだけ」

「そのあとは、どうすんだ?」

「祈ってて」

「は？」

「だから、上手《うま》くいくことを祈ってればいいんだよ」

「お前、ふざけてんのか？」

「まさか。ぼくは本気だよ」

黒野は、真っ直ぐに真田を見返した。

迷った素振りを見せていた真田だったが、やがて「分かったよ」と応じた。

自分の命を懸けたこの状況で、無条件に相棒の言うことを信じてしまう。愚直過ぎるが、こういうところが、真田が真田たる所以《ゆえん》だ。

〈準備ができた〉

タイミングよく、鳥居から連絡が入った。

「了解」

黒野は、そう応じながら真田に目配せをする。

大きく頷いた真田は、ふうっと息を吸い込んでから、一気に駆け出した。

男たちはすぐに真田に気付き、一斉にMP5を連射する。

夜間の悪天候の中、走る相手にフルオートでの射撃を試みたところで、そうそう弾が命中するはずもない。

案の定、真田は銃弾を受けることなく、電柱の陰に姿を隠した。

男たちが、真田を仕留めるべく歩み寄って行く。

「ストップ！」

黒野は声を張ると、両手を挙げながら立ち上がった。

男たちの視線が一斉に、黒野に集中する。

「参った！　もう降参だよ！　投降するから撃たないでくれ！」

黒野は、両手を挙げたまま車の陰から出て、歩き始める。

男のうち一人は、真田のいる電柱に狙いを定めて牽制《けんせい》している。もう一人は、黒野の動きに合わせて銃口を向けながら近付いて来た。

黒野は、それぞれの位置関係を頭の中に描きながら歩みを進め、やがて足を止めた。

――この角度。

「もう止めよう。ぼくたちも、死にたくはないからさ」

黒野は、改めて銃口を向けている男に言う。

彼は、ＭＰ５を構えたまま動きを止める。黒野の言葉の真意を計りかねているのだろうが、その迷いが命取りだ。

次の瞬間、一発の銃声が響く――。

命中精度が下がるサイレンサーを外して放たれた、鳥居の狙撃だ。

わずかな間を置いてから、男二人が同時に倒れた。一人は右腕を、もう一人は左の太ももを押さえている。

鳥居は一発の銃弾で、二人の男を纏《まと》めて撃ち抜いたのだ。

命を奪わず、かつ防弾ベストを避《よ》け、確実に行動不能にするポイントを狙い撃つ。

その狙撃の腕は、やはり一級品だ。

あとは簡単だ。黒野は、素速く男たちに駆け寄ると、次々と銃を奪い、手錠を使って拘束した。

目を向けると、真田は倒れている自分のバイクを起こしているところだった。

わざわざ言うまでもなく、次に何をするのか、分かっているようだ。

十四

――こうなったら、覚悟を決めるしかない。

山縣は、車越しに様子を窺《うかが》い、襲撃者の位置関係を確認する。

自分の正面に二人。それぞれ柱の陰に隠れるようにして、タイミングを見計らっている。もう一人、女がいたはずだが、山縣の場所からは、その姿を確認することができなかった。

こうして改めて、彼らの装備を見て、山縣は気分が重くなった。彼らは、サブマシンガンであるMP5で武装している。山縣の持つニューナンブが五発装塡できるのに対して、MP5はその六倍にあたる三十発もの弾丸を装塡している。

連射もできるわけだから、正面からやり合って、勝ち目があるはずがない。

そればかりか、防弾ベストまで着用する周到さだ。しかも、それらの装備は、全《すべ》て警察の特殊部隊SATと同じだ。単なる偶然とは、到底思えない。

何にしても、この状況をクリアにしなければならない。彼らの気を逸《そ》らすことができれば、少しは勝機が見える。

山縣は、必死に視線を走らせる。

――あった。

少し離れた場所に、消火器がある。あれを撃ち抜けば、消火剤が撒《ま》き散らされた隙《すき》を突くことができるはずだ。

狙いを定めようとした山縣だったが、トリガーを引く前に、唐沢が柱の陰から飛び出した。

正面から撃ち合うつもりのようだ。

「唐沢さん！　戻って下さい！」

必死に叫んだが、手遅れだった。

唐沢に向けて、次々と銃弾が撃ち出される。

身体《からだ》に弾丸を受けた唐沢は、大きく仰《の》け反《ぞ》るようにしながら倒れ込んだ。だが、まだ絶命はしていなかった。

唐沢は、体勢を変えながら、仕留めようと近付いて来た男に向かって発砲する。

弾丸が男の頭を貫いた。

血飛沫《ちしぶき》と脳漿《のうしょう》を同時に撒き散らしながら、男がパタリと倒れた。

あの体勢から、正確に頭を撃ち抜ける唐沢の射撃は、相当なものだ。だが、一人を仕留めたに過ぎず、状況は依然として最悪だ。

唐沢は、這いつくばるようにして、その場から離れようとする。

だが、もう一人の男が、唐沢に狙いを定める。

「くっ！」

山縣は、車から飛び出しながら、唐沢を撃とうとした男に向かって、三発連続でトリガーを引いた。

腹と胸に命中した。

防弾ベストを着ているので、命を落とすことはないだろうが、しばらくは痛みで動けないはずだ。

そのまま唐沢に駆け寄ろうとしたが、右肩に強烈な痛みが走った。

どうやら別の男に、撃ち抜かれたらしい。

山縣は、咄嗟に柱の陰に身を隠す。

焼け付くような痛みとともに流れ出た大量の血が、腕を伝い、拳銃《けんじゅう》を赤く濡《ぬ》らした。

幸いにして、拳銃を落とさずに済んだが、利《き》き腕をやられてしまったのでは、まともに反撃することはできない。

「逃げて下さい」

山縣は、唐沢に告げると、左手に銃を持ち替えた。

柱の陰から腕だけを出してトリガーを引く。

狙いは定めていない。そもそも、左手では、狙ったところで当たりはしないだろうが、威嚇《いかく》にはなったはずだ。

唐沢が、這《は》いつくばりながら、車に辿《たど》り着くと、そのドアを開けた。

車に乗り込めば、少しは状況が変わるかもしれない。

山縣は、時間を稼ぐ為に、再び威嚇射撃をした。

が、一発撃ったところで弾が尽きた。

すぐさま弾を入れ替えようとしたが、片手では思うようにいかなかった。

残った二人の男は、山縣が弾切れであることに気付いたのか、素速く唐沢に駆け寄ろうとする。

山縣は、それを阻止しようと柱の陰から駆け出し、男たちに飛びかかろうとした。

しかし——。

何者かに、足を払われ倒れ込んでしまった。

身体を起こすと、眼前に銃口が突きつけられていた。

その顔を見て、山縣は驚愕で目を見開いた。信じられない気持ちで、ただただパニックに陥った。

「ど、どうして……」

山縣は、何とかそれだけを口にした。

彼女は——塔子は、わずかに目を伏せると、悔しそうに唇を噛《か》んだ。

「ごめんなさい……」

何に対しての謝罪なのか、山縣には理解できなかった。

それは、おそらく塔子の裏切りを、心が受け容《い》れていないからだろう。何かの間違いであるという思いが、拭《ぬぐ》えなかった。

そんな、山縣の思考を遮るように、残った二人の男たちのMP5が一斉に火を噴いた。

唐沢は車の中に逃げ込むことができていたが、車ごと撃ち殺すつもりらしい。これでは、志乃の予知夢の再現だ。

「よ、止せ！」

山縣は、必死に叫んだが、銃弾を止めることはできなかった。

弾丸が唐沢の乗る車に無数の穴を開ける。

やがて、漏れたガソリンに引火したのか、車が爆発を起こした。

轟音《ごうおん》が響く。

炎に煽《あお》られた車は、大きく跳ね上げられ、天井に激突したあと、反転して落下した。

——救えなかった。

無力感が、胸を締め付ける。

が、それに気を取られている状況ではなかった。山縣は、塔子に拳銃を突きつけられているのだ。

「本当に、ごめんなさい」

塔子は再びそう言うと、トリガーに指をかけた。

――どうして見抜けなかった？

山縣の脳裏に、その疑問が浮かんだ。

塔子が裏切り者だと気付いていれば、こんなことにはならなかった。

それが無意味だということが分かった。

山縣は、最初から塔子を疑ってなどいなかった。そもそも、今さらそんなことを考えたところで、自分の運命が変わるわけではない。

ただ、自分の甘さを呪《のろ》うしかない。

銃口が火を噴いた。

その瞬間、山縣は真田の声を聞いた気がした――。

十五

真田がV－MAXを起こしているときに、爆発音がした――。

足許《あしもと》の水溜《みずた》まりが波紋を作り、地面が微《かす》かに揺れたような気がする。かなり大きな爆発のようだ。

真田は、バイクに跨《また》がるとエンジンを回した。

近くにいる黒野が、すぐに駆け寄って来て、タンデムシートに飛び乗った。わざわざ言葉に出さずとも、真田が何を考えているのか分かっているらしい。

「振り落とされんなよ！」

真田は、言い終わるなり、フルスロットルでV－MAXを急発進させた。

そのままスロープを下り、地下駐車場に向かう。

中は爆発の影響で、黒煙が立ち込めていて視界が悪い。臭《にお》いからして、ガソリンが爆発したといったところだろう。

スロープを降りきったところで、無残に燃えている車が目に入った。

真田は、急停車する。

これは志乃の夢の再現だ。どうやら、唐沢を救うことはできなかったようだ。

――山縣さんはどこだ？

真田は、視線を走らせる。

――いた。

そのすぐ近くで、上体だけ起こした姿勢の山縣を見つけた。

山縣の前には、塔子の姿があった。

塔子は、拳銃を真《ま》っ直《す》ぐ山縣に向けている。

「止せ！　撃つな！」

真田の叫びと、銃声が重なった。

山縣は、糸が切れたようにパタリと仰向《あおむ》けに倒れ、そのまま動かなくなった。

ざわっと身体が震えた。

血液が熱を持ち、全身を駆け巡っているようだ。

怒り――。

真田は、これまでに感じたことのない、熾烈《しれつ》な怒りに震えた。

塔子に対して――というのもある。だが、何より、自分自身の甘さに対しての怒りなのかもしれない。

もし、あのとき――塔子を撃とうとした黒野を止めなければ、山縣は死なずに済んだ。

彼女は仲間だという思い込み。現実を受け容れることができなかった真田の甘さのせいで、山縣が命を落とした。

――許せない。

〈熱くなるな！〉

タンデムシートの黒野が、真田の後頭部を引っぱたいた。

「何しやがる」

振り返った真田は、自分に向けられた黒野の視線に、思わず息を呑《の》んだ。

いつも、薄い笑みを浮かべている黒野の顔から、完全に表情が消えていた。そればかりか、細められた目には、哀《かな》しみの色が浮かんでいた。

〈怒っているのは、君だけじゃない〉

黒野にしては珍しく、熱を帯びた声を出していた。

今さらではあるが、黒野が山縣に対して、どんな感情を抱いていたのかを知ったような気がした。

「…………」

〈それに、敵は彼女だけじゃない〉

黒野が、前を見るように促す。黒野が指摘した通り、塔子の隣には、男が一人立っているのが見えた。

視線を戻して、はっとなる。黒野が指摘した通り、塔子の隣には、男が一人立っているのが見えた。


怒りに我を失い、視界が狭まっていたようだ。とはいえ、今さらあれこれと策を弄《ろう》したところで手遅れだ。

〈こうなったら、細かい作戦は抜きだ。正面突破でぶっ潰《つぶ》すよ〉

黒野が力強く言う。

「賛成だ」

〈彼女は、君に任せる。ぼくは、もう一人をやる。あとは、状況に合わせてアドリブってことで〉

「分かった」

真田は、返事をするのと同時に、V－MAXを急発進させ、塔子たちの方に向かって突進して行く。

塔子の隣にいる男が、MP5の銃口をこちらに向けた。

真田は、それでも構わずスピードを上げる。

ＭＰ５が火を噴いた。

フェンダーとヘッドライトに何発か当たったが、それでも真田は速度を緩めることなく、真っ直ぐ突進した。

距離が近くなったところで、黒野がタンデムシートから飛び降りる。

急に二手に分かれたことで、塔子とその隣の男は、一瞬目標を見失った。その隙に乗じて、黒野が拳銃を立て続けに三発撃った。

一発は外れたが、残りの二発は、男の左右の腕を撃ち抜いた。

真田は、そのまま塔子の前で、ドリフトさせながらバイクを停め、拳銃を抜いて狙いを定めた。

塔子は、呆然《ぼうぜん》としたまま動かなかった。

このままトリガーにかけた指を、わずかに引くだけでいい。そうすれば、山縣の敵が討てる。

自分の甘さのせいで、山縣は命を落としたのだ。その甘さと決別しなければ、山縣が浮かばれない。

殺したいほど強烈な怒りを抱いているのは間違いない。にもかかわらず、どういうわけか、トリガーにかけた指が動かなかった。

塔子が、真っ直ぐに真田を見返してくる。その目は、もう全てを諦めてしまっているかのようだった。

——撃ち殺して。

そう懇願しているようにさえ思えた。

「止《や》めなよ。君には、どうせ撃てないよ」

声をかけて来たのは黒野だった。

これまでのように、単に真田を嘲《あざけ》っているのとは違う。それでいいのだ——と諭すような口調だった。

「おれは……」

〈気を付けろ！　別働隊がそっちに向かった！〉

鳥居からの無線が飛び込んできた。

別働隊とは、いったいどういうことだ？　疑問に思っているうちに、持っていた銃がいきなり吹き飛んだ。

破片が飛び散り、痛みとともに血が流れ出した。

——何だ？

視線を向けると、スロープの入口のところに、一人の男が立っていた。

小柄な男で、左手にグロックの拳銃を握っている。真田たちのいる場所からは、二十メートルは離れているというのに、正確に拳銃だけを撃ち抜くとは、凄《すさ》まじいまでの腕だ。

「どうやら、彼がお出ましのようだ」

黒野の呟《つぶや》きで、はっとなる。

作戦開始前に黒野と鳥居が話していた、元SATの野村という男だろう。

塔子の裏切りにより情報が漏れたことで、向こうは二重、三重の対策をもって臨んでいたようだ。

だが、ここで退《ひ》き下《さ》がるわけにはいかない。

銃の正確性は凄まじいまでのものがあるが、そうは言っても相手は一人だ。黒野と上手く立ち回れば、押さえることができるはずだ。

「やるぞ」

真田の求めに、黒野が首を振った。

「どうやら、それは無理なようだ」

「何？」

「鳥居さんの話を聞いてなかったのか？　来たのは、彼だけじゃない」

黒野が顎《あご》をしゃくるようにして、前を見ろと合図する。

視線を向けると、完全武装した男たち十人ほどが、スロープを塞ぐように並び立った。彼らが纏っているタクティカルスーツには〈ＳＡＴ〉の文字が確認できた。

「ＳＡＴが、どうして？」

真田は困惑とともに口にした。

「どうやら、ＳＡＴの中にも〈愛国者〉のメンバーが潜んでいるらしいね」

「何だと！」

真田が驚きの声を上げたところで、駐車場の奥にあるエレベーターの扉が開いた。そこから、同じくＳＡＴの男たちが四人ほど躍り出て来て、真田たちの退路を塞いだ。

完全に囲まれてしまったようだ。

強いライトが向けられる。

「無駄な抵抗は止めろ。君たちを、唐沢秀嗣《ひでつぐ》殺害の現行犯で逮捕する――」

先頭に立った、野村と思《おぼ》しき男が冷淡に告げた。

「冗談じゃねぇ！　おれたちは……」

「止めなよ」

黒野が真田を制する。

「だけど……」

「何を言っても無駄さ。ぼくたちは、完全に嵌《は》められたんだ。奴《やつ》らは、最初からこうするつもりだったのさ」

「そんな……」

言いたいことは、山ほどあるが、思うように言葉が出て来なかった。

自分たちが、どんなに足掻《あが》こうと、現実を変えることはできない──そう悟ったからだ。

強行突破することを、考えなくもなかったが、これだけの数を相手に、しかも包囲された状態では、どうすることもできない。

これでは、山縣は何の為に死んだのか、分からないではないか。

真田は、くっと悔しさを噛み締めながら、拳銃を下ろした。

SATの隊員たちが、一気に包囲網を狭めてくる。

〈一瞬だけ目を閉じろ〉

無線から、急に声が聞こえてきた。

男の声だが、鳥居でないことは間違いない。この声は──。

考えているうちに、バンッと破裂音がして、地下駐車場が閃光《せんこう》に包まれた。スタングレネードだ。無線の呼びかけがなければ、真田たちも目をやられていただろう。視力を奪われたSATの隊員たちの隊列が乱れた。

次の瞬間、唸《うな》るようなエンジン音がしたかと思うと、一台のバイクが、隊員を薙《な》ぎ倒しながら猛スピードでスロープを下って来た。

真っ黒に塗装された、BMWのRnineTだ。RnineTには、二人の男が乗っていた。

その男は、駐車スペースまで来ると、ドリフトさせて車体を回転させる。それと同時に、素速くSIGの拳銃を抜くと、リズムを刻むように、トリガーを引いた。機械のような精密射撃を受け、SATの隊員の五人ほどがその場に倒れ込んだ。

〈お前たちを逃がしてやる。ついて来い――〉

また、無線から声がした。

どうやら、声の主はBMWのバイクの男のようだ。真田たちの無線に割り込んで呼びかけているらしい。

――どうする？

真田は、黒野に目を向けた。

「行こう。ここで捕まれば、全て終わりだ」

黒野が言った。

「だけど、山縣さんが……」

真田は倒れている山縣に目を向けた。

こんなところに置いて行くなんて、とてもできない。

「気持ちは分かるけど、捕まれば敵討ちはできなくなる」

黒野に賛成はできない。しかしここで捕まれば、終わりだということは間違いない。だとしたら、少しでも可能性を見出《みいだ》した方がマシだ。

真田は、頷《うなず》くと同時にアクセルを捻《ひね》ってエンジンを吹かす。

黒野がタンデムシートに飛び乗ったのを確認してから、真田は一気にV-MAXを加速させた。

バイクの男も、先導するように走り出す。

「待て！」

SATの隊員が、進路を塞《ふさ》ごうとしたが、バイクの男の銃撃に倒れた。

バイクで走りながら、これだけ正確な射撃ができるなど、もはや人間業ではない。

真田は、バイクのあとについて、スロープを走り抜けると、マンションの外に飛び出した。

「鳥居さん。撤退だ！」

真田は無線に向かって叫んだ。

〈分かった〉

鳥居から返事があった。

あとは、無事であることを祈るだけだ。

すぐ後ろから、何発も発砲する音がしたが、真田はバイクを停めることなく、ぐんぐん加速させて行く。

激しい風雨の中、真田は前を走るバイクのテールランプに目を向けた。

第三章　FUGITIVE

一

雨が激しく窓に打ち付けている――。それをただ見つめることしかできなかった。

志乃は、言いしれない不安とともに、一年以上の長きにわたり、眠り続けていたらしい。

医者の話では、自分は一年以上の長きにわたり、意識を完全に閉ざしていたのであれば、そう聞かされてもあまり実感がなかった。ぽっかりと時間が抜けるのだから、混乱もするだろう。

だが、時々ではあるが、志乃は眠りながらも、意識が覚醒《かくせい》する瞬間があった。

もちろん、身体《からだ》は動かなかったし、自ら声を上げることもできなかった。それでも、声をかけて手を握ってくれる真田の存在を感じることはできた。

真田が手を握ってくれたからこそ、志乃はこうやって意識だけの世界から戻って来られたような気がする。

それだけではない。

山縣や公香の声が聞こえたこともあった。

それに――。

新しくメンバーに加わった黒野や、身の回りの世話をしてくれていた塔子という女性のことも、顔は分からないが認識することはできた。

特に塔子という女性には、親近感を抱いている。

彼女は、志乃に献身的に尽くしてくれていた。眠っている間、もっとも多く志乃が関わった人物だ。

ただ、彼女は志乃に触れるときに、幾度となく「ごめんなさい――」と詫《わ》びていた。

それが、何に対する謝罪なのか分からない。

もし、会うことができたなら、感謝の言葉とともに、その理由を問いたい気持ちもある。

そうやって人の気配を感じていたせいか、自分が一年以上も眠っていたなんて、質《たち》の悪い冗談ではないか――と思いもしたが、衰えてしまった筋肉が、現実であったことを自覚させる。

元々、足が動かず、立ち上がることはできなかったが、それでも、真田たちと一緒に事件を追うことはできた。

ところが今は、腕を上げるだけで一苦労だ。まるで老人になってしまった気分だ。

せっかく目覚めたにもかかわらず、こうしてベッドに横になったまま、ただ待つことしかできないのがもどかしい。

これでは、昏睡《こんすい》状態にあった時と、何ら変わりがない。

――お願い。無事でいて下さい。

志乃は、拳《こぶし》に力を込めて、胸の内で念じた。

さっき志乃が見た夢は、最悪の事態を想起させるものだった。

地下駐車場で、激しい銃撃戦が起きる。

そこで、三人もの人間が凶弾に倒れるのだ。しかも、その中には、山縣も含まれていた。

その未来を防ぐ為《ため》に、公香が、山縣たちに連絡を取りに行ってくれている。

――どうか、間に合って下さい。

志乃が、再び祈りを込めたところで、公香が部屋に戻って来た。

「どうでしたか？」

志乃が声を絞り出すようにして問う。

自分でも、驚くほどに小さかった。やはり、まだ身体が思うように動いていないようだ。

「山縣さんには、危険を知らせたわ。すぐに撤退するって話だけど……」

そこまで言って、公香は言い淀《よど》んだ。

「ど、どうかしたのですか？」

「その後、連絡が取れなくなったの。真田も黒野も、誰も電話に出ない」

「そんな……」

この状況下で、連絡が取れないとなると、頭に浮かぶのは悪い想像ばかりだ。

「うん。きっと大丈夫。だから、そんな顔しないで」

公香が志乃の頬に触れた。

その滑らかな感触に、幾分気が紛れたが、それも一瞬のことだった。

公香の顔は、まるで死人のように真っ青だった。志乃を励まそうと、ポジティブなことを言ったに過ぎないのだろう。

公香自身が、誰よりも山縣たちの身を案じている。

「公香さん……」

志乃は、腕を伸ばして公香の手を握った。

公香が小さく笑みを浮かべ、握り返してくれた。優しく、温かく、そして力強かった。

「きっと……大丈夫」

今度は志乃が口にした。

言霊《ことだま》だ。口にすることで——信じることで、現実が変わるような気がした。今の志乃にできることは、それくらいしかない。

「そうね。きっと大丈夫。うちの連中は、ゴキブリ並にしぶといから、そう簡単にはくたばらないわ」

「そうですね——」

返事をすると同時に、眠りにつく前のことが次々と脳裏に呼び覚まされた。

本当に色々なことがあった。

真田たちと出会ってからは、事件ばかりだったけど、それでも、いいことも沢山あったし、出会えて良かったと心の底から思っている。

目覚める前は、照れ臭くて、素直に自分の気持ちを伝えることができなかったかもしれない。

でも——。

長い眠りについたことで、志乃の心は大きく変わった。

きっと死を意識したのだろう。

人は、いつ死ぬか分からない。死んでしまえば、言いたいことも言えないし、やりたいこともできなくなる。

だから、生きているうちに、素直に心の内を伝えておかなければ後悔することになる。

せっかく、目覚めたのだから——伝えたいことが沢山あるのだから、必ず戻ってきて。

志乃が、再び祈ったところで、公香の携帯電話が着信した。

公香はスマートフォンの表示を見て、「鳥居さんだ」と興奮した声を上げると、急いで電話に出た。

「もしもし。鳥居さん、今どこ？」

公香が勢い込んで訊《たず》ねる。

かすかにではあるが、鳥居の声が漏れ聞こえて来たものの、その内容を把握することまではできない。

ただ、公香の顔が、さっきにも増して強張《こわば》っていくのが分かった。

「分かった。そっちは、何とかするわ。鳥居さんも、気を付けて……」

沈み込んだ声で言ったあと、公香が電話を切った。

何があったのか？　問い質《ただ》したい気持ちはあったが、口にはしなかった。いい報《しら》せでないことは、公香の顔を見れば一目瞭然《いちもくりょうぜん》だったからだ。

「山縣さんが……撃たれたって……」

長い沈黙のあと、公香が掠《かす》れた声で言った。

認めたくない現実を目の前に突きつけられ、志乃はただ呆然《ぼうぜん》とすることしかできなかった——。

二

前を走っていたＢＭＷのバイクが、廃墟《はいきょ》のような建物の前で減速した——。

西洋の城を思わせる、ラブホテルのような外観だ。四階建てで、一階が駐車場になっている。

バイクは、そのまま一階の駐車場に入って、停車した。

真田も、減速しつつそのあとに続いた。

バイクを降りた男は、ヘルメットのまま、鉄の扉を開けて建物の中に入って行く。

「ここは何処《どこ》だ？」

真田は、辺りを見回しながら口にする。

背後からの銃撃を逃れながら、必死に前を行くバイクのテールランプを追いかけてきた。

途中、ランドマークタワーらしき建物を通過したので、横浜方面だということは分かるが、詳しい場所についてはよく分からない。

「黄金町《こがねちょう》のあたりだよ」

黒野が、バイクから降りながら言う。

「黄金町」

やはり横浜方面だったようだ。

「この辺りは、少し前まで風俗街だったんだよ。だけど、締め付けが厳しくなって、撤退が相次いだんだ。再開発も進んでいるけど、まだ手つかずの廃墟が、あちこちに点在しているのさ」

「へぇ」

そういえば、以前そうしたニュースを目にしたことがある気がする。

「たぶん、ここは元ソープランドだった建物だ」

黒野が建物を指差しながら言った。

妙な外観だとは思ったが、ソープランドだと聞いて、なるほど——と納得する。

「何でこんな場所に？」

「隠れ家として、これほど最適なところはないと思わない？」

言われてみればそうだ。

都心に廃墟があれば、それなりに目立つが、この辺りはそうした建物が点在している。さほど目を引くことはない。

しかも、これだけ広いスペースが確保できているなら、快適そのものだろう。

東京都と神奈川県と、警察の管轄《かんかつ》を跨《また》いでいるのも、発見されることを避ける上で重要だと言える。

「で、どうする？」

真田は、現在地が確認できたところで黒野に訊ねた。

追っ手は振り払うことができた。このまま何処へなりとも逃げることも可能だが、真田たちを助け、ここまで連れて来た男の正体が気にかかった。

「どうするも何も、ぼくは、あの男の正体が知りたいね」

「そりゃそうだけど……」

「まあ、何となく察しはついてるけど」

黒野がしれっと言う。

強がっているわけではなく、本当に男の正体については、見当がついているのだろう。

真田ですら、予測できている。

だが、だからこそ、なぜあの男が助けに入ったのか――その理由が分からない。それを確かめる為にも、やはり話を聞いてみる必要があるのかもしれない。とはいえ、のこのこと男のあとをついて行って、建物の中に入るのは、あまりに危険であるように思える。

「安心しなよ。殺す気なら、とっくにやってる。何か意図があってのことのはずだ」

黒野の言い分はもっともだ。

殺すつもりがあるなら、そもそも助ける必要などない。ただ、やはり何の保険もかけずに中に入るのは躊躇《ためら》われる。

「入る前に、公香に連絡しておく」

山縣のことも含めて、公香には伝えなければならないことがたくさんある。それに、志乃のことも気がかりだ。

「君は、相変わらずのアホだな」

ため息混じりに言った黒野が、携帯電話を取り出そうとした真田の手を摑《つか》んだ。

「何でそうなるんだよ」

「ぼくたちは、追われているんだ。携帯電話なんか使ったら、その瞬間にこちらの場所がバレるだろ。今すぐ電源を切ることをお勧めするよ」

黒野の言う通りだ。

携帯電話を使った瞬間に、基地局との通信が行われ、居場所が割り出されてしまう。真田は舌打ちをしてから携帯電話の電源を切ろうとしたが、そもそも、そんな必要はなかった。水に濡《ぬ》れ、使えなくなっていた。

「とにかく、中に入ってみよう」

黒野が、スタスタと歩いて行ってしまう。

こうなってしまっては、ここで黙ってバイクに跨がっているわけにはいかない。真田も、黒野のあとを追って歩き出した。

何の躊躇いもなく、黒野が鉄のドアを開ける。

中は、エントランスのような場所だった。いかにも高級そうな毛足の長い絨毯《じゅうたん》が敷かれていて、天井からはシャンデリアがぶら下がっている。

そればかりか、ヨーロッパ調のソファーが置かれ、ヴィーナスの彫像まで飾られている。

成金趣味の豪邸のリビングといった趣きで、真田が抱いていたソープランドのイメージとは大きくかけ離れていた。

「何だこりゃ？」

「多分、高級店だったんだろうね」

黒野がへらへらと笑いながら軽口を返す。

こういう店に足を運んだことはないので、高級店とか言われても、何がどう違うのかいまいちピンとこない。

ふと視線を向けると、壁に寄りかかるようにして、バイクの男が立っていた。

ヘルメットを被《かぶ》り、スモークのかかったシールドを下ろしているが、それでも、射《い》貫《ぬ》くような鋭い視線を感じる。

その存在感は圧倒的で、押し潰《つぶ》されるような息苦しさを覚えた。

「そろそろヘルメットを脱いだら？　あんたが何者かは、大体見当がついているんだからさ」

黒野が言う。

男は、無言のままヘルメットを脱いだ。

中性的な顔立ちに、氷のように冷たい目。そして、何より独特な真っ白い髪――。

間違いない。この男は――アレスだ。

察していたとはいえ、改めてこうして対峙《たいじ》すると、じりっと嫌な感覚がこみ上げてくる。

「一応、助けてもらった礼を言っておくよ」

黒野は、真田とは対照的に、まるで動じていないらしく、相変わらずの笑みで言いながらソファーに腰掛け、鷹揚《おうよう》に足を組んだ。

アレスは、何も答えない。

ただじっと真田たちを見据えている。何の感情も感じられないだけに、余計に警戒心が強まる。

「なぜ、おれたちを助けた？」

真田は、一番の疑問を口にした。

アレスは、昨日、真田たちの屋敷を襲撃したばかりだ。クロノスシステムを破壊しながら、真田たちの命は奪わなかった。そんな男が今度はこうして助けに入った。

いや、今回のことだけではない。

前回の事件においても、アレスの行動により、真田たちは散々振り回された。

この男は、いったいどんな信念を持って行動しているのか？　それが分からないからこそ、真田はアレスの存在を不気味だと感じるのだろう。

「私の目的は、〈愛国者〉の壊滅だ」

アレスがようやく口を開いた。

腹の底を震動させるような、低い声だった。

「〈愛国者〉の壊滅——」

真田は、反芻《はんすう》するように言った。

前回の事件のとき、真田もその存在を知った。〈愛国者〉は、現在の弱腰の日本を憂《うれ》え、強い日本を取り戻すという思想の下に結成された秘密結社だという話だ。

その思想は過激で、平和ボケした日本人の目を覚まさせ、民意をコントロールする為に、東京の都心で毒ガステロを目論《もくろ》むような奴《やつ》らだ。

「あんたは、元々は〈愛国者〉のメンバーだったんだろ。それが、どうして壊滅させようって考えに傾いたんだ?」

黒野が訊ねると、アレスが苦笑いを浮かべた。

「わざわざ問うまでもなく、君は分かっているはずだが?」

「あんたの口から、直接聞きたいと思ってね」

アレスは、ふうっと息を吐きながら真っ白い髪を掻《か》き上げた。

その目には、これまでとは比較にならないほど、獰猛《どうもう》な光が宿ったような気がした。

「私は内閣情報調査室の特殊工作員だった。そこで、〈愛国者〉の一員に加わらないかとスカウトされた」

「永倉《ながくら》さんに？」

黒野の問いに、アレスが頷《うなず》いた。

永倉は、内閣情報調査室の官僚で、秘密裏にスパイを育成していた人物だ。前回の毒ガスを用いたテロを目論んだ黒幕でもある。

「彼は、未《いま》だに戦後を抜け出せず、アメリカの傀儡《かいらい》となり果てた日本を憂えていた」

「どうして日本が、アメリカの傀儡ってことになるんだ？」

「気付いていないだけで、日本はアメリカの傀儡に過ぎない。日米地位協定をみても、それは明らかだ」

真田は口を挟んだ。

「何だそれ？」

日米地位協定という言葉は、ニュースなんかで耳にすることがあるが、それがどういう類《たぐ》いのものなのか、真田には理解できていない。

「まあ、簡単に言えば、在日米軍の取り扱いについての協定だ。在日米軍が、日本で何かした場合、裁く権利はアメリカにあるって内容だ。つまり、在日米軍が日本人を殺したとしても、身柄をアメリカ軍が拘束してしまえば、日本で罪に問うことはできなくなるってわけ」

アレスに代わって、黒野が説明をした。

「何だって？」

「今さら驚くなよ。もう六十年以上も、この協定はそのままになっているんだ」

「そんなの無茶苦茶だろう。どうして誰も変えようとしないんだよ」

真田は怒りとともに口にしたが、それを黒野が笑った。

「ほとんどの国民が、君と同じ意識だからだよ」

「え？」

「つまり、現実を知らないのさ。無頓着《むとんじゃく》と言っていい。そもそも、首都の上空を他国の軍隊の戦闘機が飛び交うなんて、主権国家としてどう考えても異常なんだよ。でも、誰もそれを不思議に思わない」

「…………」

何も返せなかった。

これまで、それが当たり前として過ごしてきた。疑問を抱かず、そういうものだという認識で、日常の中に埋没していた。

沖縄で、在日米軍が様々な事件を起こしてきた。そのニュースを目にしているはずなのに、自分には関係ないと問題意識を持たなかった。

そうした感覚は、何も真田だけに限ったことではない。だからこそ、これを変えようという動きが起きないのだろう。

「問題は地位協定だけじゃない。安保条約、TPP、テロ対策、あらゆる面で、日本はアメリカの言いなりだ。さっきも言ったけど、主権国家とは言い難い。そうした実情を変えようとしたのが〈愛国者〉なんだよ」

黒野の説明を受けながら、真田は困惑していた。

〈愛国者〉の思想を理解し始めている自分に気付いたからだ。同時に、そうした状況を作り出しているのは、誰あろう無関心な自分たちだと思い知らされた。

目の前のことだけに必死になり、全体を把握しようとせず、盲目的に日常生活を送ってきた自分が、酷《ひど》く矮小《わいしょう》に思えた。

「話を戻そう。あんたは、なぜ〈愛国者〉を裏切ったんだ？」

黒野が、改まった口調で問い掛けた。

「私は、日本が独立した国家となるべきだ――という思想には賛同した。その手助けになるのであればと、メンバーに加わった」

「それが、どうして彼らに背くことになったんだ？」

真田が問うと、アレスは自らの白い髪を撫《な》で、小さくため息を吐《つ》いた。

「〈愛国者〉は、秘密裏にある実験を行った」

「未来を予知することか？」

黒野が問う。

「当初の目的は、そうではなかった。薬物の投与により、人間の能力を極限まで高める実験だ」

「あんたは、その被験者だった？」

黒野が口にすると、アレスが頷いた。

口にはしていないが、真っ白になった髪は、薬物の後遺症によるものだろう。

「ただ、その実験は思わぬ結果を生んだ」

「あんたは、薬物がきっかけで、未来を予知するようになったんだな？」

「そうだ。最初は、数日後に起きる些《さ》細《さい》な事件だった。だが、その頻度と正確性が次第に上がっていった」

「それで、〈愛国者〉は、あんたのその予知を有効に活用する為に、クロノスシステムを作り出した——というわけだ」

「彼らは、より遠い未来を見ようとして、薬物を過剰に投与した。その結果、私が見たのは、荒廃し、焦土と化した日本の姿だった」

無表情が代名詞のようなアレスの顔が、一瞬だけ引《ひ》き攣《つ》ったように思えた。おそらく、僅《わず》かに垣間見えた感情は、恐怖によるものなのだろう。アレスは、自らが見た日本の末路に戦慄《せんりつ》したに違いない。

「あんたは、それが〈愛国者〉の強国主義の成れの果てだと感じたってわけか？」

「そうだ。その証拠に、彼らの思想は次第にエスカレートし、国民の意識改革を促す為に、日本国内でのテロを計画するまでに発展してしまった」

「あんたは、それを止めようとした」

黒野の言葉に、アレスが頷いて答えた。

この男こそ、まさに「愛国者」だったというわけだ。思想が次第に過激になり、テロリストと成り果てた〈愛国者〉を壊滅させることで、日本を救おうとしている。

アレスの行動理由は分かった。

だが、まだ真田の最初の質問に答えていない。

「〈愛国者〉を壊滅させることと、おれたちを助けることが、どうつながるんだ？

そもそも、どうしておれたちを襲撃した？」

真田が問うと、アレスが小さく笑みを零《こぼ》した。

冷酷無比な男でも、こんな風に表情を緩めることがあるのかと少し意外だった。

「君は、やはり直情的だな。冷静な状況判断ができていない」

「何が言いたい？」

「ついて来い」

アレスは、そう告げると、ゆっくりと歩き出し、階段を上って行ってしまった。

どうすべきか判断に迷った真田は、黒野に目を向けた。

黒野は、やれやれという風に立ち上がると「行くしかなさそうだね――」と肩を竦《すく》めてみせた。

怖さがないと言ったら嘘《うそ》になる。

だが、この状況下で、他に選択肢がないというのも事実だ。

「そうだな」

真田も覚悟を決めると、アレスを追って階段を上った。

三

公香は、椅子《いす》に座ったまま両手で顔を覆《おお》い項垂《うなだ》れた。

鳥居から聞かされた事実の数々を受け容《い》れられないでいた。山縣が撃たれ、真田と黒野は現場から逃亡し、行方不明――そんな話を呑《の》み込めるはずがない。

――何かの間違いだ。

頭の中で、何度も否定してみたがダメだった。

公香にとって、山縣は命の恩人だ。いや、それだけではない。自分の居場所を見失い、自暴自棄に生きて来た公香に、生きる場所を与えてくれた。

実の親は、公香のことを見捨てたが、山縣は赤の他人であるにもかかわらず、命を賭《と》してここまで導いてくれた。

まさに、親ともいうべき存在だ。

そんな山縣が死んだなど、到底受け容れられることではない。

志乃の前だ。自分がしっかりしなければ――そう思っているのに、どうすることもできなかった。

「公香さん……」

志乃の手が公香の背中に触れた。

その感触が、公香の中で辛うじて保っていた心のバランスを一気に崩した。ガラガラと音を立てて何かが崩壊する。

気付いた時には、志乃に抱きつくようにして泣いていた。

「まだ、山縣さんが死んだと決まったわけではありません――」

志乃が、公香の耳許《みみもと》で囁《ささや》くように言った。

声は小さかったが、それでも、そこには強い信念があった。

これまで泣いてばかりいるのは志乃の方で、公香がそれを慰めていたところがある。いつの間に志乃はこんなに強くなったのだろう。

失意のどん底にありながら、そのことが妙に嬉《うれ》しくなった。

いつまでも、こんな風に泣いていても何も始まらない。鳥居からの情報は乏しく、あまりに断片的なものだ。

まずは、何が起きたのか、状況をはっきりさせる必要がある。

「ありがとう」

公香は、志乃にそう告げてから顔を上げた。

「まずは何があったのか確かめましょう」

志乃が力強く言った。公香は、「そうね」と頷いて答える。

山縣の安否も含めて、まずは何が起きているのかを確認しなければならない。問題は、どうやって情報を集めるか――だ。

考えようとしたところで、病室の扉が開いた。

はっと身構えながら目を向けると、そこには塔子の姿があった。

びしょびしょに濡れたライダースーツを着ていた。髪も濡れていて、ひたひたと水滴が垂れていた。

服装のせいか、これまでの塔子とは、明らかに印象が異なる。

いや、服装だけの問題ではない。どこか弱々しい印象のあった塔子が、まるで冷酷な殺人者のように見える。

「塔子さん。どうしたの？」

公香が声をかけると、塔子は微《かす》かに顔を伏せた。

「あの女性が、塔子さん――」

志乃が言った。

眠り続けていた志乃は、塔子と顔を合わせるのは、これが初めてのことだ。

「そうよ」

公香が応じると、志乃の顔が一気に強張った。

「どうして、あなたがあんなことを……」

志乃の声は震えていた。

それは、怒りのようでもあり、恐怖のようでもあった。

「あんなことって、どういうこと？」

公香は志乃に問い返す。

志乃は、しばらく塔子を見据えたあと、ぎっと奥歯を噛《か》み締めた。

「あの人です」

「何が？」

「さっき私が見た夢の中で、山縣さんを撃ったのは、あの人です」

志乃が、真《ま》っ直《す》ぐに塔子を見つめたまま言う。

公香は志乃の言葉の意味が理解できなかった。いや、違う。本当は分かっていたが、心が受け容れることを拒絶しているのだ。

「そんな……嘘でしょ……」

公香は、ようやくそれだけ絞り出した。

「嘘ではありません。私は、はっきりと見たんです」

志乃が敵意に満ちた視線を塔子に向ける。同じように公香も塔子を見た。

彼女は――塔子は何も答えなかった。ただ、向けられた視線から逃れるように、わずかに顔を背けただけだった。

その仕草は、肯定を意味する。

「どうして？　ねぇ、どうして塔子さんが、山縣さんを撃ったの？」

公香は席を立ち、塔子に詰め寄った。

短い間とはいえ、彼女は仲間だったはずだ。それなのに、なぜ山縣に銃を向けたりしたのか？　どうしても理解できなかった。

「任務です」

塔子がぼそりと言った。

「任務？　何それ？　あなたはクロノスシステムの管理者じゃなかったの？」

公香はそう聞かされていたし、それを信じていた。

影を背負った印象はあるが、繊細で心の優しい女性だと認識していた。それなのに――。

「できることなら、ずっとそのままでいたかったです」

塔子が顔を上げた。

開かれた目は、光を全《すべ》て吸い込んでしまったかのように暗かった。

「だったら……」

「私には、こうするしかなかったんです。ごめんなさい……」

塔子が小さく頭を下げた。

何に対する謝罪なのか、公香には伝わらなかった。そもそも、何かを悔いているようには見えない。

「こうするしかなかったって、どういうことよ！　あなたは、そんな理由で山縣さんを殺したの？」

塔子は、頭を下げたまま動かなかった。

「ねぇ！　答えなさいよ！」

公香は、塔子の両肩を摑んで、激しく揺さぶった。

前々から華奢《きゃしゃ》だとは思っていたが、こうして触れたことで、そのことを改めて実感した。こんな細い身体で、山縣を殺せるはずがない。

未だに、塔子を信じようとしている自分の心の内に気付き、公香は驚きを禁じ得なかった。

「山縣さんは、まだ死んではいません」

塔子が、肩を摑んだ公香の手を、片方ずつ外しながら言う。

「生きてるの？」

公香が訊ねると、塔子は頷いた。

「はい。私が撃ったのは、山縣さんの腹部です。現在、この病院で治療中です」

「良かった……」

思わず声にした公香だったが、心底安心することはできなかった。

今の言い様――どうやら、塔子が山縣を撃ったというのは事実のようだ。それに、「まだ――」と前置きしたのも引っかかる。

「山縣さんが、この先、生き残るか否《いな》かは、あなたたちの選択次第です」

塔子の声が冷たく響く。

「選択ってどういうこと？」

「ここから先は、私が話そう――」

声とともに、一人の男が部屋に入ってきた。

年齢は、五十代前半くらいだろうか。高級なスーツに身を包んでいるが、いかにも神経質そうな面持ちの男だった。

傍らには、護衛と思《おぼ》しき男を従えている。

護衛の男は、小柄だが、その立ち振る舞いから、並々ならぬ存在感を放っていた。相当な手練《てだ》れに違いない。

「私は、警察庁警備局局長の須田藤治郎《すだとうじろう》だ――」

男が警察手帳を提示しながら言った。

警察庁警備局の局長といえば、道府県警察及び警視庁の警備部と公安部を束ねる高級官僚だ。

――どうして、そんな人物がここに？

公香は、あまりのことに混乱するしかなかった。

四

アレスに案内される形で入った部屋は、十畳ほどの広さの空間だった――。

かつてソープランドであった名残で、部屋の半分は浴室スペースになっていて、バスタブも置かれたままになっている。

そこに、パソコンを始め、様々な電子機器が並べられている。

ベッドがあったであろう場所には、ソファーとテーブルが設《しつら》えられていた。

「なかなかいい部屋だね」

黒野は、冗談めかして言ってみたが、アレスから返答はなかった。

分かりきっていたことだが、冗談が通じないタイプらしい。そんなにむっつりしていて、何が面白いのか——思いはしたが、口には出さなかった。どうせ黙殺されるだけだ。

「あんたは、ずっとここを隠れ家にしていたのか？」

真田が、ぐるりと部屋を見回しながら問う。

「そうだ」

最小限の言葉で終わらせてしまう。

本当に愛想のない奴だ。

「まあ、隠れ場所としてはもって来いだね。建物の構造上、窓がほとんどないから、中に入っちゃえば光は漏れない。おまけに、ここは港が近いから、武器を手に入れるのにも好都合というわけだ。家賃は幾ら？」

黒野が訊ねると、アレスは言っている意味が分からないという風に首を傾《かし》げた。

思いの他、察しの悪い奴だ。

「だからさ。ここを手配したのは誰？」

少しは、何かしらの反応があると思ったが、完全に無視された。

アレスが、幾ら優秀な工作員といっても、隠れ家の確保から、武器の調達に至るまでたった一人で実行できたとは考え難い。誰かの支援があることは間違いない。それを聞き出そうとしたのだが、どうやらアレスはそう簡単に口を割るつもりはないらしい。

「おれたちを襲撃したのは、なぜだ？」

真田が本題を切り出す。

アレスは、ようやく小さく顎《あご》を引いて頷くと、説明を始めた。

「私が、未来の日本の姿を目にしたことで、〈愛国者〉と対立したことは、さっき話した通りだ。ただ、あの実験以来、私は未来を予知することができなくなった」

「それは意外だな。てっきり、うちの眠り姫と同じ夢を見ているのかと思ってた」

黒野が言うと、アレスは首を振った。

「今、予知夢を見ることができるのは、彼女だけだ。彼らは、前回の事件をきっかけに、私の暗殺を企てるようになった」

「つまり、彼女に予知されると、あんたの行動に支障が出ると判断し、ことを起こしたってわけか？」

「そうだ。君たちは、見境なく予知された死を阻止しようと行動する。それが、私の行動の障害になる」

前回の事件のことを言っているのだろう。

志乃の予知夢に善悪の判断はない。あのとき、黒野たちは、予知夢を変える為《ため》に奔走した。結果として、テロリストを助けることになってしまった。

本当は、あの時、テロリストが死んでいれば、もっと単純にことが運んでいたかもしれない。

「どういう言い分だよ。死ぬかもしれない人間を、放っておけってのか？」

口を挟んだのは真田だった。

彼らしい主張だと思う。彼には、悪人だからといって、死んでもいいという理屈は通用しない。

「その代償として、より多くの人間が死んでも、君は構わないと言っているのか？」

「人の命に、数の理論を持ち出すんじゃねぇ！」

真田が吠《ほ》えた。

アレスの言っていることは正論だ。しかし、同時に真田の気持ちも充分に分かる。

どちらにしても、真田とアレスは、根底にある人間性が異なる。ここで言い合いをしたところで、決着はつかないだろう。

「今は、その議論は止《や》めにしないか？」

黒野は口論に割って入ると、アレスに話を続けるように促した。

「彼女の存在は、やがて悪用されることになると私は感じた。予知夢の映像を利用して、君たちを捨て駒《ごま》として使い、自分たちに都合のいい未来を創《つく》り上げる――それを阻止する必要があった」

「だから、クロノスシステムを破壊し、彼女を起こした――」

黒野の言葉に、アレスが頷いた。

「君たちは、真実を知る必要があった。そうでなければ、〈愛国者〉に利用されるだけだ」

「だけど、前回の事件の時は、おれたちは〈愛国者〉の企《たくら》みを未然に防いだ。クロノスシステムは、奴らにとっても危険なものになるんじゃないのか？」

真田が疑問をぶつける。

「もちろんそうだ。そもそも、前回の事件は、〈愛国者〉のメンバーの裏切りによって起こったものだ」

「裏切り?」

真田は、訳が分からないという風に首を傾げたが、黒野はそうではなかった。

今回の予知夢と合わせて考えれば、誰が〈愛国者〉を裏切ったかは、一目瞭然と言える。

「唐沢さんが、〈愛国者〉を裏切ったんだろ」

黒野が自らの推測を口にすると、真田が目を剝《む》いて驚愕《きょうがく》の表情を浮かべた。

理解できない――という顔をしている。

「ちょっと待て。それだと、唐沢さんは〈愛国者〉の一員だったってことになるだろ」

真田の言い様に、黒野は思わず笑ってしまった。

彼は頭が悪いわけではない。咄嗟《とっさ》の判断力からみても、地頭がいいのは間違いない。

だが、どうにも他人を信じ過ぎる傾向がある。

そのせいで、本来なら辿《たど》り着くであろう結論を、自ら排除してしまっているのだ。

「冷静に考えなよ。クロノスシステムは、元々は〈愛国者〉が造ったものだ。それを、いったいどういう経緯で、ぼくたちが使用することになったと思う? 彼らが、どうぞ――と譲ってくれたとでも?」

黒野の問い掛けに、真田は「うっ……」と言葉を詰まらせた。

「おそらく、ぼくたちは実験ケースだったんだよ」

黒野がそう続けると、真田の顔が強張《こわば》った。

「実験って何の？」

「もちろん、クロノスシステムを軍事利用する為の──」

「なっ！」

真田は、二の句が継げないらしく、青ざめた顔で硬直している。

クロノスシステムは──志乃が見る予知夢は、使い方を変えれば、充分に軍事利用が可能だ。

作戦を立案した段階で、その成功の可否が分かるのだから、最強のシミュレーション装置と言っていいだろう。

唐沢は〈愛国者〉の指示に従い、その実験ケースとして、犯罪捜査にクロノスシステムを使い、データを集めていたのだろう。だが──。

「どのタイミングかは分からないけど、唐沢さんは、〈愛国者〉を裏切った。だから、前回の事件のとき、ぼくたちにテロを阻止させたんだ」

「もしかして、今回、唐沢さんが殺されたのって……」

真田が、ようやくその結論に達したらしく、戸惑いを含んだ声を上げる。

「今、君が考えている通り、裏切りがバレたから、消されたんだ。ついでに言うと、彼に助けてもらってなかったら、ぼくたちは、かなりまずいことになっていたと思うよ」

黒野は、アレスを指差しながら言う。

「どういうことだ？」

「唐沢さんが消されたあと、ぼくたちの扱いは、どうなっていたと思う？」

「それは……」

「ぼくたちは、唐沢さんの後ろ盾があったから行動できていたようなものだ。おそらく、ぼくたちも、消されていた可能性が高いね」

黒野がおどけた調子で言うと、真田は「笑いごとかよ」と呆《あき》れたようにため息を吐く。

アレスは、そこまで読んでいたからこそ、先にクロノスシステムを破壊し、志乃を起こしたのだろう。

「もう一つ訊《き》いていい？」

黒野は、改めてアレスに顔を向けた。

「何だ？」

「うちを襲撃したのは、単に彼女を起こす為ってだけじゃなくて、もう一つ目的があったんだろ」

「何のことだ？」

アレスが無表情に言う。

あまり嘘が上手《うま》いタイプではないようだ。もしくは、こちらを試しているのか？

「夢のデータを回収しに行ったんだろ」

黒野が指摘すると、アレスが満足そうな表情を浮かべた。

どうやら、こちらを試していたようだ。つくづく、食えない男だ。

「次に、彼らが何を企んでいるのかを知りたかった。その為には、彼女の予知夢のデータを見る必要があった」

アレスが淡々と言う。

「予知夢のデータって、もしかして、病院の爆破の奴か？」

真田が勢い込んで言う。

「あれを爆破だと認識しているのか？」

アレスが、呆れたように声を上げる。

「残念だけど、システムエンジニアが、ぼくたちが見る前に、予知夢のデータを改竄《かいざん》してしまったんだよね」

黒野は、肩を竦めておどけてみせた。システムエンジニアというワードから、真田は塔子のことを想起したらしく、その表情が一気に曇った。

本当に、どこまでも感情に流される男だと思う。まだ塔子が山縣を撃ったことを信じていないし、彼女を気遣っている。やはり、こういう裏の世界に関わるには、真田は純粋過ぎる。

「いいだろう。お前たちにも、何が起こるのかを見せてやろう——」

アレスは、そう言うと端末を操作し始めた。やがて、正面に置いてあるモニターに、映像が映し出された。

それは、前にも見た警察病院の外観だった。黒野が見た映像では、この病院の四階部分が突如として爆発することになっている。しばらく、何の変哲もない穏やかな風景が続いたが、急に何かが映り込んだ。航空機だった——。

両翼にプロペラを備えた機体。あれは、オスプレイだ。プロペラの角度を垂直方向に変えることで、滑走路無しでの離陸だけでなく、ホバリングも可能な戦闘機だ。

だが、その特異な形状の為、様々な問題が噴出していて、墜落事故の多い機体でもある。

沖縄の米軍基地にも配備されていて、既に多くの問題を引き起こしている。

横田基地にも配備されることが、決定しているはずだ。

画面に現れたオスプレイは、バランスを崩したように、ふらふらと飛行して来ると、そのまま病院の四階部分に激突した。

炎を巻き上げ、巨大な爆発が起きる。

「これって、事故じゃないのか？」

真田が、半ば呆然《ぼうぜん》と映像を見ながら口にする。

「残念だけど、もし事故なら、志乃ちゃんが予知しないよ」

黒野が告げると、真田が「ああ」と納得の声を上げた。

どうやら、塔子は、映像からオスプレイの機体を消し去っていたようだ。

五

須田と名乗った男は、真っ直ぐに志乃を見据えた。

その目には、鋭い光を宿していた。真田のように、真っ直ぐな力強さとは違う。野心と欲に塗《まみ》れているように志乃には見えた。

おそらく、今回の事件の黒幕は、この男なのだろう。

志乃が、山縣が撃たれる夢を見たとき、彼の周囲にいたのは、ＳＡＴの武装をした男たちだった。

ＳＡＴの変装をしたテロリストだと思っていたが、どうやらそうではなかったらしい。

須田が、名乗った通りの身分の人物だとするなら、ＳＡＴは彼の管轄《かんかつ》下にあるということになる。

現場の人間全員を寝返らせるまでもなく、彼ほどの立場にあれば、テロの制圧と称して隊員を出動させることもできたはずだ。

何にしても、警察上層部が事件に絡《から》んでいるのだとしたら、自分たちに逃げ道などないのかもしれない。

「さきほど、東雲《しののめ》が言ったように、君たちの選択次第では、山縣という男の命を助けることができる」

須田は、いかにも権力者らしく、鷹揚《おうよう》な言い方で告げる。

尊大過ぎる態度に、不快感を覚えはしたが、今それを追及したところで、何も始まらない。

「山縣さんは、本当に生きているのですか？」

志乃が問うと、須田が顎をしゃくるように合図をする。それを受けた護衛の男が、タブレット端末を差し出してきた。

モニターに目を向けると、そこには病室と思しき部屋が映し出されていた。

部屋の出入り口には、銃で武装した二人の男が立っていた。おそらく、監視役だろう。そして、中央に置かれたベッドには、山縣が横たわっていた。

はっきりと確認はできないが、かなりの重傷のようだ。

「山縣さん！」

公香がタブレットを奪い取り、悲痛な声で叫ぶ。

ここで呼びかけたところで、その声は山縣には届かない。そんなことは、公香自身も分かっているはずだ。

それでも——そうせずにはいられない。

気持ちは志乃も同じだったが、取り乱してしまっては、相手の思う壺《つぼ》だ。

「状況は分かりました。私たちに、何をしろと？」

志乃が聞き返すと、須田が小さく笑った。

「何かおかしなことを言いましたか？」

「いや。資料では、君はもう少し控え目な性格だということだったからな」

「一年以上も眠らせられれば、人は変わります」

志乃がきっぱり主張する。

眠っている間に、自分が変わったかどうかは定かではない。ただ、今は山縣の生死を分かつ交渉の場だ。

怖《お》じ気《け》づいたり、誰かの助けを求めて立ち竦んでいるときではない。志乃の選択が、山縣や公香の命を左右することになる。

「まあ、いいだろう。我々が、君に要求することはたった一つ」

須田がじっと志乃に視線を向ける。

「何です？」

「これまで通り、我々に協力して頂きたい」

「残念ながら、私たちに協力できることはありません」

志乃が告げると、須田が笑みを零した。

「君は、自分の能力が、どういったものかを自覚しているはずだ」

「何が仰《おっしゃ》りたいんですか？」

「これから我々は、ある計画を遂行する。既に、君もその内容は夢で見ているはずだ」

須田の言葉にドキリとする。

病院に航空機が突っ込んで爆発するという、凄惨《せいさん》な光景が脳裏を過《よぎ》る。

しかも、そのあと病院は倒壊するのだ。

あんなことが現実に起これば、夥《おびただ》しい数の死者が出る。現に志乃はそれを目《ま》の当たりにしている。

これまで、志乃が見て来た人の死は、決まって殺人ばかりだった。それが、あの夢に関しては、墜落事故だった。

どうして、事故による人の死を予知したのか——その理由が、このタイミングで明らかになった。

あの事故は、仕組まれたものだったようだ。

「あなたたちが、あれを実行しようとしているのですね？」

志乃が訊《たず》ねると、須田は無表情にそれを受け止めた。

事故に見せかけて、多くの人の命を奪うなど、とても人間のやることではない。

「どうしてあんなことを？」

　志乃が続けて訊ねると、須田は酷く冷酷な目をした。

「これは、未来の日本の為の尊い犠牲なのだよ」

「え？」

「今の日本は、アメリカの属国に過ぎない。日米地位協定を見れば、それは明らかだ。この協定がある限り、日本はアメリカの植民地と変わりない」

「そんなことって……」

　須田の言い方は、極端ではあるが、そうした一面があるのは事実だ。

　日本は、アメリカのやることに口出しが一切できないのだ。それは、まさに植民地支配と大差ない。

「君は、単なるオスプレイの墜落だと思っているだろうが、実際はそうではない。アメリカ軍が保有するオスプレイが、都心のしかも病院に墜落する。これは、大きな事件になる。世論は、日米地位協定を見直すことになるだろう。それは、日本という国が、独立国家として歩む為の第一歩になる」

　須田は熱を込めた口調で語る。

　自己陶酔したその様は、見ているだけで不快感が湧《わ》き上がってくる。こうして、ぺらぺらと自らの手の内を喋《しゃべ》る姿からも、自己顕示欲の強さが窺《うかが》えた。

「何百人もの民間人を犠牲にしてまで、やることですか？」

「私は、その意義があると思っている」

自信に満ちた口調で須田が言った。

「私には、欺瞞《ぎまん》に聞こえます」

「だったら、協力を拒否すればいい」

須田の視線が公香に向けられる。

口にせずとも、この男が何を企んでいるのか容易に想像がついた。もし、志乃が拒否すれば、山縣だけでなく、公香も命の保証はないだろう。二人を同時に人質に捕られているようなものだ。

「わざわざ質問などしなくても、私が拒否できないことを、分かっているんですよね」

志乃が口にすると、須田が嬉しそうに笑った。

「もの分かりが早くて助かる」

「それで、具体的に、何を協力させようと言うんですか？」

「君自身は、何もしなくていい。ただ、夢を見た場合、その内容を我々に伝えてくれればいい」

——なるほど。

須田たちの計画が順調に進んだ場合、志乃の夢に変化はない。ただ、何か不確定要素が発生し、未来に変化が生じれば、志乃は夢を見ることになる。その内容を事前に知っておけば、滞りなく作戦を遂行することができるというわけだ。

「私が、夢を見たかどうかは、どうやって判断するんですか？」

志乃が訊ねると、須田は「ほう」と感心したような顔をした。

「頭の回転が速いようだ。もちろん、それについては、対策を講じてある。夢を可視化するクロノスシステムは破壊されてしまったが、脳波を測定することはできる。それによって、君が夢を見たかどうかは、判断できる」

夢を見ていないと、誤魔化すことはできないというわけだ。

「私が、夢の内容について嘘を吐《つ》くかもしれませんよ」

「ポリグラフ試験を実施させてもらう」

須田が、にたっと陰湿な笑みを浮かべてみせた。

ポリグラフ試験は、脈拍や血圧、声紋や脳波などを測定し、その数値の変化から嘘を見抜く装置だ。

小細工を弄《ろう》したところで、見抜かれてしまう可能性が極めて高い。

かといって、彼らへの協力を拒否すれば、山縣や公香の命がない。問題は、それだけではない。

真田と黒野は、現在逃亡中だという。もし、彼らがオスプレイの墜落を阻止する為に動いた場合、志乃の予知夢が、真田たちを危険に晒《さら》すことにもなり得る。

まさに、八方塞《ふさ》がりという奴《やつ》だ。

「返答を聞かせてもらおう」

須田が、ずいっと詰め寄ってくる。

「志乃ちゃん。こんな奴らに、協力する必要ないわよ。私たちは……」

感情に任せて主張した公香だったが、最後まで喋ることはできなかった。

須田の護衛の男が、公香の頬を引っぱたいたのだ。そればかりか、さらに追い打ちをかけようとする。

「止めて下さい！」

志乃は、すぐさま声を上げる。

須田が合図したことで、男がピタリと動きを止めた。

冷たい目をした男だ。左手の甲には、火傷《やけど》の痕《あと》がある。そういえば、この男も予知夢の中に登場していた。

「仲間の身を案ずるなら、大人しく返事をした方がいい。殴る程度では、済まなくなるぞ」

須田が、目線で合図をしながら言う。

それを受けた、左手に火傷の痕のある男は、拳銃《けんじゅう》を抜くと、その銃口を公香の眼前に向けた。

ただの脅しではない。

彼らは、目的の為なら手段を選ばない。オスプレイを病院に突撃させるなどという非道な手段を執る連中に、人道を訴えたところで無意味だろう。

こうなってしまっては、志乃には最早《もはや》抗《あらが》う術《すべ》はない。

「分かりました。協力します……」

志乃は、口にするのと同時に目を閉じた。

「聞き分けがよくて助かる」

「ただ、その前に、彼女と二人きりで、話をさせてもらえませんか？」

志乃は、目を開けて真っ直ぐに塔子を見据えた。

六

真田はソファーに横になり、ぼんやりと天井を眺めていた——。

普通の天井なら、天板が見えるところだが、ここは元ソープランドだったこともあり、鏡が貼《は》られていて、生気のない自分の姿が映っていた。

アレスの襲撃、志乃の突然の目覚め、塔子の裏切り、山縣の死——挙げ句の果てに、警察に追われ、アレスの隠れ家に身を潜めている。

色々なことが起こりすぎて、頭の中が整理できないでいる。

——これから、どうすればいいのだろう？

今まで、あまり悩んだことがない。目の前にあることに、全力でぶち当たる。それが真田の生き方だった。

だが、流石《さすが》にこれだけたくさんのことが一度に起こると、立ち止まってしまう。

「いつまで、そうして呆《ほう》けているつもりだい？」

黒野が、タブレット端末を操作しながら声をかけて来た。

これだけのことが起きたというのに、黒野は相変わらず薄い笑みを浮かべている。

「別に、呆けてるんじゃねぇよ。ただ考えてるんだ」

真田が言うなり、黒野が声を上げて笑った。

その笑い声はみるみる大きくなり、仕舞いには腹を抱えて笑い転げ始める。

「何がそんなにおかしいんだよ」

さすがに腹が立ち、真田は身体《からだ》を起こして文句を言う。

「だっておかしいだろ。君が、考えるって——これは、もう傑作だよ」

——どういう言い草だ。

「おれだって、考えることくらいある」

「そう? 何も考えないで、突っ走ってるだけかと思ってた」

「バカにすんな」

「止めときなよ」

「え?」

「だからさ。君が考えたところで、どうせ何も思いつかないんだ。無駄なことは止めろって言ったんだ」

黒野が、急に真顔になった。

普段、へらへらと笑っている分、急激な表情の変化はどこか狂気じみている。

「無駄じゃねぇよ。おれは……」

「君らしくない」

「は？」

「だからさ。君らしくないと言ったんだ。こういう時だからこそ、君は突っ走るべきだと思うけどね」

言い方には色々と問題があるが、黒野は黒野なりに、真田を気遣ってくれているらしい。

最初に会った時には、本当に得体の知れない男だと思った。

だが、関わっていくうちに、そうでないことが分かって来た。かつて、〈笑い男〉というコードネームで怖《おそ》れられた工作員だったが、それは、自分の感情を押し殺す為の仮面だった。

本当は、心の内に熱い感情を宿している。

「そうかもしれねぇけど、今は、どこに向かって突っ走ればいいのか、分からない」

真田は首を振った。

これだけ、色んな状況が交錯していると、走りたくても走れない。

「取《と》り敢《あ》えずは、アレスの提案に乗るってのはどう？」

黒野がニヤリと笑う。

「本気か？」

真田は思わず声を上げる。

あのあと、アレスからある提案を受けた。それは、オスプレイの墜落阻止に協力しないかというものだった。

少し考えさせてくれ——と答えを保留にしてある。

当然、オスプレイが都心の病院に突っ込むような事態は、何としても避けなければならない。

それは分かっているが、アレスとの共同戦線というのが、どうしても引っかかる。

正直、アレスのことは信用できない。目的は同じであっても、その手段がことごとく違っている。

そんな状態で、協力などできるはずもない。

問題は、それだけではない。

志乃や公香のことが、気がかりだ。あの二人が、どうなっているのか、全く分からない。もし、囚《とら》われているのだとしたら、それを救いに行く必要がある。

もちろん、二人だけではない。バラバラに逃げた鳥居も、どうしているのか気になるところだ。

考えることが多すぎて、何一つ結論を出すことができないのが実情だ——。

「ぼくは本気だよ」

黒野は、真田の心中などお構いなしといった感じで口にする。

「あいつのこと、信用できるのか？」

「少なくとも、今回の作戦においては、信用していいと思うよ。やり方はともかく、目的は一緒なわけだからね」

「だけど……」

「そうやって、色々考えるのは止めなよ」

黒野が、ニヤニヤとした顔で言う。

「は？」

「さっきも言っただろ。考えるのは、ぼくの役目。君は、信じて突き進めばいいんだよ」

黒野の言葉を聞き、真田は思わず笑ってしまった。

まさか、黒野の口から、信じるという単語が出て来るとは、思ってもみなかった。

「お前、何か策があるのか？」

真田の問いに、黒野が「あるよ――」と平然と答えた。

その自信たっぷりな口ぶりからして、ハッタリでは無さそうだ。

「どんな策だ？」

「こいつが鍵《かぎ》になる」

黒野が、ＵＳＢメモリーを指で摘《つま》みながら言った。

それは確か、唐沢が山縣に託したものだ。データは暗号化されていて、解読できなかったということだったはずだ。

「暗号が、解読できたのか？」

「残念ながら、ぼくも、こんな短期間で解読することはできないよ」

「じゃあ、どうしてそれが鍵になるんだ？」

真田が訊ねると、黒野がメガネの奥で、意味深長に目を細めた。

「唐沢さんって、想像していた以上の食わせ者だったよ」

「どういうことだ？」

「このデータの暗号は、タイマーがかかっていたんだ」

「タイマー？」

「そう。時間が来たら、自動的に暗号が解除されるっていう優れものだよ」

言いながら、黒野が指先でくるくるとUSBメモリーを回した。

「もしかして唐沢さんは、自分が死ぬことを想定していたってことか？」

「多分ね。だからこそ、時間が過ぎると同時に、暗号が解除されるデータを寄越したんだろうね」

自分の命が危機に瀕《ひん》している時に、最悪のケースを想定して行動する。簡単なように思えるが、そこには相当な覚悟があったはずだ。

だが――。

「どうしてそこまで？」

「さあね。まあ、本人に確認するしかないだろうね」

「そうか……」

残念ながら、唐沢は死んだ。

その真意を確認する術は、永久に失われてしまったのだ。

「まあ、そう悲観するなよ。今、唐沢さんの本心を確認しているところだからさ」

「死んじまったのに、どうやって確認するんだ？」

「実は、ぼくの端末は霊界と繋《つな》がっていてね。唐沢さんの幽霊と交信してるのさ」

「お前！　それは本当か！」

「嘘《うそ》に決まってるだろ。そんな装置が開発できたら、ノーベル賞確実だよ」

黒野が、ケラケラと声を上げながら笑った。

からかわれたらしい。腹は立つが、少しだけ気が楽になったのは事実だ。

「で、そのデータに、何が入っているんだ？」

真田は沈み込む気持ちを、強引に引き揚げてから訊ねた。

「今は、面白いもの――とだけ言っておくよ」

「何だそれ」

ここまで来てはぐらかされたのでは堪《たま》ったものではないが、問い質《ただ》したところで、黒野が喋るとも思えない。

「とにかく、このデータはぼくたちにとって切り札になる」

「怪しいところだな」

「まあ、そう言うなよ。他にも色々と手は打ってある」

「どんな手だ？」

「たとえば、君の大切な眠り姫と、小姑《こじゅうと》は無事だよ」

志乃と公香のことだろう。小姑などと呼ばれたことを、公香が知ったら激怒するだろうが、今はそれは問題ではない。

「どうして、分かるんだ？」

「盗聴器って知ってる？」

黒野が、にいっと笑みを浮かべてみせた。

それだけで黒野が何をしたのか、何となく想像がついた。おそらくは、予め塔子に盗聴器を仕掛けておいたに違いない。

そこから得た情報を元に、志乃と公香の無事を確認したようだ。

「お前って奴は――」

真田は、声を上げながら思わず笑ってしまった。

本当に抜け目のない男だ。真田が、うじうじと考えている間にも、着々と情報収集していたのだから、大したものだ。

黒野の言う通り、考えるのは任せた方が良さそうだ。真田はそれを信じて、突っ走ればいい。

「さて――さっきの話に戻るけど、ぼくにいい考えがあるんだけど、どうする？」

黒野が、シルバーフレームのメガネを指先で直しながら訊ねてくる。気障《きざ》ったらしく、勝ち誇った態度が癪に障る。

だが、真田の中で答えは決まっていた。

「もちろん乗った」

真田が言うと、黒野がにいっと笑ってみせた。

七

塔子は、無言のまま志乃を見据えていた——。

これまで、志乃の姿は毎日のように目にしてきた。だが、こうして目を開けている彼女を見るのは初めてのことだった。

眠っている志乃は、美しかった——。

清流のような透明感があり、触れれば壊れてしまいそうなほど繊細な脆《もろ》さというか、儚《はかな》さを備えた美しさだ。

しかし——。

今、こうしてベッドに横たわる志乃と対峙《たいじ》して、塔子はその認識が誤りであったと感じざるを得ない。

もちろん、美しいことに変わりはない。

ただ、彼女の美しさは、脆さや儚さとは無縁のものだった。

強い輝きを放つ美しさだ。

肉体的な強さという意味ではない。一年以上の長き眠りのせいで、志乃はまともに動くことすらできない。

彼女が暴れたところで、抑え付けるのは容易だ。

だからこそ、須田は志乃の申し出を受け容《い》れ、塔子と二人きりでこの病室に残した。

それなのに——。

塔子は、押し潰《つぶ》されてしまいそうなほどの重圧を、志乃から感じていた。

きっとそれは——意思の強さなのだろう。

自ら考え、信じたものを貫く。信念に従って、何者にも屈することのない精神の強さ——。

塔子が、決して得られなかったものだ。

そういう意味では、真田と志乃は似ているのかもしれない。

「私に、いったい何の話ですか？」

塔子は、頭に浮かんだ真田の顔を振り払い、志乃に訊ねた。

このタイミングで、どうして志乃が塔子と話したがっているのか、正直、理解できなかった。

「お礼を……」

「え？」

「あなたに、お礼を言おうと思ったんです」

完全に虚を突かれ、塔子は自分でも驚くほどに間抜けな顔をしてしまった。

「何を言っているんです？」

塔子は困惑とともに聞き返す。

この状況で礼を口にするなど、塔子には到底理解できない思考だ。

「私が眠っている間、介護をして下さったのは、あなたなんですよね？　だから、ひと言お礼を――」

志乃の言葉に、全身が総毛立った。

「何を言ってるの？　あなただって分かっているでしょ！　私は、任務であなたの介護をしただけなの！　今はあなたの監視役で、しかもあなたの仲間を罠《わな》に嵌《は》めたのよ！」

「知っています」

「だったら……」

「それでも……お礼を言わせて下さい。これからのことや、その目的は別にして、あなたが献身的に私にしてくれたことは、何も変わりませんから」

志乃が小さく笑みを浮かべた。

——何なの！

志乃の思考は、塔子には理解し難いものだった。

真田たちから、彼女が優しい少女であったことは聞かされていた。だが、今、志乃が喋っている内容は、そうした範疇《はんちゅう》を超えている。

——慈悲をかけているとでも、いうのだろうか？

腹の底から、ぞわぞわと不快感が這《は》い上がってくる。嫌だ。嫌だ。嫌だ。こんな風に慈悲をかけられたら、まるで自分の存在を否定されたような気になる。自分の意思を失い、ただ流されるように生きてきたこれまでの人生を、全《すべ》て踏みにじられたような屈辱——。

「話が終わったなら、私はこれで」

塔子は、揺さぶられる感情をどうにか抑え、志乃に背中を向けた。

これ以上、志乃の顔を見ていたら、それこそ気が狂ってしまいそうだ。

「待って下さい」

志乃が、塔子を呼び止める。

振り返る必要はない。そのまま、扉を開けて病室を出て行けばいい。分かっているはずなのに、気付いたときには、再び志乃の顔を見ていた。

真《ま》っ直《す》ぐな瞳《ひとみ》が、塔子を搦《から》め捕る。蜘蛛《くも》の巣にかかった昆虫のような心境に陥った。

「私は、話すことはないわ」

塔子は、腹の底に力を込めて告げた。

「私にはあります」

「何？」

「あなたのことを、話してもらえませんか？」

「私のこと？」

塔子は眉《まゆ》を顰《ひそ》めた。

「そうです。あなたのこと。あなたの気持ち――」

「言っている意味が分からないわ」

「本当にそうですか？」

志乃が、わずかに首を傾《かし》げた。

――そんな顔をしないで。

胸の奥が、ざわざわと揺れる。耐え難い不快感が、心の内側から染《し》み出てくる。

「あなたは、何が言いたいの？」

「今回のことは、あなたの意思ですか？」

志乃が投げかけた言葉に、思わず息が止まった。

彼女は――塔子の心の底を見透かしている。その濁りのない目に映っているのは、紛れもない塔子の心の深淵《しんえん》だ。

「どうして、そんなことを訊くの？」

「眠っている間も、時々、意識が戻ることがあったんです。だから、あなたの顔を見るのは今日が初めてでしたけど、あなたの存在は感じていました」

「そう……」

眠っている間に、断片的な意識覚醒《かくせい》があっても不思議ではない。

現に、真田が、志乃と夢の中で話をしたという趣旨のことを口にしていたことがある。

「あなたは、よく私に話しかけてくれていましたね――」

志乃が遠くを見るように目を細めた。

確かに、介護をする中で、志乃に話しかけたことは幾度もあった。だが、大した話はしていないはずだ。

「話しかけたからといって、それが何？」

苛立《いらだ》っているせいか、自然と口調が荒くなってしまう。

「あなたは、よく謝っていました。ごめんなさい――と」

「それがどうしたの？」

「眠っている時は、分からなかったんです。どうして、あなたが謝っているのか……」

「…………」

「でも、今なら分かります。あなたは、苦しんでいたんですね」

「止《や》めて！」

塔子は、思わず叫んだ。

突然のことに驚いたのか、志乃が口を噤《つぐ》んだ。

毛穴が開き、汗がぶわっと噴き出す。どうして、自分がこれほどまでに動揺しているのか、塔子自身分からなかった。

長い沈黙が流れた。

やがて、何かを察したように、志乃がふっと笑みを浮かべた。

穏やかで、心が温まるような優しい笑顔——。

きっと、真田は、志乃のこうした微笑《ほほえ》みに心を打たれたのだろう。全てを包み込んでしまう、慈悲に満ちた微笑み。

——敵《かな》うわけない。

今さらのように、そのことを実感した。

「私に、話してくれませんか？　あなたが苦しんでいた理由を——」

志乃が、そう声をかけてきた。

——同情しているの？

いや、そうではない。志乃の言葉は、もっと深いところから来ている気がした。

——話してしまいたい。

急速に、そうした欲求が塔子の胸の中に広がっていく。

なぜ、そんな風に思ったのか、自分でもよく分からない。そもそも、志乃に話したところで、裏切りの事実が消えるわけでもないし、現状が変わるわけでもない。

それなのに——。

「私は、日本人じゃないの……」

塔子は、絞り出すように口にしていた。

志乃は黙って塔子を見つめている。その純粋で清らかな瞳は、塔子の中にある澱《おり》を、全て洗い流してしまうようだった。

「北朝鮮で、工作員として教育され、日本に送り込まれたの……。日本人として生活しながら情報収集するのが、私の任務だった……」

普段は日本人に成り済まし、日常生活を送りながら本国に情報を送り、有事の際は工作員として活動する。いわゆるスリーパーというやつだ。

塔子が工作員として抜擢《ばってき》されたのは、容姿が日本人に近かったことと、日本語の語学力が優れていたからだ。

拒否することなどできない。母国には、両親と妹がいる。いわば人質に捕られているようなものだ。

最初に日本に来たのは、十六歳の時だった。

その時は、金井《かない》美智子《みちこ》という名だった。

諜報《ちょうほう》活動を続けながら、大学に進学し、コンピューター工学を学んだ。その後に、看護師、介護士の資格も取得し、理化学研究所の事務職員として就職した。

学んだことはもちろん、就職先に至るまで、塔子自身の意思は、どこにもなかった。指示された通りに行動したに過ぎない。まさに、操り人形だった。

そんなある日、本国から指令が来た。

理化学研究所に保管されている、VXガスを盗み出せ――というものだった。

塔子は、指示された通りに、VXガスを盗み出そうとした。しかし、運悪く警備員の一人に見つかってしまった。

警備員と揉《も》み合いになり、その際、塔子は彼を殺害してしまった。

もちろん、殺そうとした訳ではない。結果として、そうなってしまっただけだ。

塔子は逮捕され、公安からの尋問を受けることになった。

作戦が失敗に終わった上に、警察に逮捕されたとなれば、本国にいる家族に害が及ぶことになる。

絶望的な気分だった。

そんな塔子の前に姿を現したのが、須田だった。

彼は、塔子に一つの提案を持ちかけた。

「我々に協力すれば、君を死んだことにしてやってもいい」

須田は、そう言った。

最初は意味が分からなかった。だが、次第に、塔子もその意図を悟った。

塔子が作戦中に死亡したのであれば、本国の情報を漏らしたわけでもないので、家族が危険に晒されることはない。

むしろ、国の為《ため》に、名誉の死を遂げたということになる。

そればかりか、塔子自身、北朝鮮の工作員という呪縛《じゅばく》から逃れることができる。

塔子は、すぐにその話に飛びついた。

そして新しい身分を与えられ、クロノスシステムのエンジニアとして、働くことになった。

しかし、塔子は自由を得たわけではなかった。塔子を操る人間が、北朝鮮から〈愛国者〉になっただけだ。

結局、家族が人質に捕られている状況は変わらない。いや、むしろ悪化したと言っていい。

もし塔子が生きていて、日本の警察に協力したなどということが知れれば、家族に何をされるか分かったものではない。

これまで以上に自由を奪われたのだ。

塔子の役割は、大きく二つ。

一つは志乃の介護とクロノスシステムの管理。

そして、もう一つは、唐沢を含む〈次世代犯罪情報室〉の面々の監視だった。〈愛国者〉は、当時から唐沢が裏切り者ではないか――という嫌疑を持っていた。

そして、前回の事件で、〈愛国者〉の計画を阻止したことで、それは確信へと変わり、彼の暗殺が計画されるまでに至ったのだ。

どうすることもできなかった。

結局、どこまで行っても、操り人形にしかなれない。そういう生き方しかできないのだ。

おそらく、黒野は塔子の置かれた状況を知っていたのだろう。

だからこそ、ことある毎《ごと》に声をかけて来たのだ。

彼もまた、自分の意思とは関係なく、北朝鮮の工作員として育成された過去を持つ。

だが、塔子と決定的に違うのは、黒野は自らの意思で、その因果の糸を断ち切ったことだ。

それができたのは、黒野に守るべきものが無かったからだと塔子は思う。

自分のように、家族を人質に捕られた状況では、同じことはできなかったはずだ。

――本当にそうだろうか？

黒野なら、塔子と同じ状況であったとしても、己の力で道を切り拓《ひら》いたような気がする。つまりは、塔子自身が誰かの人形であることに甘んじていたということだ。

「君にも、本当は自分の意思があっただろうに——」

　黒野が塔子に言った言葉が、脳裏を過《よぎ》る。

　確かに、自分の意思はあった。積極的に、こうなりたいというものはなかったが、それでも、こんなことはしたくなかった。

　監視することが任務だったとはいえ、それ以上の感情があったのは事実だ。

「塔子さん……」

　全てを語り終えた塔子の手を、志乃がそっと握った。

　眠っている時と変わらず、滑らかでしなやかな手。全てを包み込んでしまう、温《ぬく》もりに溢《あふ》れた手——。

　ふと目を向けると、志乃の目から涙が零《こぼ》れ落ちていた。

「どうして、あなたが泣くの？」

　塔子には理解できなかった。

「どうしてでしょう？　私にも分かりません」

　志乃は小さく首を振った。

「………」

「本当は、あなたに協力してもらうように、説得しようと思ったんです。この状況を打破する為に——」

「なぜ、私があなたたちに協力すると？」

意味が分からなかった。志乃の介護はしていたが、顔を合わせたのは、今日が初めてのはずだ。

そんな人間をさして根拠もなく信頼するのは、愚か者のすることだ。

「なぜでしょう？　私にもよく分かりません。でも、目を見れば、あなたが好んでこんなことをやっている訳ではないと分かりますから——」

「私は、あなたの思っているような人間じゃない」

「いいえ。あなたは、やっぱり優しい人です。だから、もういいんです。これ以上、あなたを苦しめるわけにはいきません——」

志乃が、涙を流しながらも、柔らかい笑みを浮かべた。

塔子の中で、ざわざわと心が騒いだ。志乃は、綺麗事《きれいごと》でも何でもなく、口にしているのだろう。

こんな志乃だからこそ、真田は惹《ひ》かれたに違いない。

——やっぱり勝てないな。

塔子は、苦笑いを浮かべてから志乃に背を向けた。

もう彼女と話すことは何もない。自分は操り人形なのだ。指示された通りに動くだけのことだ。

八

「で、その作戦とやらを、聞かせてもらおうか──」

真田は、改めて黒野に声をかけた。

「作戦会議をやるには、人数が足りない」

黒野が、薄い笑みを浮かべてみせた。

「足りないって、どういうことだ？」

真田が訊《たず》ねると、黒野が天井の隅に顔を向け、手を振る。

「見てるんだろ。早くこっちに来なよ」

──いったい何をしているんだ？

疑問に思いながらも、真田も同じ方向に目を向ける。そこではっとなる。天井の隅に、小型のカメラが仕掛けられているのを見つけたからだ。

しばらくして、ドアが開き、アレスが部屋に入って来た。

わざわざ説明されなくても理解した。どうやら、この男は監視カメラを使い、こちらの動向を観察していたらしい。

抜け目の無さは、黒野とどっこいどっこいだが、アレスの行動には、仲間意識というものが一切感じられない。

こんな男と、本当に共同作戦などできるのだろうか？

「こちらが、どんな作戦かを話す前に、そちらの見解を聞かせて欲しいね」

黒野が、アレスに促す。

アレスは、小さく顎《あご》を引いて頷《うなず》くと、モニターの前に移動し、そこに地図を表示させた。

中心地は病院の建物になっている。

「映像を確認した結果、オスプレイの進入経路は、おそらくこの角度だ」

アレスが説明をしながらモニターをタッチすると、北東の方角から病院に向かう矢印が表示された。

「横田基地に配備されている一機が、〈愛国者〉によって強奪され、そのまま病院へ突入するものと思われる」

アレスが、地図の表示範囲を広げ、横田基地から病院までの飛行ルートを赤い線で表示させた。

「作戦は二段階——君たちは、横田基地に待機して、オスプレイの強奪を防ぐ。それが失敗した場合、私が地対空ミサイルで迎撃する」

「無茶苦茶だろう！」

真田は、思わず立ち上がりながら声を荒げた。

無茶をするということに関しては、正直、真田は他人のことを言えた義理ではない。だが、それでもアレスの立案した作戦は、あまりに無謀だ。

アメリカ軍の駐留基地である横田基地に、たった二人で潜入するなど、どう考えても自殺行為だ。

おまけに、作戦が失敗したらミサイルで迎撃するなど、やり過ぎとしか言い様がない。

「同感だね」

黒野が、へらへらと笑いながら言う。

「作戦に不満があるなら、私一人でやる」

アレスが醒《さ》めた目で言い切った。

この男なら、横田基地に侵入し、オスプレイの強奪を阻止するくらいのことは、平然とやってのけるかもしれない。

「まったく。優秀な工作員だと聞いていたんだけど、頭の方はネジが緩んでいるみたいだね」

黒野が、バカにしたように言いながら、ケラケラと声を上げて笑う。

少しは腹を立てると思ったが、アレスは微塵《みじん》も表情を変えることがなかった。

「他に手があるとでも？」

アレスが黒野に問う。

それを受けた黒野は、急速に笑いを引っ込める。

「まったく。試そうとするなら、もう少しマシな手を使いなよ」

黒野がやれやれという風に首を振った。

「試すってどういうことだ？」

真田が訊ねると、黒野はふっと笑みを零した。

「少し考えれば分かるだろ。今、彼が言った作戦は、はっきり言って穴だらけだ。おまけに情報収集もおざなり。そんな状態では、死にに行くようなものだね」

「噂《うわさ》以上だな」

アレスが、満足気に言った。

どうやら試していたという黒野の見立ては、間違っていなかったようだ。

「お褒め頂き、光栄です」

「君はどんな作戦を考えている？」

アレスが、改めて黒野に問う。

「ぼくの作戦を説明する前に、一つだけ約束してくれないか？」

「何だ？」

「今回の作戦は、オスプレイが病院に突入するのを防ぐと同時に、志乃ちゃんたちの救出作戦でもある――」

黒野が、真っ直ぐにアレスを見据えた。

真田は黒野の提案に、驚きを隠せなかった。興味がないふりをしながら、しっかりと志乃たちのことを視野に入れていることが意外だったし、同時に嬉《うれ》しくもあった。

「なに気持ち悪い顔をしてるんだ？」

黒野が、真田に流し目を向けてくる。

よりにもよって、気持ち悪いとは酷《ひど》い言われようだ。だが、上手《うま》く言い返す言葉が思い浮かばず「うるせぇ」と小声で返しただけだった。

「で、どうなの。答えを聞かせてよ」

黒野が改めてアレスに目を向ける。

少し考える素振りを見せたアレスだが、やがて「分かった――」と顎を引いて応じた。

その言葉をそのまま信じるのは難しいが、それでも、何もないよりはマシかもしれない。何より、オスプレイの墜落を防ぎつつ、志乃を救出する手段があるのだとしたら、それに賭《か》けたい。

「まず、情報を整理しておいた方がいいね」

黒野は、咳払《せきばら》いをしてから立ち上がる。

視線が集まるのを待ってから、黒野は改めて話を始めた。

「今回の事件の肝は、米軍が保有するオスプレイが、米軍の兵士が操縦している最中に、都内の病院に突っ込むという事象だ」

「日本人が操縦してたら、ダメってことか?」

真田が訊ねると、黒野は大きく頷いた。

「その通り。今回の〈愛国者〉の目的は、日米地位協定の問題を、国民に提起し、やがては米軍を日本国土から追い出すことだ」

「なるほど――」

日米地位協定の不当性を訴えるのであれば、墜落したときに乗っているのは、あくまで米兵でなければならない。

つまり、これが事件ではなく、事故だと見せかける必要がある——というわけだ。

「それで言うと、〈愛国者〉は、横田基地にあるオスプレイを強奪するという方法では、絶対にダメなんだ」

確かにその通りだ。

強奪したのでは、それはテロということになる。それに、〈愛国者〉がどれほどの組織かは分からないが、横田基地に侵入し、オスプレイを強奪するのは、相当に困難なはずだ。

仮に成功したとしても、飛び立つ前に撃墜されるのが関の山だ。

「ここまでは、あんたも分かっていたんでしょ？」

黒野がアレスに問い掛ける。

アレスは、「ああ」と頷いてみせた。表情からして嘘ではなさそうだ。

問題は、オスプレイは、なぜ病院に激突したのか——だ。

「多分、〈愛国者〉は、オスプレイのコンピューターをクラッキングして、墜落させるんだと思う」

得意げに言う黒野のメガネのレンズが、きらりと光った気がした。

「クラッキング？」

「そう。オスプレイに限らず、航空機の多くは、オートパイロットの機能が付いている」

それは、真田も知っている。大型の旅客機などは、離陸したあとは、オートパイロットに切り替えて操縦していると聞く。

だが――。

「それって、安定航行ができる長距離に限られたことだろ」

「もちろん。離着陸や、他の航空機との接近の怖《おそ》れがある場合は、手動で操縦している」

「だったら、クラッキングしても、あまり意味がないんじゃないのか？」

「別に、ずっとクラッキングする必要はない」

「どういうことだ？」

「オスプレイの航行は、実に複雑なんだ。プロペラだけでなく、高速飛行をする為に、ジェットエンジンも積んでいる」

外観だけだと、プロペラ機のイメージがあったが、ジェットエンジンまで併用しているとは意外だった。

「それって、何か問題があるのか？」

「単純に、バランスを取るのが他の航空機より数段難しいんだよ。墜落事故が多い原因でもあるんだけどね」

言われてみれば、そうかもしれない。

異なる形式のエンジンを併用するとなると、その扱いの難しさが飛躍的に上昇するのは、当然のことだ。

「つまり、複雑で困難な操縦システムであるが故《ゆえ》に、墜落させるのはとても簡単なんだよ」

黒野がそう続ける。

「簡単？」

「そう。目的地の手前で、ほんの少しバランスを崩してやれば、それだけで墜落するって寸法だ。システムの全てを掌握する必要もないし、もの凄《すご》く簡単だろ」

黒野が、ぞっとするような怖い顔をした。

事実、今、黒野が語ったことは、本当に怖ろしいことだ。

つまりオスプレイは、バランスを崩しただけで、墜落してしまうような代物《しろもの》というわけだ。

しかも、そんな機体が、今も日本の上空を飛んでいる。

今回の事件でなかったとしても、オスプレイが都心に墜落し、多数の犠牲者が出るのは時間の問題かもしれない。

「だが、仮にバランスを崩せたとしても、搭乗者がオートを手動に切り替えてしまえば、危機を脱することができるはずだ」

アレスが、黒野の分析に反論をした。

「意外に、注意力が足りないようだね――」

そう言いながら、黒野はモニターの前に移動し、端末を操作すると、志乃の予知夢の映像を表示させた。

オスプレイが病院に突っ込む寸前で映像を静止させると、コックピット部分を拡大して表示する。

搭乗者たちが、一様に前のめりになりぐったりしているのが分かった。

「これは……」

「おそらく、眠らされているんだ」

真田の疑問に、黒野が答えた。

「多分、酸素吸入器に、睡眠導入剤が仕込まれていたんだと思う」

離陸後、機体が上昇し、オートパイロットに切り替えたところで、予《あらかじ》め仕込んでおいた睡眠導入剤を酸素吸入器を通して注入すれば、搭乗者たちは意識を失い、危険を察知することができない――というわけだ。

「どうやって、そんなものを仕込むんだ？」

「多分、米軍の横田基地内に、協力者がいるんだろうね。整備担当者あたりが怪しい」

「そんなこと可能なのか？　自軍の不祥事に繫《つな》がるんだぞ」

「君って、本当に素直だね。そんな義務感なんて、金と女でどうにかなる。それに、おそらく協力者は、詳細を知らされていない。言われたものを事前に仕込むだけだ。それが、どんな結果をもたらすのか、分かっていないのだから罪悪感も希薄だ」

そう言われてしまうと言い返せない。

指示されたものを仕込むというだけなら、さして罪の意識を感じることもなく、買収に応じることもあるだろう。

「なかなか興味深いが、オスプレイの制御システムをクラッキングすることは、不可能ではないのか？」

アレスが腕組みをしながら口を挟む。

「どうしてだ？」

真田が訊ねると、アレスが小さく笑った。

そんなことも知らないのか——とバカにされているようだ。

「この手の制御システムは、基本的にはスタンドアローンだ」

——スタンドアローン？

「何だそれ？」

「インターネットとかには、繋がっていないってことだよ」

黒野の説明で納得する。

インターネットなどに接続されていないのであれば、そもそも外部と接触がない。つまり、絶対に侵入されない——というわけだ。

よくよく考えれば、それも当然のことだ。

こうした航空機がインターネットなど外部と接触しているということは、その侵入の危険性を残すということだ。

それこそ、ハッカーが航空機を乗っ取るという事件が多発することになる。アメリカの同時多発テロのような事件を、デスクで座ったまま起こせてしまうということだ。

「だったら、クラッキングして墜落させるってのは、無理なんじゃないのか？」

真田の意見に、黒野が首を左右に振った。

「それが、そうでもない」

「どうして？」

「だからさ。さっき言っただろ。もし、〈愛国者〉が整備担当を抱え込んでいたとしたら、オスプレイのシステムに外部からアクセスする為のツールを設置することも、可能だとは思わないか？」

「それは……」

信じたくはないが、その可能性は充分に考えられる。

「ここまでが、ぼくの分析だ。あとは、これを踏まえた作戦ということになる――」

黒野が改まった口調で言う。

真田は、ゴクリと喉《のど》を鳴らして唾《つば》を飲み込んだ。ここからが本番だ。はっきり言って、状況はあまり芳《かんば》しくない。いや、最悪と言っていい。

そもそも、システムをクラッキングされ制御不能になったオスプレイを、どうやって止めればいいのか、さっぱり分からない。

仮に、病院への衝突を防ぐことができたとしても、都心の何処《どこ》かに墜落すれば、

〈愛国者〉の目的は達成される。

問題は、それだけではない。

〈愛国者〉の目論《もくろ》みを阻止しながら、どうやって志乃たちを救い出すのか――それが、一番の難題と言っていい。

「君の作戦を聞かせてもらおう」

アレスが黒野を促す。

「作戦の説明は、もう少し待って。もうすぐ彼も到着すると思うよ」

黒野がチラリと腕時計に目を向けながら言った。

「彼？」

「そう。彼だよ――」

黒野の言葉に重なるように、ドアをノックする音がした。

――誰だ？

真田が振り返ると、ドアが開き、一人の男が部屋に入って来た。

「と、鳥居のおっさん！」

驚きとともに声を上げた。

ずぶ濡《ぬ》れで、かなり疲れた顔をしているが、それは間違いなく鳥居だった。

――どうしてここに鳥居が？

真田が目を向けると、黒野は茶目っ気を出してウィンクしてみせた。

「ぼくが呼んだんだ」

「どうやって？」

ここに到着して、真田が公香に連絡しようとしたとき、黒野は居場所がバレるからとそれを止めたはずだ。

携帯電話を使わず、どうやって鳥居に連絡を取ったのかが分からない。

「不測の事態に備えて、緊急の連絡方法を決めておいたんだよ」

黒野がしれっと言う。

緊急の連絡方法と一口に言っても、色々とある。いったい、どんな方法で鳥居をここに導いたのかが分からない。

「インターネットの掲示板だよ。万が一の時には、そこにアクセスするように黒野から言われていたんだ」

真田の疑問に、鳥居が答えた。

今になって、出発前に、黒野と鳥居が何やらやり取りしていたことを思い出した。

あれは、こうなった時の算段を話し合っていたということのようだ。

本当に、抜け目のない男だ――。

九

公香は、病室の前の廊下にあるベンチにただじっと座っていた――。

病室の中には、志乃と塔子がいる。志乃が、二人だけで話したいと申し出たのだ。

須田という男は、志乃との協力を取り付けると、早々に引き揚げた。逃亡を防止する為か、監視役が二人廊下を塞《ふさ》ぐように立っている。

人数は少ないが、二人ともSATの隊員らしく、タクティカルスーツを着用し、防弾バイザーのついたヘルメットを被《かぶ》り、その下に目出し帽を被っているので、顔を見ることすらできない。

サブマシンガンのMP5で武装し廊下に並び立っている様は、物々しく、ここが日本の病院であることを忘れてしまいそうだ。

あれだけの武装をしていたのでは、正面からやり合ったところで勝ち目はない。それに、志乃の身体《からだ》を考えれば、逃亡という選択肢はあり得ない。

志乃はほとんど動けない状態なので、監視役がいなかったとしても、逃げることは難しい。

公香一人で逃げることを考えなくもなかったが、やはり志乃を置いてはいけない。いや、志乃だけではない。山縣もいるのだ。

公香が逃げるということは、即《すなわ》ち、志乃と山縣との両方を見捨てるということになる。

そもそも、武器はおろか、携帯電話等の備品も、ことごとく取り上げられてしまっている。丸腰の状態で、逃げ出すことは不可能だ。

打つ手無しだ――。

真田たちは、今頃どうしているのだろう？　この状況では、彼らだけが頼りだ。

とはいえ、真田たちが来たところで、身動きが取れない志乃と山縣を救出するところまでは何とかなっても、逃亡することはできない。

何より厄介なのは、須田の存在だ。

彼は、警察庁の官僚だ。彼の策略により、山縣は唐沢暗殺の濡《ぬ》れ衣《ぎぬ》を着せられている。ここを抜け出せたとしても、果てしない逃亡生活を余儀なくされる。

まさか、こんなことになるとは、思ってもみなかった。

公香が頭を抱えるようにして、長いため息を吐《つ》いたところで、病室の扉が開き、塔子が出て来た。

彼女の顔を見るなり、腹の底がじわっと熱を帯びるのを感じた。

ずっと仲間だと思っていた。それなのに――塔子は、公香たちを欺《あざむ》いた。殺してはいないとはいえ、山縣を撃ったのだ。

胸の内をかき乱すのは、怒りや憎しみというより、悔しさなのだろう。

「志乃ちゃんと、何を話していたの？」

公香は、塔子の目を見ないようにしながら訊ねた。

志乃がどうして、裏切り者である塔子と話をしようとしたのか、その真意が公香には理解できなかった。

「私ではなく、彼女に訊《き》いた方がいいと思います」

塔子は、いつもと変わらぬ口調で言った。

――どうして？

その思いに突き動かされ、公香は立ち上がった。

この状況にありながら、なぜ塔子が、これまで通りの口調で喋《しゃべ》ることができるのか、公香にはどうしても分からない。

「信じてたのに――」

公香は、絞り出すように言った。

「本当にそうですか？」

塔子が問い返してきた。

「そうよ。私は、あなたを仲間だと思ってた」

「私は、仲間になりたいと言った覚えはありません」

塔子がぴしゃりと言う。

「どういう言い草よ。あなたは、いつからそんな風になったの？」

公香は、塔子の肩を摑《つか》んで詰め寄った。

塔子は公香の視線から逃れるように、顔を背けた。

「私は、ずっとこうでした」

静かに塔子が答える。

「ずっと？」

「そうです。私は、ずっと〈愛国者〉のメンバーとして、彼女を眠らせ続ける為に投薬を行い、あなたたちを監視していたんです」

「…………」

「だから、裏切ったのではありません。最初から、忠実に任務を遂行していただけです」

淡々と語られる塔子の言葉に、公香はみるみる力を奪われて行くようだった。

言われてみれば、確かにその通りだ。

裏切られたというのは、公香の価値観による判断に過ぎない。塔子からしてみれば、最初から信じてなどいなかったのだ。

裏切るも何も、あったものではない。

急速に、何もかもが、どうでも良くなってしまった。これ以上、塔子に何かを話したところで意味はない。

自分たちが見ていた塔子は、そもそも存在していなかったのだ。

「離れろ」

SATの隊員の一人が歩み寄って来て、公香と塔子を引き離した。

防弾バイザーごしに、冷たい視線を向けられる。

「邪魔しないでよ」

「これ以上騒ぐと、君たちにとって、まずいことになる」

SATの隊員が言った。

現場で活動する隊員に似つかわしくない鷹揚《おうよう》な言い方だったが、下手に騒げば公香だけでなく、志乃の立場も悪くなるのは事実だ。

「分かってるわよ」

公香は、ため息を吐いて塔子から離れた。

「君に、幾つか話がある」

SATの隊員は、そう告げると塔子と連れだって廊下を歩いて行った。

塔子は、何も言わずにSATの隊員に従って歩き出したが、途中で振り返った。一瞬だけ目が合った。

どういうわけか、その目は涙に濡れていた。

——何があったの？

気になった公香だったが、再び塔子に声をかけることはできなかった。

心の底に、もやもやとした嫌な感覚が残った。あんな顔を見せられたのでは、まるで自分たちが悪いかのように思えてくる。

「もう、何なの……」

公香は、苛立《いらだ》ちを抱えたまま、志乃の病室に入った。

ベッドに横になっていた志乃が、「公香さん——」と柔らかい笑みを浮かべた。だが、その目は、塔子と同じように涙に濡れていた。

「塔子さんと、何を話したの？」

公香が訊ねると、志乃がふっと窓の外に目を向けた。

「もうすぐ夜が明けますね――」

か細い声で志乃が言った。

「そうね……」

同意の返事をしながら、公香は窓に歩み寄った。

台風の暴風域を出たのか、雨も風も、さっきまでよりかなり弱くなっている。僅《わず》かではあるが、空も白み始めているような気がする。

思えば長い夜だった。一度に色々なことが起こり過ぎて、正直、思考がついていっていない。

自分たちは、無事に朝を迎えることができるのだろうか？

そんな疑問が頭を過った。

「ねえ。志乃ちゃん――」

声をかけたが、返事はなかった。

見ると、いつの間にか志乃は目を閉じて眠りについていた――。

十

「それで、どんな作戦で行くんだ？」

場が落ち着いたところで、真田が訊ねてきた。

まさに、そこが一番の問題だ。黒野は、指先でメガネの位置を修正したあと、改めてそこにいる面々を見渡した。

真田と鳥居はともかく、まさかアレスと共同戦線を組むことになるとは、思ってもみなかった。

いや、そうではない。

こうなることは、最初から仕組まれていたことだ。切れ者だとは聞いていたが、まさかあの男が、ここまでやるとは思ってもみなかった。

まあ、今さらあれこれと考えを巡らせたところで、意味はない。黒野は、咳払いをしてから口を開いた。

「作戦のポイントは、大きく分けて二つ。一つは、墜落するオスプレイを阻止すること。そしてもう一つは、志乃ちゃんたちの救出だ」

「そうだな」

真田が、力強く頷く。

「ただ、ここで一つ問題が発生する」

黒野が人差し指を立てながら言うと、真田が「何だ？」と眉《まゆ》を顰《ひそ》めた。

「〈愛国者〉の連中は、塔子さんを使って、映像を加工していた」

「今回の犯行を、分からなくする為《ため》だろう」

「多分、それは違う」

「どういうことだ？」

「もし、完全に隠したいなら、この映像自体を消去してしまえば良かった。それなのに、彼らは、わざわざ加工するという方法を使った。これはなぜか？」

黒野が視線を向けると、真田も何を言わんとしているのか察したらしい。やはり、地頭は悪くない。正確な情報を与えさえすれば、物事の本質を見ることができる。

「つまり奴《やつ》らの標的は、既に病院ではない——ということか？」

真田からの問い掛けに、黒野は頷いて応じた。

志乃がこの予知夢を見た段階で、〈愛国者〉は不測の事態を想定した。そこで、完全に映像データを隠すのではなく、加工するという方法を使った。

オスプレイの存在を覆《おお》い隠すのと同時に、仮にそれが明らかになった場合でも、敵の目を他に向ける為に、敢《あ》えて病院の映像だけ残した。

今回の〈愛国者〉の作戦において、オスプレイが墜落するのは、できるだけ多くの被害が出れば、都心の何処であっても構わないのだ。

「そうなると厄介だな。オスプレイは、何処に墜落するか分からないんだろ。どうやって阻止するんだ？」

真田が、苛立ちを滲《にじ》ませた声で言う。

オスプレイをどうにかしようと考えると、まさにそれが問題になる。相手は戦闘機だ。流石《さすが》に、飛んでいって確保するというわけには行かない。

「考えられる方法は一つ。オスプレイのシステムをクラッキングする為には、かなり強力な電波を飛ばさなければならない。それも、できるだけ近い距離で――」

一般のＷｉ－Ｆｉなどの電波では、とてもではないがオスプレイまで届かない。おそらく、小型のパラボラアンテナなどを用いて電波を送り、クラッキングするはずだ。

「そうだな」

「そうなると、東京全土の何処でもいいというわけではない」

「つまり、飛行ルートの何処か――ってことか？」

真田が顎に手を遣《や》りながら答える。

「正解。まあ補足するなら、飛行ルートの中で、甚大《じんだい》な被害をもたらすインパクトがある地点ってことになるね」

彼らの目的が問題提起であるなら、できるだけ被害は大きい方がいい。

「少しは絞れたが、それでも、まだ何処に墜落するかは、分からねぇな」

真田が苦い顔をする。

「そうでもない。ぼくたちには、切り札があるからね」

「切り札？」

「そう。志乃ちゃんだよ。何処に墜落するかは、彼女の予知夢から判断すればいい」

黒野が言うと、真田が盛大にため息を吐いた。

「それができれば苦労はしねぇよ。どうやって、志乃と連絡を取るつもりだ？」

真田の疑問はもっともだ。

幾ら、志乃が予知夢を見たとしても、彼女と連絡が取れないのであれば、こちらとしては情報を得ることができない。

盗聴器は仕掛けてあるが、それはあくまで塔子に装着したものだ。確実に、志乃の夢の情報が手に入るとは言い難い。

問題は、それだけではない。盗聴器は、向こうの音声をこちらが聴くだけのものだ。今後の救出作戦まで視野に入れると、是が非でも、志乃や公香と相互連絡ができる状態にしておきたい。

「それに関しては、考えがある」

「何だ？」

「鳥居さんの腕次第だけどね」

黒野は、静観していた鳥居に目を向けた。

途中からの参加ではあるが、モニターに表示された映像や、話の端々から状況を察しているはずだ。

「私の腕を疑っているのか？」

鳥居が無表情に言った。

「もちろん、信じているよ」

「だとしたら、その信頼を裏切るわけにはいかないな」

鳥居が、小さく笑いながら言った。

「何をさせるのか、まだ言ってないけど――」

「君のことだ。私の腕で、できる範囲の提案なのだろう。もちろん、難易度は高いだろうが」

「さすが、話が早くて助かる」

これで問題はクリアできた。

「で、墜落の場所が分かったら、どうするつもりだ？」

真田が訊《たず》ねてくる。

「墜落地点さえ分かれば、彼らがどこからクラッキングするのか割り出すことができる。あとは、何とかして現場を制圧する」

黒野はアレスに目を向ける。

アレスは、声を出さずに小さく顎を引いて頷く。その目に宿された獰猛《どうもう》な光を見て、黒野は身震いした。

やはり、この男は怖ろしい。

だが現状では、これほど頼りになる男は他にいないかもしれない。

「仮にクラッキングを阻止したとしても、パイロットが意識を失っているんだろ。いつかは墜落するんじゃねぇのか？」

真田が疑問を挟んだ。

なかなかいい指摘だ。ただ、そのことについても黒野は既に算段を付けてある。

「彼らのクラッキングを逆に利用するのさ」

「利用？」

「そう。システムを掌握して、遠隔操作で近くに着陸させるってわけ」

「お前、オスプレイの操縦なんて分かるのか？」

「全然。だけど、彼は知ってると思うよ」

黒野は、再びアレスに目を向けた。

アレスは、黙って頷いた。やはりそうだ。内閣情報調査室の特殊工作員として、特別な訓練を受けたアレスは、あらゆる乗り物の操縦をマスターしているはずだ。

今回、アレスと協力する一番のメリットはそれだ。

黒野が、〈愛国者〉が使用しようとしているクラッキングを逆に利用し、オスプレイのシステムを掌握。アレスのナビゲートで着陸させる。

黒野とアレスの組み合わせでなければ、不可能な作戦だ。

「おれは、お前たちのバックアップをするってことだな」

「違うよ」

勢い込んで言う真田を制した。

「違う？」

「そう。君には、別の役割がある」

「何だ？」

「志乃ちゃんや、山縣さんの救出だよ」

「は？ ちょっと待て。志乃はともかく、山縣さんの救出ってのは、どういうことだ？」

真田は、わけが分からないといった感じで首を傾《かし》げる。

「あれ？ 言ってなかったっけ？ 山縣さんは、生きてるよ」

「はぁ？」

驚愕《きょうがく》する真田の表情が、あまりにおかしくて、黒野はついつい吹き出して笑ってしまった。

「笑いごとじゃねぇだろ！ どういうことか説明しろ！」

真田が黒野の胸倉を摑み上げる。

「そんなに興奮するなよ。ぼくも、ついさっき知ったんだ。山縣さんは生きているよ」

「どうしてそれが分かるんだ？」

「詳しくは言えないけど、信頼できる筋の情報だ」

「だけど、山縣さんはあのとき撃たれて……」

「撃たれたのは腹部だ。おそらく、塔子さんは意図的に急所を外したんだろうね」

説明すると、真田はふっと身体の力を抜き、黒野から手を放すと、「本当に良かった」と実感のこもった声で言う。

真田にとって、山縣は単なる上司ではない。父親ともいえる存在だ。彼らは、血より濃い絆《きずな》で結ばれた家族なのだ。

それが、黒野には少しだけ羨《うらや》ましかった。

「……ってことは、やっぱり塔子さんは……」

はっと顔を上げながら真田が口にした。

真田はこの期《ご》に及んで、まだ塔子のことを信じようとしているようだ。それが、彼らしさではあるが、ここは心を鬼にして釘を刺しておいた方が良さそうだ。

「期待しない方がいい。塔子さんが、山縣さんを生かしておいたのは、情があったからじゃない。志乃ちゃんを支配下に置く為の人質として、利用することが目的だ」

「そんなの……」

真田は、途中で言葉を呑《の》み込んだ。

未《いま》だに塔子を信じたい気持ちと、思考とがせめぎ合っているに違いない。頭で分かっていても、簡単に割る切ることができない。真田とは、そういう男だ。

「とにかく、志乃ちゃん、公香さん、それに山縣さんを救い出す必要がある」

黒野は話を本題に戻す。

「おれ一人でか？ ってか、そもそも、連中をどうやって救出するんだ？ 仮に助け出すことができたとしても、逃げ切ることができるのか？」

真田にしては、珍しく弱気な発言だ。

確かに、たった一人で三人を救出するのは至難の業だ。不可能といってもいい。

「君ができないと言うなら仕方ない。志乃ちゃんたちは、見捨てることにしよう」

黒野がおどけた調子で言うと、真田が再び胸倉を摑んでくる。

「見捨てられるわけねぇだろ！」

「だったら、泣き言は無しだ」

黒野が言うと、真田は苦笑いを浮かべつつも手を放した。どうやら、覚悟が決まったようだ。

「お前なんかに言われなくても、分かってるよ。だが、どうする？ 何の策もなく、正面突破ってのは無理があるだろ。そもそも、敵が何処にいるのかも分からない」

「その辺は、安心して任せてくれていい」

「自信満々だな」

「まあね。相手が何処にいるか分からないなら、誘《おび》き出せばいいんだよ」

黒野が言うと、真田がきょとんとした顔をする。

「誘き出す？」

「そう。これを使ってね――」

黒野は、唐沢から託されたUSBメモリーを取り出し、指先でくるくると回した。

真田が眉間《みけん》に皺《しわ》を寄せ、困ったような顔をしている。その表情が、何となくかわいく見えてしまった。

「今は分からなくていい。ただ、これはぼくたちの切り札になる」

黒野はきっぱりと言い切った。

本音で言えば、自信がない。この作戦は、あまりに危険が大き過ぎる上に、不確定要素が多い。

一つでも読み違えれば、それで全《すべ》てが終わる。

だが、それでも――。

「やるしかねぇな」

黒野の内心を代弁するように、真田が言った。

第四章　ATLAS

一

「いやぁ！」

唐突に聞こえた悲鳴で、公香は一気に目を覚ました——。

いつの間にか、椅子《いす》に座ったまま、志乃のベッドに突っ伏すようにして眠ってしまっていたようだ。

身体《からだ》を起こし目を向けると、額にびっしょりと汗を浮かべ、呼吸を乱している志乃の姿があった。

「大丈夫？」

公香は、すぐさま志乃に声をかける。

志乃は酸素を求めるように、口をパクパクと動かしている。何かを言おうとしているのだろうが、思うように声が出ないらしい。

「落ち着いて」

公香は、声をかけながら艶《つや》のある志乃の髪を撫《な》でる。

志乃は公香の顔をじっと見つめながら、ゆっくりと深呼吸を繰り返す。

この反応──。

志乃は予知夢を見たのだろう。それも、かなり酷《ひど》いものだったようだ。何を見たのか気にかかるところだが、焦《あせ》ってはいけない。

公香は、志乃が落ち着きを取り戻すのを待つ。

しばらくして、志乃が「もう、大丈夫です」と告げながら上体を起こした。

「予知夢を見たのね」

公香が言うと、志乃は真っ青な顔でコクリと頷《うなず》いた。

下っ腹にじわっと嫌な感覚が広がる。志乃の表情からして、おそらく、彼女が見た予知夢は、真田たちに関わるものに違いない。

それも、真田たちにとって、あまり都合のよくないものであることは確かだ。

「教えて。何を見たの？」

公香は、できるだけゆっくりとした口調を心がけて訊《たず》ねた。

「飛行機が墜落します──」

志乃が、掠《かす》れた声で言った。

「飛行機？」

「はい。オスプレイという機種だと思います。以前も同じ夢を見ました。その時は、この病院に突っ込むはずだったんですけど、それが変わったんだと思います」

　志乃は、淡々とした調子で言った。

　そうすることを心がけているのだろう。感情的になっては、正確に情報を伝えられないことを分かっている。

　本当に強い娘だと思う。だからこそ、余計に痛々しい。

「墜落するのは何処《どこ》？」

「新宿です」

「新宿？」

「はい。都庁です」

　志乃の言葉を聞き、公香は身震いした。

　冗談ではない。都庁に戦闘機が突っ込んだりしたら、それこそアメリカのツインタワーの二の舞だ。

　どれほどの死傷者が出るのか、見当もつかない。

〈愛国者〉の連中は、とんでもないテロを実行しようとしているようだ。何としても、阻止しなければ——そう思うものの、軟禁状態にある自分たちに、打つ手がないのもまた事実だ。

「夢は、もう一つありました――」

志乃が間を空けてから言った。

その目には、薄《うっす》らと涙の膜が張っている。

哀《かな》しみに満ちた志乃の顔を見て、公香は絶望的な気持ちになる。できれば、その先を聞きたくない。それが本音だった。

それでも、このまま何も聞かないわけにはいかない。

志乃の予知夢は変えることができる。可能性は低いが、それに賭《か》けるしかない。

「もう一つは何？」

公香は、深呼吸をして気持ちを鎮《しず》めてから訊ねた。

「真田君が……」

その名を出しただけで、志乃が言葉を詰まらせた。

暴れ出した感情を、抑えることができないでいるらしい。

「真田がどうしたの？」

公香は、志乃の顔を覗《のぞ》き込む。

苦しそうにしていた志乃だったが、やがて覚悟を決めたのか、強い口調で切り出した。

「真田君が、あの須田って人たちに交渉を持ちかけるんです」

「交渉？」

「はい。何か条件を付けて、私たちを引き渡すように、交渉を試みます」

「それって、どういうこと？」

公香は、訳が分からず問い返した。

自分たちを救おうとしての交渉であることは、何となく察しがつくが、いったいどんな材料があって、それをやろうとしているのか？

志乃が返答する前に、急に強い光が顔に当たった。

眩《まぶ》しさに、思わず目を細める。

自然に当たった光ではない。意図的な光であるように感じられた。

——何？

「ちょっと待って」

公香は、志乃に告げるとベッドを離れ、窓を開けた。

光はまだ公香の顔に当たっている。道路を挟んで反対側にあるビルの屋上で、何かがチカチカと光っているのが見えた。

三百メートルほどの距離があって、はっきりとは確認できないが、そこに人の姿があるようだった。

あそこから、鏡のようなものを使って、こちらに光を浴びせているのだろう。

――もしかして？

公香は、ある推測に辿《たど》り着いた。あれは、真田たちかもしれない。こちらとコンタクトを取る為《ため》に、ああやって合図を送っている。

手を振ってみようかと思ったが、寸前でそれを止めた。

あれが真田たちであるという保証は、どこにもない。それに、もし真田たちであったとしても、余計なことをして、真田たちが下手に近付くようなことがあれば、それこそ〈愛国者〉の連中に捕まってしまう可能性もある。

――どうするべきか？

考えているうちに、びゅっと風を切るような音がして、公香の顔の真横を何かが掠めて行った。

二

「おいおい。危なく、公香の顔に突き刺さるところだったぞ」

真田は双眼鏡を覗きながら、腹ばいになった伏射の姿勢で、ライフル型のクロスボウを構える鳥居に声をかけた。

鳥居がボウガンから放った矢は、公香の顔の横を擦り抜け、病室の壁に突き刺さった。

あと十センチもズレていたら、公香に命中するところだった。

「大丈夫だ。あれも、計算のうちだ」

鳥居が、立ち上がりながら言う。

「本当かよ」

どう考えても、強がっているとしか思えない。

今、鳥居が手にしているクロスボウの飛距離は、三百メートルほどだ。ここから、病室までギリギリの距離にあたる。

ただ、それは単純な飛距離だ。命中精度を維持できる距離ではない。

「もちろんだ。彼女に、気付かせないといけないからな」

鳥居は平然と言う。

この自信の持ちようからして、もしかしたら、本当に狙《ねら》ったところを撃ち抜いたのかもしれない。

まあ、どちらにしても、結果として上手《うま》く行ったのだから文句はない。

「これで私の役目は終わりだ。次は、君の出番だ」

鳥居が、真田をじっと見つめた。

そうだった。クロスボウを使っての鳥居の射撃は、あくまで準備段階の一つに過ぎない。本番は、これからだ。

真田は、携帯電話とタブレット端末を使い、準備に取りかかる。

「君は、不安はないのか？」

鳥居が、クロスボウを手早く解体しながら訊ねてきた。

「不安？」

「そうだ。正直、黒野が立てた作戦は、運の要素が強過ぎる」

鳥居がそう思うのはもっともだ。

黒野の作戦は、不確定要素があまりに多い。少しでも誤差が生じれば、全《すべ》てが崩壊するギリギリの作戦だ。

鳥居が不安を抱くのも頷ける。

だが——。

「気持ちは分かる。確かに今回の作戦は、運に左右される部分が大きい」

「だったら……」

「だけどさ。信じなきゃ、その運を引き寄せることはできねぇだろ」

運は、何もしないで巡ってくるものではない。信じて行動を起こしてこそ、初めて運を摑《つか》むことができる。

何もしなければ、何も起きないだけだ。

鳥居は、しばらく驚いたような顔で真田を凝視していたが、やがてぶはっと声を上げて笑った。

「何がおかしいんだ？」

真田が訊ねると、鳥居は「すまない」と笑いを引っ込めた。

「君らしいと思ってね」

「おれらしい？」

「そうだ。君は、そうやって周りを巻き込んで行く」

「からかってんのか？」

「違う。称賛しているんだ。君がいたからこそ、彼女の予知を変えることができていたのかもしれないな」

鳥居が、本心からそう言っているのは分かった。だが——。

「そういうのは、全部終わってからにしないか？」

「そうだな」

　鳥居が笑みを浮かべながら応じる。

　真田は、気持ちを切り替え、黒野から事前に指示された通りに作業を終えた。

　携帯電話に特殊な機器を接続することで、電波の発信源を特定できないようにしているらしい。

「さて。親玉と交渉と行きますか」

　真田は、大きく息を吸い込んでから、電話をかけ始めた。

　黒野が予め《あらかじ》、調べておいた番号だ。彼の読みが正しければ、今回の事件の黒幕が電話に出るはずだ。

　しばらくのコール音のあと、電話が取り上げられる音がした。

〈はい〉

　警戒心を前面に押し出した声がした。

　知らない番号からの電話であれば、そうなるのも当然だ。とはいえ、相手が電話に出たのだから第一段階はクリアだ。

「どうも。あんた、須田さんだろ。警察庁警備局の局長さんの――」

真田が口にすると、相手の警戒心がより強まるのが、電話を通しても伝わってきた。

〈君は誰だ?〉

「初めまして――だな。おれは、〈次世代犯罪情報室〉の真田だ。唐沢さんの部下の。名前くらい聞いたことがあるだろ」

真田が告げると、電話の向こうが一瞬、無音になった。

おそらく通話口を塞《ふさ》いで、部下たちに確認を取らせているのだろう。逆探知などの手配をしているのかもしれない。

〈いったい、何の用件だ?〉

「あんたらが、人質に捕っている仲間のことだ」

〈人質とは人聞きの悪い。私たちは、彼女たちを保護しているだけのことだ〉

須田が平然と言う。

真田の一番嫌いなタイプだ。横柄《おうへい》で、自分のやっていることは全て正しいと信じている。周囲をイエスマンだけで固めたせいで、世間とのギャップに気付いていない。

こういう男だからこそ、テロで一般市民を犠牲にしてまで、己の理念を押しつけようとするのだろう。

まあ、テロリズムとは、元来そういうものかもしれない。

「だったら、今から迎えに行くから、連れて帰っても問題ないよな」

〈それはできない〉

「どうしてだ？」

〈彼女たちは、我々に協力してくれているからだ〉

めちゃくちゃな言い分だ。

「悪いけど、おれの仲間は、オスプレイを都心に墜落させようなんて、腐った考えの連中に協力するほどお人好《ひとよ》しじゃないんだよ」

〈もう、そこまで分かっているのか？〉

「ああ。残念だけどね」

〈仮に分かっていたとしても、君たちにそれを止める術《すべ》はない〉

自信に満ちた口調で須田が言う。

「まあ、そうだな。あんたらの作戦は、なかなか手が込んでいる。正直、おれたちでは、どうすることもできない」

〈全面降伏をする為に、電話をして来たのか？〉

「降伏したら、仲間に入れてくれるのか？」

〈残念だが、我々は君のような人材を必要としていない〉

イヤホンを使い、会話を聞いていた鳥居が、口を押さえながら笑った。

まあ、そうなるのも仕方ない。

「おれも、お前らの仲間になるのは願い下げだ」

〈用件はもう済んだのか？〉

「いいや、まだだ。おれたちは、テロは止められないかもしれないが、あんたらの組織を潰《つぶ》す方法を持っている」

〈組織とは、何のことだ？　警察を潰すというのか？〉

あくまでもシラを切る。本当に図太い男だ。だが、それくらいの神経でなければ、こんなバカげたことはできないだろう。

「おれたちは、あるデータを持っている」

〈データ？〉

「そうだ。唐沢さんが、死ぬ前に残したデータだ」

〈何を言っている？〉

須田の声に、僅《わず》かに変化が生じた。

唐沢は、〈愛国者〉に属しながら、裏切った為に殺された。その裏切り者が、どんなデータを残したのか、気にならない方がおかしい。

「唐沢さんが残したのは、あんたら〈愛国者〉のメンバーリストだ」

電話の向こうで、須田が息を呑《の》むのが分かった。

須田が動揺するのも当然だ。黒野やアレスが話していたように、〈愛国者〉は警察を始め、様々な組織に入り込み、秘密裏に活動を行ってきた。

そうすることで、自らの組織の存在を秘匿《ひとく》してきたのだ。それこそが、最大の利点と言っていい。

だが、もし、そのリストが漏れたらどうなるか？

彼らの存在は公表され、これまで通りの活動が困難になる。〈愛国者〉としては、何としても、そのリストの流出は避けたいところだろう。

おそらく唐沢は、このリストをもって〈愛国者〉を裏切ろうとしていたに違いない。

もしかしたら、彼自身、最初から〈愛国者〉を潰す為に、内部に入り込んでいた可能性もある。

あまり好きにはなれなかったが、その遺志は継いでやりたいと思う。

〈君は、何を言っているんだ？　そんなハッタリが通用するとでも？〉

須田が笑いを含んだ声で言った。

疑うのも無理はない。そもそも、彼ら自身、唐沢がそんなリストを保持していることを知らなかっただろう。

「どうしてハッタリだと思う？　おれが、あんたにこうして電話しているのが、何よりの証拠だとは思わないか？」

真田が告げると、電話の向こうで須田が〈うっ〉と唸《うな》るような声を上げた。

そもそも、須田に電話をしたのは、黒野が唐沢の残したデータを解析し、今回の黒幕が須田だと割り出したからだ。

リストを保持していなければ、こんなことはできない。

〈仮に、そのリストがあるとして、君はそれで何をしようというんだ？〉

須田の声は、既に落ち着きを取り戻していた。

この程度のことで、我を忘れ簡単にボロを出すような愚を犯すつもりはないらしい。

「簡単なことだ。このデータと、おれの仲間を交換しようって話だ」

〈私が、そんな交渉に応じるとでも？　少し長く話し過ぎたようだね〉

須田の口調が、一段と高圧的なものに変わった。

何かの確信を得たような口調だ。

「お前、まさか……」

〈そのまさか──だ。君たちの居場所は、既に特定した。君たちがいるビルの屋上に

通じるドアの前で、SATの隊員が突入の準備をしている〉

真田は、慌《あわ》てて振り返りドアに目を向けた。

「てめぇ！」

〈残念だったね〉

「くそぉ！」

真田は、力の限り叫んだ。

SATの隊員たちが、屋上へと通じるドアを蹴破《けやぶ》り、一気に雪崩《なだ》れ込んで行くのを、真田は双眼鏡越しに見た。

「残念なのは、お前だよ」

真田が告げると、須田が〈何？〉とようやく驚きに満ちた声を上げる。

「SATが突入したのは別のビルだ」

真田は、笑いながら言ってやった。

本当に黒野の悪知恵には、いつも驚かされる。須田が時間稼ぎを図り、電波を辿って真田たちの居場所を特定させることは、予想の範囲内だった。

だから、敢《あ》えて別のビルの屋上に真田の携帯電話を置き、外部スピーカーとマイクをつなぎ、無線で離れた場所に飛ばすという手法を使ったのだ。

〈貴様！〉

「少しは、見直したか？」

〈ふざけるなよ！〉

「取引の詳細については、追ってメールする。次は、お互いフェアに行こうぜ」

真田は、それだけ告げると須田との会話を終えた。

これで賽《さい》は投げられた。あとは、ただ信じて突き進むだけだ。

三

須田が、唐突に病室に入って来た――。

隣には塔子の姿もある。そしてもう一人、左手の甲に、火傷《やけど》の痕《あと》のある男も一緒だ。

「いきなり何なのよ！」

公香は、食ってかかるように言い放ったが、須田たちは、そんなことは意に介さず、ずいっと志乃に詰め寄る。

「君は、予知夢を見たはずだ」

須田が、単刀直入に志乃に問う。

「どうしてそれを？」

志乃が、目を見開きながら口にした。

公香にとっても、驚きだった。どうして、彼らは志乃が予知夢を見たことを知っているのか？

「脳波は測定している」

そうだった。志乃は脳波を測定されていて夢を見たか否《いな》かは知られてしまう。

「私は……」

志乃が口籠《くちご》もる。

「隠してもダメだ。仲間のことを大切だと思うなら、君の見たことを全て話せ——」

須田がさらに詰め寄る。

だが、志乃は口を真一文字に結び、俯《うつむ》いた。

そうだ。それでいい。こんな奴《やつ》らに、教えてやる必要はないのだ。

「そうか。喋《しゃべ》らないなら、喋りたくなるようにしてやろう」

須田が目配せをする。

それを合図に、左手の甲に火傷の痕がある男が、グロックの拳銃《けんじゅう》を抜いたかと思うと、それを公香の眼前に突きつけた。

恐怖で身体が硬直する――。

これが、単なる脅しでないことは、グロックを握る男の目を見れば分かる。まるで、獣のように研ぎ澄まされた目をしている。

命令があれば、容赦なくトリガーを引くだろう。

「素直に喋った方が、身の為ですよ。あなたが従っているうちは、仲間が死ぬことはありませんから――」

塔子が冷淡に言った。

公香は、怒りでギリッと奥歯を鳴らす。

彼女は敵だと割り切ったつもりだったが、それでも、心に引っかかるものがある。

「分かりました。話しますから、銃を下ろして下さい」

志乃が、悔しさを滲《にじ》ませた口調で言う。

須田が促すと、男がグロックをホルスターに仕舞った。次いで、部屋の中に様々な機器が持ち込まれた。

ポリグラフ試験に使われる機器だ。

塔子が、それらの機器を確認しながら、志乃の身体に取り付けて行く。

一片の嘘《うそ》も見逃さないという考えのようだ。

「正常に機能しているか、幾つか試験をします」

塔子が、ノートパソコンを開き、そこに表示されるデータを目で追いながら志乃に言う。

「試験？」

「これから、私がする質問に、全て〝はい〟で答えて下さい」

「………」

「あなたの名前は、中西志乃ですか？」

「はい」

「あなたは、未来の人の死を予知することができる」

「はい」

「自分が助かれば、仲間の命なんて、どうなっても構わない」

塔子が投げた質問に、志乃が固まった。

底意地の悪い言い方だ。たとえ、ＹＥＳと答えるように言われていたとしても、この質問を肯定するのは気分を害するものだ。

「どうしました？」

塔子が促す。

「はい」

志乃は、顔を歪《ゆが》めながらも答える。

「あなたは、予知夢を見ましたか？」

「はい」

志乃が、そこまで答えたところで、塔子が満足そうに頷いた。

「正常に測定できる状態です」

塔子が告げると、須田が志乃のベッド脇《わき》にある椅子に腰掛けた。

「では、私から幾つか確認させてもらう。君が見たのは、どんな夢だ？」

これ以上の抵抗は、意味がないと判断したのか、志乃はため息を吐《つ》いてから口を開いた。

「オスプレイが墜落します」

「場所は何処だ？」

「新宿にある都庁です。ビルが倒壊して、たくさんの人が死にます……。お願いです。こんなことは止《や》めて下さい」

志乃が震える声で言った。

「必要な犠牲だ」

「世の中に、必要な犠牲なんてありません」

「今、君とそれについて議論するつもりはない」

須田が、完全に拒絶の意思表示をした。

ここで志乃が、いくら誠心誠意訴えたところで、須田が考えを変えることはないだろう。その考えには賛同できないが、彼らも悪を成そうとしているわけではない。自分たちの信念に沿って、計画を実行しようとしているのだ。

「他に見た夢は？」

須田が、改まった口調で問う。

志乃は小さく首を振った。

須田が意見を求めて塔子に視線を向ける。塔子は、「嘘は吐いていません」と頷いてみせた。

しばらく黙っていた須田だったが、唐突に志乃の右耳に手を伸ばした。

あっ――そう思った時には、もう遅かった。

須田は、志乃が右耳に隠して装着していたイヤホンマイクを取り上げると、それを床に落として踏み潰してしまった。

「実に下らん手だ」

須田が、にっと笑みを浮かべる。

あのイヤホンマイクは、さっき壁に突き刺さったクロスボウの矢に仕込まれていた。おそらく、鳥居が撃ったものだ。

あのイヤホンマイクを使い、真田や黒野と秘密裏に連絡を取り合い、須田たちを罠《わな》に嵌《は》めるというのが作戦だった。

それを壊されてしまったのでは、もはや真田たちと連絡を取る手段がない。

いや、問題はそれだけではない。

おそらく須田たちは、イヤホンマイクの存在に、最初から気付いていた。それを踏まえた上で、ここまで黙っていた。

つまり、都庁にオスプレイが衝突するという情報を、敢えて真田たちに流した——ということだ。

「さて——これで、おそらく君の仲間たちは、我々の計画を妨害する為の行動に出るだろう」

須田が満足気に言う。

「どうして……」

志乃の問いに、須田が笑みを浮かべた。

「君には、これからまた夢を見てもらう」

須田のひと言で、彼らが何を企《たくら》んでいるのかを悟った。

志乃の予知夢から、真田たちが、どんな妨害工作をするのかを推察し、それを踏まえた上で対策を練るつもりなのだろう。

もし、そんなことをされたら、真田たちは生き残ることができない。

「やれ――」

須田が塔子に指示を出す。

塔子は、小型のポーチを開ける。中には、注射器が入っていた。

何をするつもりなのか、公香にも理解できた。おそらくは、志乃に鎮静剤などを打ち、強制的に眠らせるつもりなのだろう。

「止めて！」

咄嗟《とっさ》に、塔子に飛びかかろうとしたが、それを制するように、再び公香の眼前にグロックが突きつけられた。

さっきの男だ――。

いつ抜いたのかも分からないほどの早業だ。

こうなっては、公香は身動きが取れない。暴れたところで、単純に頭に風穴が開くだけのことだ。

「お願いです。塔子さん。こんなことは、もう止めて下さい」

志乃が、必死に訴えかける。

しかし――。

その声は、塔子には届かなかった。

「ごめんなさい」

塔子は、囁《ささや》くように言いながら、志乃の腕に注射の針を射《さ》し込んだ――。

四

真田は、再開発の為、取り壊しが始まっているビルの建物の中にいた――。

剝《む》き出しの天井や壁。割れた窓ガラスのせいで、廃墟《はいきょ》のように閑散としている空間だが、黒野とアレスによってパソコンを始めとした電子機器が設置され、即席の司令室になっている。

「上手く行ったようだね――」

黒野が、ノートパソコンを軽快に操作しながら声をかけてきた。

その隣には、アレスの姿もある。

「まあ、何とかな」

真田は、肩を竦《すく》めてみせたものの、不安は残った。だが、真田自身がクロスボウによる鳥居の狙撃《そげき》は、それほど心配していなかった。須田との交渉は、正直、あまり自信が持てなかった。

これまで、誰かと交渉したりするのは、山縣や公香の役割だった。

真田は、自分の思うままに、好き勝手突っ走って来たつもりでいたが、それは山縣と公香の援護があってこそだったのだと、今さらのように思い知らされた。

「少し、芝居がかっていたが、なかなかいい交渉だった」

後から入って来た鳥居が、にっと笑みを浮かべながら言う。からかっているのかもしれないが、今は、言い返すような気分になれなかった。

「それで——。向こうの動きは分かったのか?」

真田が訊ねると、黒野がこちらに顔を向けた。

「ああ。色々と分かったよ。連中は、ターゲットを病院から都庁に移行したようだ」

「都庁だと!」

真田は、驚きの声を上げた。

病院でも、相当な被害が出ることは明らかだが、都庁にオスプレイが突っ込むようなことになれば、さらに大きな被害が出ることは明白だ。

「被害もさることながら、シンボルともいえる場所に対する攻撃は、インパクトもある。彼らの計画が成功した場合、世論は一気に米軍批判に傾くだろうね」

「わざわざそんなことしなくても、現状の問題を言葉で訴えれば、民意だって動くだろうに――」

真田は、怒りとともに口にした。

数多《あまた》の人間を犠牲にしてまで、やることとは到底思えない。

「君は甘いね」

黒野が、即座に否定した。

「え？」

「言葉で世論が動くなら、誰も苦労しない。世論が動く時ってのは、必ず実害が出てからなんだよ。実際、自分たちに痛みが伴わなければ、人間は実感できない生き物なんだよ」

黒野の言い分は一理ある。

災害対策も然《しか》りで、いくら専門家が危険だと訴えても、簡単には動かない。実際に起きた後になって、ようやく改善が図られる。

「だからって、何百、何千って人が死んでもいいのかよ」

真田が声を荒らげると、黒野がふっと鼻を鳴らして笑った。

「熱くなるなよ。そうならない為に、ぼくたちは動いているんだろ」

――そうだった。

少しばかり、肩に力が入り過ぎていたかもしれない。

「とにかく、須田には、詳しい取引内容のメールを送信した。あとは、志乃ちゃんたちが、こちらの伝えた計画通りに動いてくれれば、どうにかなるはずだ」

黒野が、そう続けた。

「大丈夫なのか？」

「多分ね」

「多分って……」

「一つ、気にかかるのは、志乃ちゃんとの交信が途絶えたってことだ」

「何だって！」

真田は、驚きの声を上げる。

黒野は平然と口にしているが、志乃と連絡が取れていないというのは、かなり大きな問題だ。

もしかしたら、志乃に何かあったのかもしれない。

「大丈夫だよ。連中が、志乃ちゃんに手出しをすることは、まずあり得ない」

黒野は断言するが、真田は納得できない。

「どうして、そうだと言い切れる？」

「彼らは、どうしても志乃ちゃんの能力を手に入れたいから——だよ。彼女は、特別な存在だからね。それに引き替え、ぼくたちのような兵隊は、幾らでも代わりがいる」

「つまり、向こうはおれたちを殺す気満々ってわけだ」

「正解。だから、志乃ちゃんの心配より、まずは自分の心配をした方がいい」

黒野はウィンクをしてみせた。

はっきり言って、気色悪い。それに、命の危険に晒《さら》されている現状を、笑顔で語る神経もどうかしている。

だが、だからこそ、黒野は頼りになる。

「何にしても、ここまで来たら、四の五の言っても仕方ない。とにかく——」

「やるしかねぇってことだろ」

真田が、黒野の言葉を引き継ぐ。

黒野は「その通り――」と満足気に笑みを浮かべてみせた。

「じゃあ、行くとしますか」

真田が言ったところで、黒野が「ちょっと待った」と声をかけた。

黒野は、近くにあった箱を引き寄せると、中から銃を取り出し、真田に差し出して来た。

よりにもよって、ショットガンのレミントンＭ８７０だ。しかも、銃身とストック部分を短くした、取り回しのいいソードオフモデル。

「命中率の低い君には、拳銃よりこっちの方が向いてる」

黒野が指摘したように、真田の拳銃の腕はかなり問題がある。

その点、射出と同時に、多数の小さな弾丸を散開させるショットガンは、多少照準がズレていても命中させることができる。ただ、素直に喜べない。

「冗談じゃない。こんな殺傷力の高い銃、使えるかよ」

真田は即座に拒否した。

一度に複数の弾丸を撃ち出すショットガンは、至近距離で使えば、その威力は拳銃の比ではない。

そんなものを受け取ったとしても、トリガーを引く自信がない。

「君のことだから、そう言うと思ったよ」

黒野がへらへらとしながら答える。

「だったら、そんな物出すな」

「話は、最後まで聞けよ。弾丸は、こいつを使えばいいんだよ」

そう言って、黒野が円筒型のショットガンの弾を一つ投げて寄越した。

真田は、指で摘《つ》まんで弾丸を観察して「なるほど――」と納得の声を上げた。

「ゴム弾ってわけだ」

本来、ショットガンの弾には、黒い鉛の弾丸が複数詰め込まれているのだが、これは白い色をしたゴムの弾丸が詰め込まれている。

昨今、警察などが開発した、命を奪わずダメージだけを与える弾丸だ。

「そういうこと。それなら、問題ないだろ」

「そうだな」

真田のことをよく分かっている。

これなら、心置きなく撃つことができる。

「それから、鳥居さんはこれ――」

黒野が、別のボックスをトントンと手で叩《たた》いた。

鳥居が歩み寄り、ボックスの蓋《ふた》を開けると、中にはレミントンM700が収められていた。

各国の警察や軍隊で採用されている、信頼性の高い狙撃銃だ。

「いい銃だ」

鳥居が、素速く組み立て、スタンディングの姿勢で構えてから口にした。

「分かるのか？」

「ああ。手入れが行き届いている。調整も済んでいるようだ」

装備は完璧《かんぺき》というわけだ。だが――。

「よく短時間で、これだけの物を集められたな？」

真田が疑問をぶつけると、黒野はアレスの方に目を向けた。

「手配したのは彼だ――」

アレスは、まるで自分のことではないと言わんばかりに、無表情に立っているだけだった。

たった一人で、これだけの装備を揃《そろ》えるのは、並大抵のことではないはずだ。

――アレスは、いったいどうやって？

「多分、支援者がいるんだよ。誰かは、教えてくれないけどね」

黒野の言葉を受けても、アレスは無表情のままだった。

やはり得体が知れない。本当に、こいつを信じていいのだろうか？　疑問が浮かんだが、今さらそんなことを考えても手遅れだ。

「何にしても、そろそろ行きますか――」

黒野が、真田の思考を遮るように言った。

「そうだな」

真田はそう応じると、V－MAXに跨《また》がり、エンジンをかける。

突き上げるような震動に、血液が熱を持ち、躍動するような感覚を味わった。

五

志乃が、悲鳴とともに目を覚ましたのは、塔子に注射を打たれてから、二時間後のことだった――。

「大丈夫？」

公香は、すぐに駆け寄り声をかける。

志乃の顔色が悪い。今にも卒倒してしまいそうだ。おそらく、新たな予知夢を見たのだろう。

志乃が、苦しそうに呼吸をしている間に、塔子は携帯電話で何処《どこ》かに電話を入れる。

「被検体が、予知夢を見たようです……。はい。分かりました。お待ちしています」

相手の声は聞こえなかったが、話の内容からして須田だろう。

無表情に電話を切った塔子を見て、公香の中で怒りが沸々と湧《わ》き上がってくる。

何より、公香の気持ちを逆撫《さかな》でしたのは、塔子が志乃のことを「被検体」と呼んだことだ。

仲間意識どころか、志乃を人としてすら認知していないように感じられる。これまでも志乃を介護しながら、同じように考えていたかと思うと、吐き気を覚えた。

「あなたって人は……」

公香は、塔子を睨《にら》み付ける。

塔子の方は、平然と、かつ醒《さ》めた目で公香を見つめる。

「何か？」

塔子の澄ました言い様が、さらに公香の怒りを増幅させた。

「あなたは、この状況で、何とも思わないの？」

声を荒らげてみたものの、塔子は、表情を変えることなく、公香を見据えるだけだった。

一度、湧き上がった怒りが、みるみる収縮していく。

――この人に、何を言っても意味がない。

そのことに、今さらのように気付かされたからだ。塔子は、公香たちを裏切ったわけではない。最初から、忠実に任務をこなしていただけなのだ。

そうこうしているうちに、須田が病室に入って来た。

「早速、夢の内容を話してもらおう――」

須田は、相変わらずの横柄な口調で言うと、近くにあった椅子《いす》に腰掛けた。

「あなたは、どんな夢を見たんですか？」

塔子が、まだ呼吸の整っていない志乃に促す。

「志乃ちゃん。話す必要はないわ」

公香は、せめてもの抵抗で口にした。

「君は、学習していないようだな」

須田は、冷淡に言うとグロックを抜き、公香に狙《ねら》いを定めた。

夢の内容を喋らなければ、公香を撃つというわけだ。志乃が、「止めて下さい」と声を上げる。

「いいわよ。撃ちなさいよ！」

公香は、志乃の声を遮るように言った。

「ほう。死ぬ覚悟ができている——と？」

須田が問う。

本音で言えば、死にたくはない。拳銃の銃口を向けられたこの状況は、震えるほどに怖い。

だが、それでも——。

志乃が見た夢の内容が、どういうものなのかは分からないが、ここでそれを喋れば、真田たちが危険に晒されることになる。

彼らの命を犠牲にしてまで、生き残りたいとは思わない。それに——。

「ええ。でも、私を撃ったら人質がいなくなるわよ。そうしたら、志乃ちゃんを脅す手がなくなるわね」

精一杯の強がりだった。

しかし、それはいとも簡単に打ち破られた。

「だから学習能力が無いと言っているんだ。人質は、もう一人いることを忘れるな」

須田の言い様に、公香は血の気が引いた。

まさにその通りだ。公香が死んだとしても、山縣がいる。一人を殺せば、彼らの言葉がハッタリではないことを、志乃も悟ることになる。その上で、もう一度、脅せばいい。

「それに、仮に喋らないのだとしたら、彼女も私たちにとって用無しということになる」

須田はそう続けると、銃口を志乃に向けた。

こうなっては、公香に抗《あらが》う術はない。

「分かりました——夢の内容を話します」

志乃は覚悟を決めたのか、真《ま》っ直《す》ぐに須田を見据えながら言った。

——どうして？

思いはしたが、口に出すことはできなかった。

志乃は、たった今、オスプレイの墜落によって多くの命が奪われることよりも、公香と山縣の命を優先させたのだ。

見ず知らずの人の命より、仲間の命の方を重んじる気持ちは分からないでもない。だが、志乃がその選択をしたことが意外だし、少しショックでもあった。

相手が誰であったとしても、志乃は奪われる命を救おうとしていたのに――。

「聞き分けが良くて助かるよ」

須田が笑みを返す。

「但《ただ》し、一つだけ条件があります」

「何だ？」

「彼らを、真田君たちを、殺さないで下さい。それが条件です――」

どうやら、志乃は、須田との交渉によって、真田たちを死の運命から救おうとしているらしい。

志乃の目は、どこまでも真摯《しんし》だった。

須田は、判断に迷っているらしく、返事をしなかった。

「もし、約束できないというなら、私は何も喋りません。たとえ、私自身が死ぬことになっても――」

志乃の目に込められた強い意志を感じ取ったのか、やがて須田の方が折れ、「分かった」と応じた。

「あなたが見たものを、話して――」

交渉が纏《まと》まったところで、塔子が志乃を促した。

志乃は、大きく頷《うなず》いてから話を始める。

「黒野さんと白髪の男は、オスプレイのクラッキングを阻止する為《ため》に、あなた方がクラッキングする為に潜んでいるであろうビルを、手分けして捜索します」

志乃がそう言うと、須田はパソコンのモニターを見ている塔子に目配せした。

塔子は「嘘ではないようです」と応じる。

「黒野さんが、ホテルの屋上で、あなたたちを発見し、銃撃戦になります。その結果、黒野さんは……」

志乃は、そこまで言って息を呑んだ。

みなまで言わずとも、今の反応からして、黒野はその場で殺されるということだろう。

「オスプレイは、どうなる？」

「あなたたちが望んだ通り、都庁に墜落します――」

志乃の答えに、須田がにっと笑みを浮かべた。

「予知夢は、それだけではないんだろ」

須田が先を促す。

志乃は、僅かに躊躇《ためら》う素振りを見せたが、ポリグラフ試験にかけられている以上、嘘をつき通すことは不可能だと判断したのか、いかにも重そうに口を開いた。

「真田君は、あなたたちを、交渉の為に品川埠頭《ふとう》に呼び出していますよね？」

志乃の問い掛けに、須田が大きく頷いた。

真田が交渉の為に、品川埠頭に須田たちを呼び出す？　それは、いったい何の目的があってのことだ？

「でも、それはフェイクに過ぎません。真田君は、あなたたちがここにいない隙《すき》を突いて、私たちを救出に来ます」

「ほう」

須田が、感心したような声を上げる。

今の反応からして、どうやら須田からしてみると、真田が、病院に志乃たちを救出に来るというのは想定外だったらしい。

今のは、言わない方が良かったのではないか——とすら思える。

「でも、真田君は結局、警備をしていたあなたの仲間によって、屋上に追い詰められてしまいます」

「それで——」

「あなたも、埠頭がフェイクだということに気付き、屋上に駆けつけて……」

そこまで言って、志乃は言葉を切った。

「先を話せ」

須田が、ずいっと志乃に詰め寄る。

「真田君は、あなたたちに囲まれながらも、必死に抵抗します」

「無駄なことを」

須田が呆《あき》れたように言った。

確かに、須田の部下はＳＡＴの隊員だ。そんな連中を向こうに回し、勝てるはずがないのだ。

「無駄ではありません！　私の夢の中では、あなたも死ぬんです！」

志乃が、叫ぶように言った。

途端、須田の顔色が豹変《ひょうへん》した。未来の人の死を予知する志乃に、こう言われては、誰だって狼狽《うろた》える。

「どういうことだ？」

「あなたは、撃たれるんです」

「その真田という男にか？」

須田の顔が、怒りで熱を帯びる。

志乃は、すぐに返答しなかった。これでは、ポリグラフ試験にかけられていなくても、隠し事をしていることは一目瞭然《いちもくりょうぜん》だ。

「言え。私は、誰に撃たれる？」

須田が鬼の形相で、志乃を睨み付ける。

「向かいのビルに、狙撃手がスタンバイしているんです。その人に……」

――鳥居か。

おそらく、援護射撃の為に、鳥居をビルの屋上に待機させ、狙撃をさせるという作戦なのだろう。

スナイパーの援護は、こういう作戦の場合有効だし、相手にとって脅威にもなる。

だが、その存在と場所を知られてしまっては、何の意味もない。

「どうして、言ったの？」

公香は、つい責めるような口調で言ってしまった。

嘘が吐けない状況であることは理解している。それでも、志乃がそれを言ってしまっては、鳥居の身にも危険が及ぶことになる。

「すみません……。でも、そのあと、真田君が……」

志乃の目から、ぼろっと大粒の涙が零《こぼ》れ落ちた。

その先は、言わなくても分かる。おそらく真田は、その場で射殺されるのだろう。鳥居が須田を狙撃したことで、真田の死を決定的なものにしてしまったのかもしれない。

「全《すべ》て話しました。お願いです。どうか、真田君たちを、殺さないで下さい……」

志乃が深々と頭を下げた。

死の運命にある真田たちを救う為には、こうやって命乞《いのちご》いをするしかない。志乃は、そう判断したのだろう。

志乃のその選択を責めることはできない。皆が生き残る為には、他にどうしようもなかったのだ。公香は、黙って志乃の手を握った。

「私が、その約束を守ると思うか？」

須田が、にたっと陰湿な笑みを浮かべた。

「え？」

「ホテルの屋上に、クラッキングの部隊を配置。人数は、当初二人の予定だったが、念の為に四人に増員しよう」

「ちょっと待って下さい！」

志乃が話を止めようとしたが、須田はそれに応じなかった。

「それから、真田という男が現れた段階で、向かいのビルにいるスナイパーを射殺。その上で、真田という男を殺す」

須田は、自信に満ちた口調で言った。

――何ということだ。

最初から、須田は志乃との約束を守るつもりなど、微塵《みじん》もなかった。志乃から聞いた夢の情報を逆手に取り、優位に進めるつもりだったのだ。

考えてみればそうだ。

そもそも、須田は信頼に値しない男だ。そんな男を信じる方が愚かだった。

「止めて！　約束したじゃないですか！　真田君たちを殺さないって！」

志乃が泣きじゃくりながら叫ぶ。

が、そんなことで、心を動かされる須田ではなかった。何も言わず、そのまま病室を出て行ってしまった。

病室の中には、ただ志乃の嗚咽《おえつ》だけが響いた。

公香は、やりどころのない怒りを感じ、パソコンを操作している塔子を睨んだ。

何を思ったか、彼女は口許《くちもと》を緩めて笑みを浮かべた。

六

Ｖ－ＭＡＸに跨がった真田は、ふうっと長い息を吐いた――。

〈愛国者〉のメンバーリストが入ったＵＳＢを餌《えさ》に、須田を品川埠頭に誘《おび》き寄せる。その隙を突いて、真田は病院に突入し、鳥居のバックアップを受けながら、監視のＳＡＴ隊員を無力化。その上で、志乃、公香、山縣の三人を救出――というのが筋書きだ。

今回の黒野の作戦には、心底驚かされた。

どう考えれば、ここまでトリッキーな作戦を思いつくのか不思議でならない。

とはいえ、運の要素が大きく左右することは間違いない。もし、少しでも手違いが起きれば、それで全てが終わりだ。

考えを巡らせているうちに、携帯電話に着信があった。鳥居からだ。真田は、ハンズフリーの機能を使い、電話に出る。

〈そっちの準備はどうだ？〉

普段と変わらない鳥居の声が聞こえてきた。

これだけ切迫した状況の中、冷静でいられるのは、鳥居がスナイパーだからなのかもしれない。

「こっちは大丈夫だ。しっかりと、サポートを頼むぜ」

〈分かっている〉

「あいつ、ああ見えて、結構抜けているところがあるからな」

真田が言うと、鳥居が声を上げて笑った。

〈君に言われるようでは、おしまいだな〉

「どういう意味だよ」

〈本当に、君たちはいいコンビだ〉

「止めろよ。気持ち悪い」

〈じゃあ、またあとで――〉

鳥居が電話を切るのと同時に、今度は黒野から電話が入った。

「何だ?」

さっきの鳥居の言葉があるせいか、幾分、ぶっきらぼうな対応になってしまう。

〈つれないねぇ〉

「うるせぇよ」

〈そんなことより、作戦はちゃんと頭に入ってる?〉

「当たり前だ」

〈一応、言っておくけど、急ごしらえの作戦だから、色々と穴があるかもしれない。その時は——〉

「分かってる。アドリブで対応だろ」

〈そういうこと〉

黒野が笑いながら言う。真田も、それにつられて笑った。

妙な気分だった。志乃が、強制的に眠らされていたことは、やはり許せない。だが、そのことがあったからこそ、黒野と出会うことができたのも事実だ。

友情なんて臭いことを言うつもりはないが、この男と出会えたことだけは、悪くなかった。

そんな風に思う自分が意外だった。

〈じゃあ、また後で——〉

「ああ」

真田は、電話を切るとV-MAXのエンジンを回した。

アクセルスロットルを捻《ひね》る。タイヤが空転して、白い煙を巻き上げたあと、V-M

ＡＸは一気に走り出した。

ギアチェンジを繰り返し、Ｖ－ＭＡＸを加速させた真田は、そのままの勢いで病院の正面エントランスに突っ込んだ。

けたたましい音を立てて、ガラスが砕け散る。

そればかりか、バイクのまま病院に突っ込んだ闖入者《ちんにゅうしゃ》である真田に、エントランスは騒然となった。

真田の役割は、陽動も兼ねている。

これくらい派手にやった方が、向こうも動揺してくれるはずだ。

真田がエンジンを空ぶかしすると、蜘蛛《くも》の子を散らすように、エントランスにいた人々が病院を飛び出して行く。

この異常事態に反応して、できるだけ多くの人が外に出てくれれば、それだけ巻き込まれる人も減る。

真田は、再びＶ－ＭＡＸをスタートさせると、廊下を抜ける。

そのまま、扉が開いているエレベーターに乗り込んだ。

通常のビルのエレベーターであれば、バイクごと乗り込むなどという芸当はできないが、ここが病院であることが幸いした。

病院のエレベーターは、ベッドのまま患者を運ぶことを考慮して、積載量も広さも、通常のものより大きい。

真田は、志乃が収容されている四階のボタンを押す。

扉が閉まり、エレベーターが上昇を始めた。

真田は、その間に、黒野から渡されたショットガン、レミントンＭ８７０を手に取った。

これだけの騒ぎを起こしたのだ。志乃の部屋の警護は、エレベーターの扉が開くのと同時に、すっ飛んで来るはずだ。

案の定、扉が開くと同時に、目の前に拳銃《けんじゅう》を持った男が二人立っていた。

真田は、容赦なくレミントンをぶっ放した。

男たちは、並んで立っていたのが運の尽きだった。二人まとめて、後方に倒れ込み、胸を押さえて呻《うめ》いている。

黒野に感謝だ。

ゴム弾でなければ、こうも容易《たやす》くトリガーを引けなかった。かといって、拳銃を持った二人の男を相手に素手でやり合うのは、いくら何でも分が悪い。

瞬時に二人仕留められたのは、かなり大きい。

だが、真田の安心を打ち砕くように、銃声が轟《とどろ》いた。

Ｖ－ＭＡＸに弾丸が命中し、ヘッドライトが砕け散った。続け様に、二発三発と撃ってくる。

廊下の先に、二人の男の姿が見えた。

真田は、男たちにショットガンを発砲しつつ、アクセルスロットルを捻り、一気にＶ－ＭＡＸを走らせる。

猛スピードで突進してくるＶ－ＭＡＸに怖《おそ》れを抱いたのか、男たちは後戻りして逃げ出した。

　これは好都合だ。

真田は、バイクを加速させつつ、男たちの背中に向けてショットガンを撃った。

一人は前のめりに倒れ、動かなくなった。

もう一人は、ゴム弾の当たりが浅かったのか、辛うじて堪《こら》えると、振り返り様に拳銃を構えた。

真田は、瞬時にＶ－ＭＡＸから飛び降りる。

ライダーを失ったＶ－ＭＡＸは、真っ直ぐ男に向かって猛進する。

男は、Ｖ－ＭＡＸに正面衝突され、そのまま壁に叩き付けられることになった。またバイクを壊してしまった。河合にめちゃくちゃ怒られそうだ。

何にしても、これで警護の男たちは片付けた。あとは、志乃たちを救出するだけだ。

真田は、素速く志乃の病室のドアを開けた――。

「志乃！」

声を上げた真田だったが、すぐにフリーズすることになった。

そこに、志乃と公香はいた。

だが――。

それだけではない。須田の姿もあった。いや、須田だけではない。塔子もいた。のみならず、MP5で武装したSATの隊員と思《おぼ》しき男たちが、三人ほど待ち構えていたのだ。

SATの隊員の一人が、志乃にMP5の銃口を向けている。

「てめぇ……」

真田は、苦々しく吐き出した。

「残念だったね。君たちの計画は、彼女によって予知されていたんだ」

須田が、勝ち誇った顔で言う。

むかつく態度だ。その顔面に、一発叩き込んでやりたいところだが、残った二人の隊員のＭＰ５の銃口は、真田に向けられている。

近付く前に、撃ち殺されるのがオチだ。

「大人しく、武器を置いて投降したまえ。せめて、楽に殺してやる」

須田が告げる。

「いいのかよ。そんなことしたら、あんたらが欲しがっているリストが、世界中にばらまかれることになるぜ」

「好きにしろ」

須田が冷淡に言った。

強がっているわけではない。端《はな》から興味がないといった口調だ。

「何？」

「リストがどうした？ただの名前の羅列に過ぎない。そんなものが出回ったところで、私たちには、何のダメージもない」

「てめぇ……」

真田は、舌打ち混じりに言った。

須田の言う通り、メンバーのリストなど流出したところで、それだけであれば、ただの名簿に過ぎない。どうとでも言い訳がつく。

彼らが行って来た悪行とセットでなければ、効力を発揮しないのだ。

「ついでに言っておくと、君の仲間に狙撃《そげき》してもらって、窮地を脱しようとしても無駄だよ」

そう言って、須田が窓を指差した。

遮光カーテンが引かれていた。

単純だが、狙撃を想定した場合、もっとも効果的な方法だ。狙撃手の視界を遮ってしまえば、たとえ鳥居であっても手を出すことができない。

「撃て」

須田が指示を出す。

──殺《や》られる！

そう思った矢先、「真田君、逃げて！」と叫び、志乃が近くにいるＳＡＴの隊員の腕を引っ張った。銃口が別の方向を向く。

真田は、咄嗟《とっさ》に踵《きびす》を返して走り出した。

七

エレベーターに乗り込んだ黒野は、ホルスターからグロックを取り出し、弾倉に弾が装塡《そうてん》されているのを確認すると、ふうっと長い息を吐いた。

確かに今回の作戦は、かなり無謀だと言わざるを得ない。

その一番の要因は、不確定要素が多すぎることだ。誰か一人でも、作戦と異なる行動を取ったら、それで全てが終わる。

真田はもちろん、鳥居も、アレスも、そして彼女たちも――。

これまでの黒野なら、そもそもこんな作戦は立案しなかったはずだ。なぜならこの作戦は、信頼によって初めて成立するものだ。

自分がこんな風に、自分以外の誰かを信じるとは、思いもしなかった。

きっとこうなったのは、彼の影響が大きいだろう。

どんな時であっても、誰かを信じ、真っ直ぐに突き進む。自分勝手に振る舞っているようで、周囲をどんどん巻き込んでしまう。

本当に、不思議な男だと思う。

黒野が考えを巡らせている間に、エレベーターが最上階に到着した。

エレベーターを降りた黒野は、携帯電話を取りだし、電話をかける。すぐに、相手が電話に出た。

「そっちはどう？」

黒野が訊《たず》ねると〈準備はできている〉と、アレスからの返答があった。

「了解。じゃあ、任せるからしっかり頼むよ」

電話を切ると黒野は、そこから非常階段を上り、屋上へと通じるドアの前に立った。

ホテルの屋上であるこの場所は、スペースも広いので、アンテナを展開し易《やす》い。それに、オスプレイの飛行ルートから考えても、クラッキングするのには最適な場所だ。

黒野は、グロックのグリップを強く握り、大きく深呼吸をすると、ドアを開けて一気に外に飛び出した。

――ビンゴ！

パラボラアンテナを展開し、端末を操作している男の姿が見えた。

隣には、サポートと思しき男もいる。

「動くな！」

黒野は、鋭く言いながら銃口を向けて二人を牽制《けんせい》する。

サポートと思しき男が、すぐさま、MP5を連射モードでぶっ放した。

――いきなり発砲してくるとはね。

黒野は、素速く横に転がりながら、二発連続でグロックを撃った。

一発は外れたが、もう一発は男の右太ももに命中した。

片膝《かたひざ》を突いたところに駆け寄り、その顔面を力いっぱい蹴《け》り上げる。

男は意識を失い、ＭＰ５を取り落として仰向《あおむ》けに倒れた。黒野は、すぐにＭＰ５を蹴り、男から遠ざける。

何だか、戦い方が真田に似て来たような気がする。

自嘲《じちょう》気味に笑いつつも、黒野は素速く銃口をもう一人の男に向けた。

「動かない方がいいよ」

今、まさにＭＰ５を構えようとしていた男だったが、至近距離で拳銃を向けられては、抵抗が無意味だと感じたのだろう。両手を挙げて降参のポーズを取った。

「武器を捨ててもらおう」

黒野は、男に銃口を向けたまま言う。

男は、ＭＰ５を地面に置いた。

黒野は、さっきと同じ要領で、男たちには手の届かない位置にＭＰ５を蹴る。

「まだ、拳銃が残ってるだろ」

黒野はさらに促した。

男は、渋々といった様子でホルスターから拳銃を取り出し床に置いた。黒野は、それを同じ要領で蹴る。

だが、まだ安心してはいけない。相手は、仮にもＳＡＴの隊員だ。下手に近付けば、やられる可能性がある。

「次は、腹ばいになって、両手を頭の後ろに置いて」

男は、悔しそうな表情を浮かべたものの、この状況では抵抗しても無駄だと悟ったのか、指示された通りの体勢になった。

こうなれば、反撃を喰らうことはまずない。

あとは、手錠で拘束してしまえばこっちのものだ。彼らが使用していたパラボラアンテナと端末を拝借して、オスプレイをクラッキング。安全な場所に着陸させる。

黒野が一歩を踏み出そうとした瞬間、ざっと背後で靴音がした。

――まずい。

振り返ったときには、もう遅かった。

黒野の眼前には、拳銃の銃口が突きつけられていた。左手で構えられた、グロックの18Ｃ。野村だ――。

いや、野村だけではない。彼の隣には、ＭＰ5を構えたＳＡＴの隊員がもう一人いた。

「また会ったな。〈笑い男〉」

野村が、にっと笑みを浮かべた。

相変わらず、サディスティックで嫌な顔をする男だ――。

八

真田は、全速力で廊下を走った――。

サブマシンガンの連続した射撃音が響き、壁を穿《うが》ち、窓ガラスを粉砕する。

――一時撤退。

階段を駆け下りようとした真田だったが、できなかった。階下から、ＳＡＴの隊員と思しき男たちが駆け上がって来たからだ。

「くそっ！」

真田は、やむを得ず、階段を駆け上がった。

だが、これが愚策であることは、誰の目にも明白だ。階段を上って逃げた先は、屋上しかない。

そうなれば、単に追い詰められることになる。

しかし、それも作戦のうちだ。屋上に逃げることで、活路が見いだせる。

「今から屋上に出る。準備はいいか？」

真田は、無線機に繋《つな》いだイヤホンマイクに向かって呼びかける。

〈ああ〉

短い返事があった。

――相変わらず、愛想のない野郎だ。

真田は、内心でぼやきながらも、必死に階段を駆け上がる。

太ももの筋肉が、熱を持ち悲鳴を上げたが、今はそれに構っている余裕はない。すぐ後ろからは、かなりの数の靴音が追いかけて来ている。

真田は、何とか七フロア分の階段を駆け上がり、屋上に通じるドアを開けた。

一気に視界が開けた。

わずかな安堵《あんど》が生まれたせいか、真田は足を引っかけ、前のめりに転倒してしまった。

すぐに立ち上がろうとしたが、銃声とともに、真田のすぐ脇《わき》のコンクリートに弾丸が跳ねた。

どうやら、連中は、もう屋上に到達してしまったらしい。

それが証拠に、ドアから次々とSATの隊員たちが飛び出して来る。サブマシンガンや、防弾ベスト、それにヘルメットまで装着した重装備で、この速度で階段を駆け上がってくるのだから、相当に訓練されているのだろう。

あっという間に、真田はSATの隊員に囲まれてしまう。その数、全部で六人――。

残念だが、これだけの数に囲まれてしまっては、真田も身動きが取れない。

ただ――。

万策尽きたわけではない。真田には、まだ切り札がある。

ふうっと息を吐いてから、真田は立ち上がった。

「動くな！」

隊員の一人が言う。

「武器を捨てろ！」

別の隊員が促す。

仕方ない。真田は、持っていたレミントンを放り投げるようにして捨てた。

丸腰になったところで、あとから一人の男が屋上にやって来た。須田だ――。

須田は、SATの隊員たちを掻《か》き分けるようにして真田の前まで進んだ。

ぎらついた目をした、嫌な感じの男だ。

「残念だったな。君たちの作戦は、失敗したんだよ」

須田が勝ち誇った口調で言う。

「どうして、品川埠頭がフェイクだと分かった？」

「私たちには、優秀な協力者がいてね」

「協力者？　塔子さんか？」

「違う。君の仲間だよ。中西志乃。彼女が、教えてくれたんだ」

「いい加減なこと言ってんじゃねぇ！　志乃が、おれたちを裏切るはずがないだろ！」

真田は叫んだ。

「君は、ただのお人好《ひとよ》しなようだ。それでは、生きてはいけない」

「てめぇ……」

「彼女は、我々に協力することを約束してくれた」

「ふざけんな！　志乃が、お前らなんかに、協力するはずがねぇだろ！」

真田は拳《こぶし》を固く握り締める。

「認めたくないかもしれないが、これが現実なのだよ」

「…………」

「さて。例のデータを渡してもらおうか」

須田が、真田に詰め寄ってきた。

「あのデータは、意味が無いって言ってただろ」

「そうだ。ただ、あれを流すだけでは意味がない。要は、使い方次第なんだよ。我々としても、リスクを回避しておきたいのでね」

須田の居丈高なやり口に、心底腹が立った。正直、〈愛国者〉の思想の可否は、真田には判断ができない。それでも、こんな風に、他人を蔑《さげす》むような連中に、国を委《ゆだ》ねてはいけないことくらいは分かる。

「悪いけど、あんたらには渡せない」

真田は、きっぱりと言う。

「ほう。君は、まだ自分が死なないと思っているようだね」

「ああ。おれには、まだ切り札があるからな」

真田は、須田を睨《にら》み付ける。

その視線を受けた須田は、何が可笑《おか》しいのか、ふっと声を漏らして笑った。

「その切り札というのは、向かいのビルの屋上にいる狙撃手のことかな？」

「ど、どうしてそれを知っている？」

「説明したはずだ。彼女が、私たちに協力してくれている——と。この状況も、彼女の予知の範囲なんだよ」

「どういうことだ？」

「分からないなら、教えてあげよう。向かいのビルの屋上の前には、既に私の部下がスタンバイしている。スナイパーを制圧する為にね」

勝ち誇った口調で言ったあと、須田が無線機に向かって突入の指示を出した——。

「止《や》めろ！」

真田は、須田に飛びかかろうとしたが、すぐにＳＡＴの隊員に背後からタックルを喰らい、前のめりに押し倒されてしまった。

「君は、ここで死ぬんだ」

須田は、拳銃を抜くと、それを真田の頭に向けた。

九

響き渡る銃撃音に、公香は、ただ呆然《ぼうぜん》とすることしかできなかった——。

須田と他のＳＡＴ隊員たちは、真田を追いかけて病室を出て行ってしまった。

病室に残されたのは、公香と志乃。そして、塔子と監視役のＳＡＴの隊員一人だけだった。

このまま真田が屋上に追い詰められてしまえば、志乃の予知夢の二の舞だ。

彼らは、鳥居が向かいのビルに潜んでいることも知っているのだ。

援護を失った状態で、あれだけの数のＳＡＴに追われたのでは、流石《さすが》の真田も無事ではいられないだろう。

それは、鳥居とて同じことだ。

何とかして、この状況を打破しなければならない。

ある意味、須田を含めた他のＳＡＴの隊員たちが、真田を追って行ったのは、幸いだったかもしれない。

彼らは、動けない志乃と、公香の二人だけだと油断したのだ。

ここで公香が奇襲をかけて、ＳＡＴの隊員と塔子を何とか制圧する。その上で、隊員のサブマシンガンを奪い、加勢に駆けつければ、真田を救うことができるかもしれない。

危険な賭《か》けだが、この状況では、他に手がないのも事実だ。

――やるしかない。

公香は、意思を伝えようと、志乃に目配せする。

志乃は公香の考えを読み取ったらしいが、危険だと判断したのか、左右に首を振った。気持ちは分かる。志乃は、誰一人死んで欲しくないのだ。それでも、真田を見捨てるわけにはいかない。

公香は、覚悟を決めた。

志乃のベッド脇のサイドボードに置かれた花瓶に、それとなく手を伸ばしつつ、SATの隊員と塔子の位置関係を確認する。

「ねぇ。ここにあるのって、爆弾じゃないの？」

公香は、タイミングを見計らって、ベッドの下を指差した。

もちろん嘘《うそ》だ。

だが、SATの隊員は引っかかってくれた。

何事かと、ベッドの下を覗《のぞ》き込もうとした。公香は、その隙を逃さず、花瓶で隊員の男の後頭部を殴りつけた。

ヘルメットでガードされていない位置だ。

間髪を容《い》れず、隊員に体当たりをする。不意を突かれた隊員は、踏ん張ることができずにそのまま壁に激突する。

よろめいたところで、公香は素速く隊員からMP5を奪うと、その銃口を突きつけた。

彼らは、防弾ベストにヘルメットを着用しているが、さすがに、これだけの至近距離であれば、そうした防具も意味を成さない。

それを理解したのか、SATの隊員は、大人しく両手を挙げた。

「何をしているんです」

塔子が、鋭い口調で言った。

「決まってるでしょ。真田を援護しに行くのよ」

公香が告げると、塔子が困惑した表情を浮かべた。

「バカな真似《まね》は止めて下さい。今、あなたが行けば、事態を悪化させるだけです」

「やってみなければ、分からないでしょ」

公香は、声を荒らげた。

残念ながら、今さら塔子の言葉に耳を傾けるほどお人好しじゃない。

「公香さん。本当に止めて下さい」

志乃までもが、懇願するように言った。

——どういうこと？

「真田が、心配じゃないの？」

「もちろん心配です。でも、今は、信じるしかないんです」

「何を言ってるの？」

どうして、志乃がこんなことを言うのか――公香には、正直理解できなかった。

こうやって、ＳＡＴの隊員から武器も奪った。この場は、圧倒的に優位な状況にある。危険は伴うかもしれないが、塔子たちを拘束して、真田の救援に向かうことができるのに――。

困惑していたところに、隙《すき》が生まれてしまった。

ＳＡＴの隊員が、素速く公香に突進してきた。すぐに反応しようとしたが、それより先に、足を払われてしまった。

公香は、仰向けに倒れ込んだだけでなく、ＭＰ５を奪われてしまう。

悔しさがこみ上げる。

志乃が、余計なことを言わなければ、上手《うま》くいったかもしれないのに――。

もしかしたら、志乃は、もう全てを諦《あきら》めて〈愛国者〉に寝返ってしまったのではないかとすら思える。

だが、そんな志乃を責めることはできない。

人間誰しも、自分の命が一番大事だ。これだけ絶望的な状況に陥れば、助かる為《ため》に、何でもしようという気になるだろう。

ただ――。

志乃には、そうなって欲しくなかった。

「なかなかいい動きだったが、詰めが甘いようだな」

SATの隊員が、公香に銃口を向けながら言った。

――え？

ヘルメットにゴーグル、マスクを装着しているので、その顔は判別できない。だが、その声には、聞き覚えがあるような気がする。

「あなたは……」

「ようやく、気付いたようだな」

SATの隊員は、ため息混じりに言いながら、ヘルメット、ゴーグル、マスクを外した。

その顔を見て、公香は「あっ！」と声を上げた。

「嘘でしょ！　だって、死んだはずじゃ……」

困惑する公香を嘲《あざけ》るように、唐沢がにやりと笑みを浮かべた。

十

「本当は、二度と会いたくなかったけどね」

黒野は野村をじっと見据えながら言った。

さっき、野村が言ったように、黒野は過去にこの男と顔を合わせている。古い知り合いということではない。北朝鮮の工作員の育成施設から抜け出し、警察に協力を申し出た時、尋問に当たったのが野村だった。

あれは、尋問なんて生易しいものではなかった。

黒野は二重スパイであると疑われ、野村から熾烈《しれつ》な拷問《ごうもん》を受けることになった。

野村も、それが任務だった。それだけであれば、遺恨を残すようなことはないのだが、彼には、明らかに別の意図があった。

拷問により、黒野を痛めつけることで、己の中に潜む歪《ゆが》んだ欲求を吐き出していたのだ。

「つれないことを言うじゃないか」

野村が、にやけた顔で応じる。

「あんたの顔を見てるとさ、殺意が湧《わ》くんだよね」

黒野は答えている間に、もう一人の隊員に、素速くグロックを取り上げられてしまった。

「尋問されたことを、まだ根に持っているのか？」

「あれが尋問？　冗談じゃない。拷問ですらない。サディストの変態趣味に付き合わされたこっちの身にもなってみなよ」

黒野が言うなり、野村は銃のグリップで右の頬を殴った。

強烈な痛みとともに、口の中からぼたぼたと血が流れ出していく。

「相変わらず、口の減らない男だな」

「それしか、取り柄がないんでね」

「お前は、自分の状況が分かっているのか？」

野村が凄《すご》んでみせる。

「あんたは、ただ力でねじ伏せるだけで、芸がないんだよね。もう少し、頭を使いなよ」

黒野が言うなり、今度は腹に膝蹴りが飛んで来た。

強い衝撃に吹き飛ばされる格好になり、黒野は尻餅《しりもち》をついた。

「芸がないのは、お前の方だろ」

野村が、黒野を見下ろす。

「どういう意味？」

「どうせ、踝《くるぶし》にデリンジャーを隠しているんだろ。隙を突いて、それで反撃しようって腹なんだろうが、無駄なことは止めておけ」

――読まれていたらしい。

野村が指摘した通り、黒野は尻餅をついた姿勢のまま、踝に仕込んだデリンジャーに手を伸ばそうとしていた。

そもそも、威力のない銃だ。不意を突かなければ、効力は無いに等しい。

「バレたか」

黒野は、大げさに笑ってみせた。

「お前のような男が考えることは、たかが知れてる」

「そうかもね。だったら、これは知ってる？」

「何だ？」

「あんた、元ＳＡＴなら、鳥居さんの名前は聞いたことあるだろ」

黒野が口にすると、野村が眉間《みけん》に皺《しわ》を寄せた。

「鳥居？」

「そう。狙撃手だった鳥居さん」

「ああ。あいつか。噂《うわさ》には聞いていた。狙撃しか能のないボンクラだ。病院の立て籠《こ》もり事件の時も、奴《やつ》がトリガーを引くのが遅かったせいで、たくさんの犠牲者が出た」

野村が、明らかに蔑んだ口調で言った。

病院の立て籠もり事件の時、確かに鳥居は犯人を狙撃するタイミングを逸した。だがそれは、彼にその勇気がなかったのではない。上層部からの指示が下りなかっただけだ。

この言い様を聞いたら、鳥居はきっと激怒するだろう。

「鳥居さんが言うには、拳銃の射撃は、あんたの方が上だけど、遠距離からの狙撃では負けないって」

「どうして鳥居の話などしている?」

ようやく、黒野の発言の不可解さに気付いたらしく、野村が首を傾《かし》げる。

「だからさ。射撃の腕の話だよ。あんたは、狙撃で鳥居さんに勝てる?」

「バカバカしい。犯人を撃ち殺すのを迷うような男に、負けるわけがないだろ」

野村が吐き捨てるように言った。

「だってさ。鳥居さん。こいつ、やっちゃってよ——」

黒野は、イヤホンマイクに向かって呼びかけた。

「お前は――」

言いかけた野村のMP5が、突然吹き飛んだ。

遅れて、一発の銃声が轟いた。

今度はSATの隊員二人が、それぞれ腕と足を押さえて倒れ込んだ。

ターン、ターンと二発の銃声が鳴る。

野村は何が起きたか分からないらしく、半ばパニックに陥っている。

黒野はその隙を突いて、素速くデリンジャーを抜きながら立ち上がり、銃口を野村の額に押しつけた。

「この至近距離なら、デリンジャーでもあんたの頭を撃ち抜くことができる」

野村は、反撃に転じようとしたが、「止めた方がいい」と黒野が制した。

「一キロ離れた場所から、鳥居さんがあんたの頭を狙《ねら》ってる。彼の腕は、今証明しただろ。下手に動けば死ぬよ。彼は、トリガーを引ける男だからね――」

野村は、負けを悟って項垂《うなだ》れた。

このまま射殺してもいいが、今はそれをしている余裕はない。オスプレイをどうにかしなければならない。

黒野は、野村を殴って気絶させると、すぐに端末に向かった。

十一

「くそぉ！」

真田は、身体《からだ》を震わせながら叫んだ。

眼前に銃口を突きつけられたこの状況では、抵抗することすらできない。

「我々を相手に、あの程度の作戦で勝てると思ったのが、そもそもの間違いなんだよ」

「あと少しだったのに……」

真田は、頭を下げて両手の拳を強く握り締めた。

「それは違うな。君たちに、最初から勝ち目など無かった」

「畜生──なんてね」

真田は、笑みを浮かべながら顔を上げ、真《ま》っ直《す》ぐに須田を見た。

この状況で、どうして真田が笑っていられるのか、理解できないという顔をしている。或《ある》いは、気がふれたとでも思っているのかもしれない。

「あんた、さっき向かいのビルの屋上にいる、スナイパーを確保しに行ったって言ってたよな？」

真田が問い掛けると、須田が怪訝《けげん》な表情を浮かべる。

が、すぐにそれを引っ込める。

「そうだ。君は、もうスナイパーの援護は受けられない」

「だろうな」

「何？」

「最初から、向かいのビルに、スナイパーなんていねぇって言ってるんだよ」

真田の言葉に、須田が驚愕《きょうがく》した。

徐々にではあるが、何が起きているのかを理解し始めたようだ。

須田はすぐさま、無線機を使って別働隊に連絡を取る。スナイパーを確保したかどうかを確認する為だ。

「いない？　いないとは、どういうことだ？」

須田が、無線機に向かって吠《ほ》える。

「だからさっきから言ってんだろ。スナイパーなんていないんだよ」

「どういうことか説明しろ！」

須田が、真田の額にグロックの銃口を押しつける。

「こう言っているから、教えてやりなよ」

　真田は、イヤホンマイクに向かって呼びかけた。

　それと同時に、立て続けに銃声が三発鳴ったかと思うと、真田を取り囲んでいたSATの隊員のうち、三人がバタバタと倒れた。

「なっ！」

　慌《あわ》てて辺りを見回した須田だったが、それが命取りになった。

　真田は、その隙を逃さず、素速く須田からグロックを奪い取ると、グリップ部分で殴りつけた。

　残ったSATの隊員たちが、一斉に真田に銃口を向ける。が、再び銃声がして、一人が仰向けに倒れた。

　残った二人の隊員が一斉に振り返る。そこには、白髪の男――アレスが立っていた。

　隊員たちは、一斉にアレスに銃口を向ける。

　アレスは、素速く近くにいた隊員の懐《ふところ》に飛び込むと、左右のパンチを浴びせ、昏倒《こんとう》させてしまう。

　そのまま、その隊員を盾にするようにして、最後の一人の隊員の胸に、容赦なく拳《けん》銃《じゅう》の弾丸を撃ち込んだ。

隊員たちは、次々と倒れ込んで呻《うめ》いている。

防弾ベスト越しとはいえ、拳銃の弾をあの至近距離でまともに喰らったのだ。骨は確実に折れているだろう。

それにしても──。

真田が注意を引いていたにしても、一瞬で、六人ものSATの隊員を行動不能にしてしまうのだから、アレスの能力は、やはり桁外《けたはず》れだ。

だが、今回の作戦での一番の功労者は、間違いなく黒野だろう。

本当にとんでもない作戦だ。

黒野は、志乃と連絡を取った段階で、須田たちに、嘘の予知夢の話をするように仕向けた。

そうすることで、須田たちの行動をコントロールしたのだ。

そういう意味では、この緊迫した場面で、須田たちを騙《だま》し通した志乃の演技力も相当なものだ。

もちろん、塔子と唐沢の協力があってこそだが──。

唯一《ゆいいつ》、何も知らなかった公香だけが、正直かわいそうでもあるが、この場合は仕方ないだろう。

「これで、終わりだと思うなよ……」

這《は》いつくばっていた須田が、ゆらゆらと起き上がった。

この期《ご》に及んで、まだ悪足《わるあ》掻《が》きをしようとしているらしい。このしつこさは、ゴキブリ並だ。

「残念だけど、あんたらは、もう負けたんだよ」

「果たしてそうかな？」

須田が、ニヤリと笑う。

まだ、何か隠し持っているとでも言うのだろうか？

「隣のビルにいる別働隊を呼び寄せた。お前らは、もう終わりだ」

別働隊が、何人いるのかは不明だが、今からこの場所に来られたら確かに厄介だ。

さっきのは不意を突いたから、一瞬でカタが付いたが、仮にも訓練されたＳＡＴの隊員と正面からやり合ったら、なかなか厳しいだろう。

「止めた方がいいぜ」

真田の声を、耳をつんざくような轟音《ごうおん》がかき消した。

「何だ？」

須田が困惑した顔で辺りを見回している。

「上を見てみなよ！」

真田は、大声で言いながら青く澄み渡った空を指差した。

強烈な風が吹きつける。

顔を上げた須田は、状況を察したらしく、絶句してその場に膝を落とした。

上空には、オスプレイがホバリングしていた。

黒野が、遠隔で操作しているのだ。

いくらSATの隊員といえども、戦闘機であるオスプレイとやり合うのは無謀というものだ。

「真田君――」

ほっとしたところで声がした。

視線を向けると、屋上へと通じるドアのところに、車椅子《くるまいす》に座った志乃の姿があった。

すぐ脇には、公香もいる。

どうやら、公香がここまで連れて来てくれたらしい。

「志乃」

真田は、歓喜の声とともに、吸い寄せられるように志乃の許《もと》に駆け寄った――。

エピローグ

一

「どういうことなのか、ちゃんと説明してもらうからね！」

屋敷の応接室のソファーに座った公香は、溜《た》まっていた鬱憤《うっぷん》を吐き出すように言った。

事件から、既に二日が経過しているが、あのとき何が起きていたのか、公香はほとんどと言っていいほど把握していない。

分かっているのは、みんなが無事だったことくらいだ。

「おれはパス――」

隣に座っていた真田が、早々に声を上げた。

「パスってどういうことよ」

「説明すんの苦手だからパスって言ってんだよ。それに、おれは言われた通りに動いただけだし」

「ごちゃごちゃ言ってないで、説明しなさいよ」

詰め寄ってみたものの、やはり真田は話す気はないらしく「だってよ――」と向かいのソファーにいる黒野に目を向けた。

確かに、状況説明という意味では、真田より黒野の方が、分かり易《やす》く話してくれるだろう。

「何があったの？」

公香が改めて問うと、黒野が苦い顔をした。

「公香さんに分かるように説明するのは、かなり難易度が高いね」

黒野が、しれっと言う。

「どういう意味よ」

「だって、公香さんって、頭があんまりよろしくないでしょ」

「ぶっ殺す！」

黒野に飛びかかろうとした公香だったが、真田に止められた。

「いちいち、黒野の言うことに腹を立てんなよ」

真田の言う通りではあるが、どうにも我慢できない。黒野は、人の神経を逆撫《さかな》でする何かがある。

が、このままでは、一向に話が進まない。ぐっと堪《こら》えることにした。

「公香さんは、どこから分かってないの？」

場が落ち着いたところで、黒野が訊《たず》ねてきた。

全部——と答えたいところだが、またバカにされる羽目になる。頭の中にある疑問を、一つ一つ解決していくことにした。

「まず、志乃ちゃんが予知夢を見たでしょ。須田たちは、それを知って行動した。だけど、逆にあんたたちの罠《わな》に嵌《は》まった。それは、どういうこと？」

それが一番の謎《なぞ》だ。

「ああ。それなら簡単だよ。ぼくたちは、志乃ちゃんが須田に何を話したのか、全《すべ》て把握していたからね。それを逆手に取ったんだよ」

黒野がさも当然のように言う。

「いったい、どうやって知ったの？　私たちのイヤホンマイクは没収されちゃってたのに」

鳥居によって、志乃の病室内に小型のイヤホンマイクが撃ち込まれた。それによって、一時的に真田たちと通信はできたが、結局、須田に見つかり取り上げられてしまった。

通信手段を失ったのだから、何を話したのかを知る術《すべ》は無かったはずだ。

「あれだけじゃなかったんだよね」

「他にもあったってこと？」

「そう。一つは、塔子さんに仕掛けた盗聴器」

黒野は、そう言いながら隣に座っている塔子に、チラリと目を向けた。

その視線を受けた塔子は、僅《わず》かに俯《うつむ》いた。

「なるほどね」

塔子に盗聴器が仕掛けてあったのなら、あの場での会話は、黒野たちに筒抜けだったというわけだ。

夢の内容だけでなく、須田たちがどう動くのかも分かっていたのだから、対策を講じるのは容易だったはずだ。

「まあ、そもそもが、志乃ちゃんが語った夢ってのが嘘《うそ》だったんだけどね」

黒野がしれっと放った言葉に、公香は「え？」となった。

「ちょっと待って。嘘ってどういうこと？」

「だからさ。最初にイヤホンマイクを送ったときに、こちらの作戦を伝えたんだ。嘘の夢をでっち上げて、須田たちの行動を誘導するように——って」

訳が分からない。

「何言ってるの？　現に志乃ちゃんは夢を見たじゃない……。あんなに苦しそうにしてたし……」

「彼女、なかなかの演技派だったみたいだね。女は怖いね。君も気を付けた方がいい」

黒野が、冷やかすような視線を真田に送る。

「あれが演技だったなんて……」

公香は愕然《がくぜん》とした。

もちろん、驚嘆すべきは演技力だけではない。あれだけ切迫した場面で、須田たちを相手に、一芝居打ったのだから、志乃の度胸は相当なものだ。

と、ここで公香の中に新たな疑問が生まれた。

「でも、それって変じゃない。志乃ちゃんは、鎮痛剤を打たれて眠ったわけでしょ」

「あれは、生理食塩水です」

口を挟んだのは塔子だった。

「え?」

「私が、すり替えておいたんです。志乃さんは、眠ったふりをしていたんです」

何だか、頭が痛くなってきた。

塔子まで、あの場で演技をしていたとは——もはや、何も信じられなくなってくる。

「もしかして、ポリグラフ試験は、塔子さんが意図的にパスさせていたってこと？」

「はい」

塔子が頷《うなず》いた。

だから、志乃の嘘は見抜かれなかったというわけだ。須田は、機械を信用し過ぎたということなのだろう。

いや、仮にそうでなかったとしても、志乃のあの迫真の演技は、見破れなかったはずだ。

状況は見えてきたが、もう一つ公香には分からないことがあった。

公香は、背筋を伸ばして真《ま》っ直《す》ぐに塔子を見据えた。

「塔子さんは、私たちを裏切ったんじゃなかったのね？」

視線から逃れるように、塔子は唇を軽く嚙《か》み、視線を足許《あしもと》に落とした。

「いいえ。裏切りました。言い訳に過ぎませんが、私には、他にどうすることもできませんでした……」

声が震えていた。

塔子が、どういう状況に置かれていたのかは、志乃から話を聞いて知っている。あまりに過酷と言わざるを得ない状況だった。彼女には、逃げ道が無かったと言っていい。もしも、公香が同じ環境に置かれたとしたら、やはり須田の命令に従うという選択しかなかっただろう。

だから、塔子を責めるつもりはない。だが――。

「塔子さんは、それでも協力してくれたってことでしょ？」

公香が問い掛けると、塔子は顔を上げた。

その目は、涙に濡《ぬ》れていた。

「志乃さんと二人で話したとき、彼女は、私の為《ため》に泣いてくれたんです。どうして、こんな優しい女性を苦しめなきゃいけないんだろうって、本当に自分が嫌になりました……」

塔子の独白を聞きながら、公香の脳裏に病院の廊下でのやり取りが蘇《よみがえ》る。

「だけど、私には何もできない……。ただ、そんな私に、あの人が声をかけてきたんです……」

「あの人？」

「はい。SATに変装した唐沢さんです」

「あっ！」

そういえば、あのとき、廊下に立っていた護衛のSATの一人が、塔子に話があると連れて行った。

あれが、唐沢だったということなのだろう。

「唐沢さんは、私の家族を保護することを条件に、作戦に協力するように言ってきたんです」

「そうだったんだ……」

「私は、すぐに同意しました。タイミングが違っていたら、断ったかもしれません。でも、志乃さんと話すことで、私はようやく目が覚めたんです」

声は震えているが、それでも目にはしっかりとした光を宿していた。

きっと志乃の強さに絆《ほだ》され、困難ではあるが、抗《あらが》うという道を選んだのだろう。

ここで、公香の中に三度《みたび》疑問が生まれた。

「もしかして、あんたたち、唐沢さんと連絡を取り合っていたの？」

公香は、真田と黒野を交互に見た。

真田はすぐさま視線を逸《そ》らし、黒野は、勝ち誇ったようにニヤニヤと笑っている。

「それについては、おれもあとから知ったんだ。霊界と通信してるとか、適当なこと言いやがって」

真田が舌打ち混じりに言う。

「どういうこと？」

公香は、ずいっと黒野に詰め寄る。

「そうかっかしないでよ。美人が台無しだ」

「うるさい！　ちゃんと説明しなさい！」

「単純な話さ。唐沢さんから預かったＵＳＢ。あれには、〈愛国者〉の名簿のデータだけでなく、連絡手段も記されていたんだよ」

「何ですって？」

「だから、唐沢さんと連絡を取り合って、作戦を立案したってわけ。詳細の詰めは、見張りの振りをした唐沢さんから、志乃ちゃんや塔子さんに伝えてもらっていたんだ」

状況は分かった。だが――。

「どうして私に言わなかったのよ！」

公香は、怒りのあまり立ち上がった。

知っていれば、あれほどまでに混乱し、動揺することもなかった。おまけに、自分だけ除《の》け者《もの》にされたみたいで、気分が悪い。

「前に、バタフライエフェクトの話はしただろ。作戦の内容を知っている人間は、少ない方がいい」

「そうかもしれないけど、少しくらい……」

「もし公香さんが知ってたら、作戦は失敗していただろうね」

「どうして？」

「どうしても、演技が下手だからだよ」

「あんたねぇ！」

公香は、勢いに任せて黒野の胸倉を摑《つか》み上げた。

「こういう風に感情的になるところが、全然ダメなんだよ」

「悪かったわね！」

いがみ合っている公香と黒野を余所《よそ》に、真田がすっと立ち上がった。

「じゃあ、おれ行くから、あとはよろしく」

真田はそれだけ言うと、そのまま部屋から出て行こうとする。

「ちょっと待ちなさいよ。行くってどこに？」

公香の問い掛けに答えることなく、真田は部屋を出て行ってしまった。

——何をそんなに慌《あわ》てているんだろう？

「今日、志乃さんが退院するんです」

公香の疑問に答えたのは、塔子だった。

「そっか――」

真田は、志乃を迎えに行ったというわけだ。

ようやく退院できるのだ。二人きりにしてあげたい気持ちは山々だが、同時に悪戯《いたずら》心《こころ》も芽生えた。

二

「思ったより元気そうだな――」

そう言いながら、山縣の病室に入って来たのは唐沢だった。

「唐沢さん……」

山縣は、すぐに身体を起こそうとしたが、撃たれた腹部に痛みが走り、「うっ」と思わず呻《うめ》いてしまった。

「そのままでいい」

唐沢に促され、山縣は「すみません」と素直に応じベッドに横になった。

「何があったのかは、既に知っているようだな」

唐沢が苦い顔をしながら言った。

「ええ。だいたいのことは、真田と黒野から聞きました」

山縣が意識を取り戻したのは、昨晩のことだった。

ちょうど、真田と黒野が見舞いに顔を出したところで、二人から何があったのか説明を受けた。

その内容は、あまりに衝撃的で、思考が追いつかないほどだった。

秘密結社〈愛国者〉を相手に、アレスとの共同戦線を張り、犠牲者を出すことなく、見事事件を解決に導いたのだから驚嘆に値する。

いつまでも危なっかしいひよっこだと思っていたが、彼らは、山縣の想像のはるか上を行っていたようだ。

説明を終えたあと、真田は「塔子さんを許してやって欲しい」と山縣に言った。

実に真田らしい言葉だ。

ただ、許すも許さないも、山縣は端《はな》から塔子を恨んではいない。一度は裏切り、山縣を撃ったが、それも好き好んでやったわけではない。塔子には、そうせざるを得ない事情があったのだろう。

塔子が、私利私欲の為に、人を傷付けるような人間でないことは、真田たちから事情を説明される前から分かっていたことだ。

「君が無事で良かった」

唐沢が、いつになく穏やかな表情で言った。

「私は、あのとき、てっきり唐沢さんが死んだものとばかり思っていました」

山縣がそう言うと、唐沢は苦笑いを浮かべた。

事件を解決するのに、唐沢の暗躍があったと聞いている。

「すまない。私自身が暗殺される映像を見たとき、それを逆手に取ろうと考えた。私を死んだと思い込ませることで、〈愛国者〉を油断させ、壊滅に追い込むことができると——」

「しかし、どうやってあの状況から脱出できたんですか？」

真田たちから、唐沢が生きていたことは聞かされたが、そのカラクリについては報《しら》されていない。

「簡単な話だ。連中が、私を射殺するつもりだと分かっていたんだ。予《あらかじ》め、防弾ベストを着用しておいたというわけだ」

「でも、そのあと車ごと爆発に……」

「あの車には、事前に仕掛けがしてあったんだ。車底に脱出口を設け、さらに地下のコンクリートにも穴を開け、避難スペースを確保しておいた。マジシャンが、脱出マジックで使うのと同じ方法だよ」

聞いてしまえば、どうということはない。

唐沢は、志乃の予知の映像を見ていたのだ。事前に対策を練ることは、いくらでもできた。

今になって思えば、唐沢は敢《あ》えて自分の身を危険に晒《さら》すような言動をとっていた。それは、全て自分を死んだと思い込ませる為の罠——ということなのだろう。

ただ、一つ分からないことがあった。

「一人で、それだけのことをやったのですか？」

「まさか。信頼のおける男に、事前の準備は任せた」

唐沢の返答を聞き、山縣の頭に一人の男の顔が浮かんだ。唐沢の運転手であり、護衛の男だ。

思えば、志乃の予知夢にはあの男が登場していたが、現場には姿を現さなかった。あのときは、さほど気にしていなかったが、おそらく下準備をするとともに、陰から唐沢の計画をサポートしていたのだろう。

「本当に人が悪い。だとしたら、それを伝えておいて欲しかったです」

山縣は言った。

「黒野流に言うなら、バタフライエフェクトを考慮してだよ」

できるだけ、事実を知る人間を減らしておいた方が、変化を最小限に抑えられる。

「じゃあ、あのＵＳＢが黒野に渡ることも、最初から計算していたということですか？」

「そうだ。わざわざ暗号化させたのも、その為だ」

「しかし、危険な賭《か》けでしたね」

「そうでもない。彼がいたからな」

唐沢の言う彼が、誰のことなのか、容易に想像がついた。

「アレス——ですか？」

「そうだ。彼と私は〈愛国者〉を壊滅させる為に、協力関係にあった」

「そうでしたか……」

地下駐車場で、真田たちの危機を救ったのは、アレスだったという。それだけでなく、今回の作戦でも共闘していた。

唐沢は、最初から真田たちとアレスとを、組ませるつもりでいたということなのだろう。

「埠頭《ふとう》での質問の答えがまだだったな」

ふと思い出したらしく、唐沢が口にした。

「ええ」

「私は〈愛国者〉のメンバーだった」

「彼らの考えに賛同したのではなく、組織を壊滅させる為の潜入捜査だったということですね」

山縣の言葉に、唐沢は「そうだ」と頷いた。

警察官僚である唐沢自ら、潜入捜査を行うなど、誰も予想できなかっただろう。だから、〈愛国者〉は唐沢を受け容《い》れた。

そこまでして、この国に害を成す者たちを排除しようとするとは、唐沢こそが真の愛国者なのかもしれない。

「この先、アレスはどうなるのです？」

山縣が訊ねると、唐沢の顔から笑みが消えた。

「彼の処遇については、今の君たちに知る権利はない」

これまでとは一変して、突き放した言い方に、山縣は戸惑いを覚える。

「どういうことです？」

「彼女が──中西志乃が目覚めたことで、君たちと結んだ契約は破棄された」

「つまり……自由ということですか？」

「そうだ。君たちは晴れて民間人に戻った。アレスの処遇を知るということは、機密事項に首を突っ込むということだ」

唐沢の言葉を聞きながら、すうっと肩の力が抜けて行くのが分かった。

そうだ。もう自分たちに闘う理由はないのだ。

「ありがとうございます」

山縣は心からの礼を口にした。

「君が頭を下げることではない。私は、君たちを騙《だま》して利用していたんだからな」

「それもそうですね」

山縣がそう言うと、唐沢は声を上げて笑った。

全てが終わったのだという思いが広がり、身体《からだ》がじわっと熱くなったような気がした。

「契約は切れたが、私としては、君たちと新たな契約を結びたいと考えている」

しばらく間を置いたあと、唐沢がそう切り出した。

「新たな契約ですか？」

「そうだ。今回の一件は片が付いたが、〈愛国者〉を壊滅させるという仕事がまだ残っている。それだけではない。新たな組織がいつ生まれるとも分かったものではない。そうした事態に対応する為に、君たちの力を貸して欲しい」

唐沢が、椅子《いす》から立ち上がり丁寧に頭を下げた。

「止《や》めて下さい。過大評価です。私たちは、素人《しろうと》の寄せ集めです。そんな力はありませんよ」

山縣は首を左右に振った。

謙遜《けんそん》したわけではない。それが事実だ。自分たちは、元は浮気調査をメインにしていた探偵に過ぎない。

「過大評価とは思わないが」

「荷が重いです」

「そうかもしれない。だが、それでも——君たちのように、運命に抗う者たちが、これからの日本を変えていくのだと私は確信している」

「その仕事は、アレスに任せますよ」

闘神の名をコードネームにした、あの特殊工作員なら、そうした力もあるだろう。

「彼をアレスと呼ぶなら、君たちはアトラスだ」

「アトラス？」

「ギリシア神話に登場する神だ。支える者、あるいは耐える者。そして、抗う者という意味がある」

――なるほど。

確かに、自分たちのこれまでの行動は、アトラスの持つ意味と合致するかもしれない。だが――。

「やはり、お断りします。これ以上、かわいいうちのメンバーを危険な目に遭わせるわけにはいきませんから」

山縣は天井を見つめながら言った。

それが、心の底からの本心だ。これまで、真田たちは充分過ぎるほどに耐えてきた。そして、抗ってきた。

だから、もう解放してやりたい。

「君ならそう言うと思った。私としても、無理強いをするのは本望ではない。君の考えを尊重するよ」

「ありがとうございます」

「ただ――」

「何です？」

「彼女は、再び誰かの死を予知するかもしれない――」

唐沢の言葉に、背筋がぞくっとした。

志乃は目を覚ました。しかし、唐沢の言う通り、再び志乃が人の死を予知する可能性は否定できない。

現に、今回も目覚めたあとに、予知夢を見ているのだ。

「脅しに聞こえますね……」

山縣が苦い顔をすると、唐沢が首を左右に振った。

「そうではない。もし助けが必要なときは、遠慮なく言ってくれ。私は協力を惜しまない」

社交辞令ではない。本心から出た言葉であることが伝わってきた。

これまで得体の知れないところがあった唐沢が、急に人間味を帯びて見えた。

「そのときは、私も遠慮なく頼らせてもらいます」

「そうしてくれ。とにかく、今はゆっくり休むといい」

唐沢は、それだけ言い残すと病室を出て行った。

今は――という前置きが引っかかったが、山縣は深く考えることを止めた。不安にばかり目を向けていても意味がない。
とにかく今は——唐沢の言うように、ゆっくり休もう。

三

病院を出ると、爽《さわ》やかな風が頰を撫でた——。

志乃は、車椅子に乗ったまま空を見上げた。

空の青さが、こんなにも眩《まぶ》しいのかと、少しだけ驚く。

眠りから覚めたあとも、色々と大変なことがあり、こうして空を見上げることがなかった。

「寒くないか？」

志乃の車椅子を押しながら、真田が声をかけてきた。

「うん。大丈夫」

志乃は、わずかに振り返り真田の顔を見た。

青空の下だと、端正な彼の顔がいつもより映えて見える。

などと考えていると、自然と頰が熱くなった。

「どうした？」

志乃の視線に気付いた真田が、訊ねてくる。

「何でもない」

咄嗟《とっさ》に視線を外した志乃は、わずかに俯きながら答えた。

本当はたくさん話したいことがあるのに、こうして二人でいると、思うように言葉が出て来ない。

伝えたいことは、次々と溢《あふ》れるのに、そのどれもが恥ずかしく感じられ、喉《のど》に詰まってしまう。

これまでの志乃なら、このまま口を閉ざしてしまっただろう。

でも――。

今は違う。

死を意識した志乃は、想《おも》いを伝えられずに消えてしまう恐怖を知っている。その後悔から比べれば、恥ずかしさなど何でもない。

「あのね……」

志乃は、勇気を振り絞って声を上げた。

振り返り、真田の顔を見ることはできない。それでも、やはり自分の想いを伝えたい。

「何だ？」

「私ね……真田君に、どうしても伝えたいことがあったんだ」

心臓がばくばくと脈打つ。

「おれも、志乃に伝えたいことがたくさんある」

「待って。私が先に言うから――」

志乃は大きく息を吸い込み、気持ちを落ち着かせる。

未来など、誰にも分からない。それを怖《おそ》れて、前に進むことを止めてしまったら、人は何もできなくなる。

これまで、志乃はたくさんの予知夢を見てきた。

でもそれは、たくさんある未来の中の一つに過ぎない。なぜなら、人は誰しも未来を変える力を持っているのだから――。

そのことを、教えてくれたのは、誰あろう真田だ。

「私ね。真田君のことが……」

「やあ。お二人さん」

志乃の言葉を遮るように声がした。

見ると、少し離れたところに立っていた黒野が、軽く手を上げていた。隣には、公香と塔子の姿もあった。

「何で、お前らも来たんだよ」

真田が、不機嫌そうに言う。

「お邪魔なら帰るけど？」

公香が、冷やかすように言いながらも歩み寄ってきた。

「別にそんなんじゃねぇよ」

真田が舌打ち混じりに答える。

「本当かな？　何だか二人とも顔が赤いみたいだけど」

黒野がおどけたように言う。

そんなやり取りを見て、塔子が穏やかな笑みを浮かべていた。

気持ちを伝えようとしたが、完全にタイミングを逸してしまったようだ。やっぱり未来は分からないものだ。

でも、それでも。

私たちには、明日がある——。

解説

大矢博子

天命探偵、堂々の完結である。

順に読まれて来た方には今更ではあるが、ここまでの流れをざっと振り返っておこう。

幕開けは二〇〇八年に刊行された『タイム・ラッシュ　天命探偵　真田省吾』（新潮社→新潮文庫、以下同）だ。

世田谷の〈ファミリー調査サービス〉で働く真田省吾は、中西運輸の令嬢・中西志乃から人探しの依頼を受ける。志乃には夢で殺人事件を予見するという能力があるが、映像情報でしかないため夢に出てきた人が誰なのか、いつ、どこで起きる事件なのかはわからない。そこで被害者を特定し、守ってほしいという依頼だった。

真田と所長の山縣《やまがた》、同僚の池田公香《きみか》の三人はターゲットを特定し監視を始めるが、その背後に強大な敵の存在が判明する――というのが『タイム・ラッシュ』の粗筋だ。

物語の終盤で志乃は〈ファミリー調査サービス〉に加入することになり、第二巻『スナイパーズ・アイ』では四人のチームとして連続狙撃《そげき》事件に当たる。ここから、志乃が夢で予見した事件を防ぐために真田たちが奔走する、というのが物語の定番となる。

第三巻『ファントム・ペイン』では山縣と公香の過去が明かされる。第二巻に登場した元SAT隊員の鳥居祐介がチームの助っ人として活躍し始めるのもこの巻からだ。そして第四巻『フラッシュ・ポイント』で大きな事件が起きる。志乃が頭を撃たれ、命は取り留めたものの昏睡《こんすい》状態に陥るのだ。物語の転換点である。

シリーズはここから次の段階である「天命探偵 Next Gear」に移る。目覚めることなく殺人の予知夢を見続ける志乃の看護と引き換えに、〈ファミリー調査サービス〉は警視庁公安課の「次世代犯罪情報室」に組み込まれる。警察の中でもごく一部の関係者しか知らないこの部署は、志乃の夢の映像化（クロノスシステム）に成功。真田たちは公安課のトップ、唐沢秀嗣《ひでつぐ》のもとで志乃の夢を解析し、事件を未然に防ぐよう動くことになった。

この『クロノス　天命探偵 Next Gear』から新たに加入したのが、冷静沈着な頭脳派・黒野武人《たけと》と、クロノスシステムの管理運用担当であり看護師の資格も持つ東雲《しののめ》塔子だ。

彼らがテロ組織と渡り合う『アレス』では、敵なのか味方なのか判然としない白髪の男が登場。彼は本書『アトラス』でも大きな役割を担《にな》うことになる。だが実はこのクロノスシステムには大きな欺瞞《ぎまん》があった。このシステムは昏睡状態にある志乃の治療が目的ではなく、むしろ逆で、彼女に夢を見させるため眠らせ続けるコールドスリープ装置だったのだ。志乃の能力を道具として利用するため、公安のコントロール下に置くのが狙《ねら》いである。チームでそれに気づいたのは黒野ただひとり。他のメンバーは、志乃が予見した事件を防いでいればいつか彼女は目を覚ますと信じ、日夜、戦い続けている――。というのが、本シリーズのここまでの流れである。

著者の神永学は二〇〇四年『心霊探偵八雲　赤い瞳《ひとみ》は知っている』（文芸社→角川文庫）でデビュー。十七年にわたって巻を重ね、ドラマやテレビアニメ、コミカライズなどのメディアミックスも人気で、二〇二〇年現在で累計七百万部を超える看板シリーズとなった。その「心霊探偵八雲」に続いて著者が手掛けたふたつめのシリーズが、この「天命探偵」である。

驚いたのは主人公・真田省吾の真っ直ぐさだ。皮肉屋で毒舌の八雲から一転、（黒野の言葉を借りれば）熱血バカのヒーローなのである。バイクで疾走し、無茶な運転で突っ込んだりぶつけたり炎上させたりして「バイク大破、おれズタボロ」という結果になるのが毎回のお約束。小難しいことは考えず、というかそもそも考えるのが苦手で、「こうだ！」と思った方向に脊髄《せきずい》反射で突っ走る。ブレーキを持たない暴走野郎なのだ。

同僚の公香と志乃も、方向性は違えど感情が先立つタイプ。所長の山縣も情の人で、省吾を止めるよりも見守り、尻拭《しりぬぐ》いをする立ち位置にある。

著者のシリーズは「心霊探偵八雲」にしろ「怪盗探偵山猫」シリーズ（角川文庫）にしろ「確率捜査官　御子柴岳人《みこしばがくと》」シリーズ（同）にせよ、異なるタイプの人物がバディやチームを組むことが多い。異質なものがぶつかることで個性が際立《きわだ》ち、化学変化が起きる。だが本シリーズの最初の四作はチーム内に対立軸がなかった（真田と公香のケンカは子犬のじゃれあいのようなものだ）。これは珍しいパターンと言っていい。

なぜか。前四作はチームのひとりひとりが自分の過去と対峙《たいじ》する物語だったことを思い出されたい。四人は（助っ人の鳥居も含めれば五人だ）それぞれ凄絶《せいぜつ》な過去を持ち、それが傷になっている。対立軸はチームの中ではなく自分の中にあったのだ。

そして彼らがそれぞれ過去を乗り越えた時点で、舞台は「Next Gear」に進む。クールな頭脳派、毒舌で皮肉屋という黒野の加入により、それまでの四冊では薄かった「推理と戦略」が加わったのみならず、チーム内にぶつかり合いが生まれた。シリーズタイトルの「Next Gear」はクロノスシステムにより彼らの立場が変わったという意味だけではない。自己との戦いという段階から、他者との関係の中で変化するという次のギアに進んだことを意味しているのである。

凄絶な過去を持っているのは、黒野や塔子も同じだ。彼らの今の性格や立場はその結果、形作られた。だが同じように凄絶な過去を持つ真田や志乃はまったく違う生き方を選んだ。脳筋全開で突っ走る真田を見て、すべての人に慈悲の心で接する志乃を見て、黒野が何を思うか。塔子がどう変わるか。そこが「Next Gear」の大きな読みどころである。

と考えるとシリーズの構図が見えてくる。志乃が予見する殺人事件は「確定された運命」だ。彼らはその運命を変えようと奔《はし》る。これは、変えられるものなら変えたかった、けれど抗《あらが》えなかった運命に蹂躙《じゅうりん》されたメンバーが、それを乗り越え、他者の悲劇的な運命を変えるために——自分と同じ不幸が他者に降りかからないように——戦う物語なのである。
運命に立ち向かうこと。それが彼らの「天命」なのだ。

　本シリーズには、もうひとつ特徴がある。最初は一件の殺人事件から始まっても、常にその背後には大きな犯罪が隠れている。麻薬や武器の密輸、組織的テロリストの暗躍、工作員やスパイの潜入、警察や政府の構造的問題などなどの公安マターだ。

　それらは一見、一般市民にはとても縁のないスケールの事件に思える。日常生活では接することのないサスペンスに、私たちはワクワクしながらページをめくる。だが、次第に、その感覚そのものが危ういということを思い知らされるのだ。

　シリーズを通して、毎回のように繰り返される会話がある。日本人が抱く、「自分は大丈夫、日本は大丈夫」という正常性バイアスについての指摘である。テロが起きてもどこか他人事《ひとごと》で、目の前で惨事が起きてもスマホで写真を撮ったりするほど危機感がない。拉致《らち》の被害に遭う人がいても、紛争地帯で人質になる人がいても、すぐ隣の路地で麻薬が密売されていても、他国船に領海侵犯されても、それが自分に及ぶ可能性はないと思い込んでいる。あるいは、思い込もうとしている。だが、そうではないのだと、本シリーズは警鐘を鳴らしているのだ。目を開け、気づけ、と訴えかけているのだ。〈ファミリー調査サービス〉という庶民的な名前の事務所がそんな事態に何度もかかわるのは、逆説的な皮肉と言ってもいいかもしれない。

本シリーズに登場する「犯人側」の人々は、その危険性を市民に知らしめるためにやるのだ、という動機で動く。今の平和ボケを放っておくと、遠からずもっと大きな悲劇がくる。それを避けるためなら多少の犠牲は止《や》むを得ないと言う。

ここで著者は、読者にさらなる問いを突きつけている。

大の虫を生かして小の虫を殺すという発想は常に正しいのか。真田たちは殺される人物が誰なのかを忖度《そんたく》しない。誰であれ、死の運命から救い出そうとする。だが助けた相手がテロリストで、その人物が生きていたばかりに多くの人が殺されるという事態になる。ではそのテロリストは助けるべきではなかったのか。本書でも黒野と真田がこの件で言い合いをするが、これに自信を持って答えを出せる人はどれくらいいるだろう。

いわば、トロッコ問題である。汽車の走る線路上に五人の人がいる。ポイントを切り替えれば五人は助かるが、切り替えた先にもひとりの人がいる。この時、あなたはポイントを切り替えるか否《いな》か——。

人命を数の論理で考えることに違和感を覚える一方で、いい人なら助けるがそうでないなら助けないと区別することも腑《ふ》に落ちない。何より事後に自分が責任を問われるのが怖い。誰であろうが助けると言い切る真田を眩《まぶ》しく思う反面、それでいいのかとも思う。

正常性バイアスと命の選別。このふたつの問題に明確な解決策は提示されない。

このシリーズは、何はさておき爽快《そうかい》なアクションとスピーディな展開が魅力のエンターテインメントであることは論を俟《ま》たない。眼前に浮かぶような臨場感と迫力に満ちたアクションシーンは本シリーズ最大の見せ場だし、死線ギリギリを駆け抜ける真田や絶妙な策略で危機を切り抜ける黒野の描写には思わず前のめりで興奮してしまう。だがそんなザ・エンターテインメントの陰で、「天命探偵」は読者にとても重い問いを投げかけているのである。

（二〇二〇年十二月、書評家）

この作品は二〇一八年十一月新潮社より刊行された。

アトラス

—天命探偵 Next Gear—

新潮文庫　か - 58 - 7

令和三年二月一日発行

著者　神《かみ》永《なが》学《まなぶ》

発行者　佐藤隆信

発行所　株式会社新潮社

郵便番号　一六二―八七一一
東京都新宿区矢来町七一
電話　編集部(〇三)三二六六―五四四〇
読者係(〇三)三二六六―五一一一
https://www.shinchosha.co.jp

価格はカバーに表示してあります。

乱丁・落丁本は、ご面倒ですが小社読者係宛ご送付ください。送料小社負担にてお取替えいたします。

印刷・株式会社光邦　製本・株式会社大進堂

ISBN978-4-10-133677-0 C0193